KB180523

민중과 통속

이 저서는 2020년 대한민국 교육부와 한국연구재단의 지원을 받아 수행된 연구임
(NRF-2020S1A5B5A17090726)

민중과 통속

—1980년대 한국 연극·영화와
매체 전환의 역동

박상은

역락

이 책은 한국에서 1980년대에 나타났던, 문학에서 시청각 예술인 연극 또는 영화로의 전환 양상을 매체론과 각색의 역동성의 차원에서 다시 살피며 그 예술/문화사적 의미를 규명하고자 기획되었다.

이 책의 출발점은 한국 현대 연행예술·마당극 운동의 극 텍스트들을 대상으로 한 박사학위 논문 집필 과정에 있다. 집필 당시 연구 대상을 연극 및 연행에 제한을 두었지만 김지하의 담시가 임진택에 의해 창작 판소리가 되는 것(《소리내력》), 황석영의 소설이 대학 연극의 소재가 되는 것(《돼지꿈》), 박노해의 소설이 노래극이 되어 노동연극 현장을 순회하게 되는 것(《노동의 새벽》) 등 매체 및 장르 전환의 역동성이 마음이 남았다. 특히 최일남의 소설 〈우리들의 넝쿨〉을 각색한 영화 〈바람 불어 좋은 날〉을 보면서 민중적인 것에 대한 정동과 에토스가 매체별로 상이한 방식으로 나타나는 점이 인상적이었다. 한 선생님께서는 대학의 한 조그마한 야외 공간에서의 촌극 공연과 학내 형사들의 눈초리를 피해 읊조렸던 노래들, 그리고 장산곶매의 〈파업전야〉로 이어지던 문화운동의 한 흐름에 대해 구술을 해 주시기도 했다. 고통스러운 시대, 매체와 장르를 오고 간 그 활력들의 정체를 알고 싶었다.

미루어 두었던 연구의 질문을 마주한 것은 졸업 직후 한국연구재단의 지원을 받으면서였다. 당시 제출한 연구 주제는 시대적 과제로서 민중운동의 당위가 1980년대 장르와 매체 간 전환을 촉발한 원동력이었다는 점, 이 시기 문학 작품이 연극/영화로 각색되어 만들어질 때 장르 관습의 경계를 오가는 형식실험이 두드러지게 나타났던 역동성을 밝히겠다는 것이었다. 특히 이 작품들이 노동자·농민·도시빈민 계급에 대한 정향과 이들에 대한 재현을 기반으로 한 민중운동의 목적을 공유한 작품들이 형식적으로 소박하다는, 따라서 미학적이며 예술적인 가치가 떨어질 것이라는 통념을 벗어난다는 지점들의 의미를 구명하고 싶었다.

특히 새로운 장르로 변환될 때 개별적 독서를 지각 환경으로 삼는 독서와는 다른 연극, 영화라는 각각의 매체적 관습과 공연/상연 환경, 해석자로서 관객의 문제에 대한 새로운 접근이 시작되었던 것이 인상적이었다. 정치적 암울성과 이에 대항하고자 하는 민중예술운동의 공통적 지향이 해당 시기 예술 주체들의 매체적 상상력과 관객성에 대한 이해가 다른 차원으로 이동할 수 있는 원동력으로 작동할 수 있었을 것이라 추론하며 연구를 이어갔다. 석박사 과정의 시간 동안 영상미학·매체론·이미지론을 공부할 수 있게 장려해주신 양승국 선생님의 가르침이 새삼 크게 느껴진 시간이었다.

물론 학위 취득 이후 길지 않은 시간을 지나면서, 연구의 주제는 몇 차례 굴곡을 겪었다. 그 굴곡이 매끈하지 않았기에 계속 연구를 이어갈 수 있는 동력이 되었다. 한 동료 연구자와 지속적으로 나누었던 대화 속에 이 연구가 익숙한 기념화의 차원으로 귀결되지 않을까 두려움을 공유하며 지금-여기에 정말 필요한 이야기는 무엇일까를 고민하게 되었다. 그리고 운동의 기억과 상처를 구술생애사의 접근법과 대항기억 및 역사·장르적 혼성·다큐멘터리·카메라 액티비즘의 차원에서 접근하는 세미나 팀에서 함께 하며 연구의 영역을 넓히고 하고 싶었던 이야기를 찾을 수 있었다. 더 넓게 보고, 내 글을 쓰라 독려해주신 선생님 덕분에 시작할 수 있는 마음을 얻었다. 또 돈과 인문학 세미나 팀에 참여하게 되면서 문학 전공이기에 계급과 자본에 대한 대항의 사유들을 다른 방식으로 이야기할 수 있는 방법에 대해 고민하게 되었다. 질병권 연극을 매개로 만난 선생님을 통해 여전히 뜨거워야 할 질문들을 만날 수 있었다. 또 이영미 선생님은 그 시대의 마음이 궁금할 때 늘 기대 이상의 답변을 들려준 분이었다. 한국극예술학회, 한국현대문학회, 국어국문학회, 한국어문교육연구회의 발표를 통해 성긴 질문을 공론장 속에 풀어 놓고 함께 고민할 수 있는 기회를 얻었다. 함께 해 준 선생님들께 감사의 마음을 전한다.

또 낱장의 종이가 아닌 한 권의 책으로 묶이는 데, 세심한 검토와 배치, 이미지화를 수행해주신 역락출판사 이태곤, 안혜진, 임애정 선생님의 노고가 있었다. 책의 물성을 경험하게 해 주신 선생님들께 감사를 전한다.

주지하듯, 1970~80년대 한국의 개발독재/포스트 개발독재 시기 반체제운동은 1987년 이후 한국 사회의 제도적 민주화를 이끈 원동력이다. 그렇기 때문에 1980년대 노동/농민/학생 운동 등 민중운동 담론과 연동된 작품에 대한 해석은 민주화운동의 당위성에 대한 인정과 엄숙주의의 시선에서 쉽게 벗어날 수 없었다. 최근 이 시기 민중운동의 자장 내에서 이루어진 성과들을 역사화 시키는 작업이 이루어지고 있다. 이는 반체제운동의 목표의식을 공유한 텍스트와 담론들 안에 윤리적 감각을 재검토하는 것, 또는 정치적 올바름에 대한 긴박함에서 비롯한 엄숙주의를 벗어나 당대의 문화적 실체의 중층성을 해명하는 방향으로 이루어지고 있다. 본 연구서 또한 한국의 민주화운동 시기의 예술운동을 역사화 시키고 해당 시기 연극 영화 텍스트의 미학적·문화정치적 역동성을 밝히기 위한, 그리고 현재와 재접속시키기 위한 한 시도로 독해되기를 바란다.

저자 박상은

차례

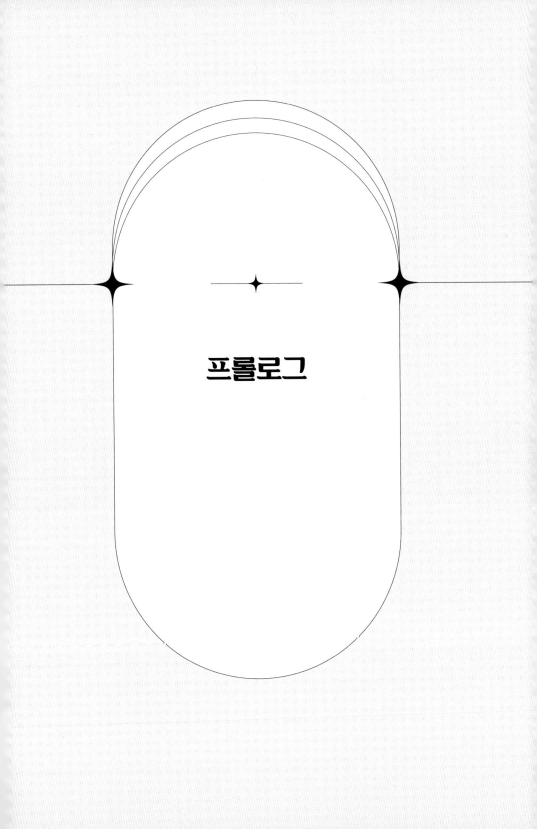

프롤로그

하지만 어떤 정치적 서사가

그 대상이 되는 사람들이 실제로 누구인지를 고려하지 않는다면,

그 서사가 화제로 삼고 해석하는 개인들의 삶을

구축된 허구로부터 빠져나간다는 이유로 비난하기에 이른다면,

대체 무슨 의미가 있겠는가?

통일성과 단순성을 해체하고

거기에 모순과 복잡성을 부여하기 위해,

그리고 거기에 역사적 시간을 다시 도입하기 위해,

변화해야만 하는 쪽은 서사이다.

디디에 에리봉, 이상길 역, 『랭스로 되돌아가다』, 문학과지성사, 2021, 98면.

1980년대는 운동의 시대로 기록된다. 그렇다면 1980년대의 '운동'을 직물에 비유하자면 어떠한 색감과 질감을 가진 것으로 상상할 수 있을까. 운동의 흐름에 영향을 받거나 개입했던 이들의 경우 개인의 생애사적 시기와 운동사의 흐름에서 어느 기점과 장소에서 운동의 흐름과 만나게 되있는지에 따라, 그리고 '1980년대 이후'에 어떠한 삶을 살았는지에 따라 기억의 방식은 달라진다. 다재했던 죽음과 존재 상실에 대한 무거운 기억으로, 집단적인 신념 속에 자신의 존재를 과감히 투신했던 열정으로, 탈춤과 풍물, 함께 부르던 노래의 집단적 흥성거림과 비장함으로 기억될 수 있다. 영광과 기념의 서사, 냉전사의 인식 속에 소수에 의해 이루어진 사상 투쟁, 모멸과 환멸의 기억 사이에서 1980년대 운동의 서사는 유동하고 있다.

주지하듯, 한국 사회에서 1980년대는 '문화의 시대', 대항문화운동의 시대였다. 대학 지식인층에서 출발했던 민중문화운동은 대항적 민족주의를 기반으로 한 좌파 지식인의 연대를 상징하는 것이기도 하다. 1970년대 초중반 도시 대학가 중심으로 활성화된 민속문화에 대한 관심의 청년문화적 활력과 대항의 씨앗이 1970년대 후반 노동, 농민, 빈민운동과 만나기 시작하면서 미학적이고 주제적인 차원에서 급진적인 발견과 변환을 이루게 되고, 미술과 노래운동 등 다른 장르로 옮겨

지면서 "각자 다르게 또는 공통적으로" 해 나가는[1] 실험들의 원동력이 된다. 이 문화운동의 문화적 형식들은 1980년 5월 광주 이후 전개되었 던 1980년대적인 거리의 정치에서 의식화와 조직화의 도구이자, 생산·생활 영역의 안팎을 오가는 집단적 생활 의식과 사회구성 방식에 근간한 갈등과 극복의 소망을 담아내는 재현적 매개체가 되었다. 최일남의 〈흐르는 북〉, 박완서의 소설, 이문열의 〈구로 아리랑〉에 이르기까지 당대 문학에서부터 대중문화에 이르기까지 운동문화는 대학가와 노동자 집회에서의 흥성거리는 풍물과 데모-집회 문화에 대한 묘사로 대표되었다. 이처럼 1980년대적인 문화로서 운동의 표상은 일반적인 것이 되기도 했다. 한편으로, 1980년대 말에서 1990년대에 이르는 시기는 후발 발전주의 국가 속 삶의 문제에 대한 고민의 열정과 실패들, 즉 운동문화 및 담론 내의 다층적인 균열들이 충분히 지속 및 계승되지 못하고 피상적인 차원에서 소비되기 시작한 시기이기도 했다.

한국의 1980년대 민중문화운동의 자장 내에서 매체/장르 간 전환은 주목할만한 흐름을 보여주었다. 1970년대 조세희와 황석영의 소설 각색 공연에서 출발하여, 1980년대는 황석영 소설 원작을 기반으로 한 연극 〈장산곶매〉(1980), 〈장사의 꿈〉(1981), 〈한씨 연대기〉(1985)와 김지하 의 담시를 마당극화 한 〈밥〉(1985), 박노해의 시집을 기반으로 한 노래 극 〈노동의 새벽〉(1988), 정화진 소설 원작을 기반으로 한 연극 〈쇳물처 럼〉(1989)을 비롯한 소설/시-공연 대본으로의 전환이 더욱 활발하게 이 루어졌다. 한편 최일남의 소설을 영화화 한 〈바람 불어 좋은 날〉(1980)

---

1   송도영, 「1980년대 한국 문화운동과 민족·민중적 문화양식의 탐색」, 『비교문화연구』 제4호, 서울대학교 비교문화연구소, 1998, 157면.

과 이철용의 소설을 영화화한 〈꼬방동네 사람들〉(1982)이 제작되고, 대만 작가 황춘명의 소설인 〈두 페인트공〉이 〈칠수와 만수〉라는 제목으로 연극(1986)과 영화(1988)로 만들어졌다. 이 시기의 간(間) 장르·매체적 움직임은 신식민적 상황에 대한 각성·압축적 근대화에 대한 대항의 차원에서 공통의 이야기성을 탐색하고 구축하는 과정에서 이루어졌다. 즉 이 시기의 각색은 민중문학, 민중신학, 민중사학, 민중사회학, 민중예술 등의 다양한 민중운동이 연결되는 하나의 '상징적 공동체(symbolic community)'가 만들어낸 '대항 공적 영역'(Counterpublic Sphere)의[2] 기반 위에 이루어졌다. 독재 정권하의 정치적 암울함과 근대화 프로젝트의 비인간성에 대항하고자 하는 민중예술운동의 공통적 지향은 역설적이게도 이 시기 해당 시기 장르와 매체 전환의 상상력을 촉발시켰다.

해당 문학 작품이 각색의 대상으로 삼아진 것은 예술에 대한 유미주의적 입장이 아닌 사회 비판과 대안 사회에 대한 공론장 형성을 돕는 예술의 실용적/실천적 기능에 대한 인식을 전제로 이루어졌다. 즉 이때 각색은 각색의 오랜 역사 동안 출현한 "익숙함과 경멸"이라는[3] 문화적 위계의 시선에서 비교적 자유로운 모습을 보여주었다. 이 각색의 맥락에서 유미주의적 탐구의 대상이 아닌 일종의 사회적 의례의 기능을 담당하게 되면서 "도덕적으로 장전된 충실성 담론"은[4] 중시되지 않았다. 특히 사회 비판 의식을 집단의 관객 혹은 대중과 공유하겠다는 '운동'으로서의 목적은 즐거움과 깨달음을 동시에 줄 수 있는 유효한 장

---

2 이남희, 『민중 만들기—한국의 민주화운동과 재현의 정치학』, 후마니타스, 2015.

3 린다 허천(2006), 손동흠·유춘동·김대범·이진형 역, 『각색 이론의 모든 것』, 앨피, 2017, 43면.

4 린다 허천, 위의 책, 52면.

르/매체적 전략을 발견하게 했다. 또 집회-공연/상연의 맥락과 접합함으로써 단독적 공연/상연물로서 텍스트의 의미가 장소의 정치학에 의해 변형될 수 있었던 것도 1980년대 간(間) 장르·매체적 창작의 역동의 특수성이다.

간(間) 장르·매체적 창작의 역동이 산업적 맥락 혹은 유미주의적 맥락에 국한되지 않고 대항 정치의 맥락에서 구성되었음은 특기할만한 시대로서 1980년대 문화적 역동성을 바라보게 한다. 더욱 주의를 요하는 부분은 이 창작적 역동이 '제도권'과 '비제도권(비합법/반합법)', '예술'과 '비예술', '전문인'과 '비전문인', '작품'과 '운동매체', 그리고 '지식인'과 '서발턴' 중 한 측에 환원적으로 종속된 것이 아니라 양자 사이의 긴장에서 비롯했다는 점이다. 이 책은 이 '민중'과 '통속' 사이의 긴장에 주목하여 그 문화사적 의미를 조명하고자 한다.

강용훈과 이하나는 20세기 한국의 사회·교육·문화 담론에서 '통속'의 의미를 추적하는 중요한 연구를 제출한 바 있다.[5] 강용훈은 20세기 초반 한국에서 '통속' 개념이 교육제도, 지식체계, 어문질서의 재편과 긴밀이 연관되었음을 밝혔다. 이에 보통교육의 확대, 식민통치성, 대항담론, 문화운동 등에서 통속의 개념이 어떠한 방식으로 사용되고 있는지 그 용례를 밝혔다. 강용훈은 '통속'을 둘러싸고 근대 이전에 계층 간 문화적 간극을 드러내던 고전적 용례와 함께 기존의 지식/언어 체계의 위계가 재배치되는 움직임이 교차했음을 강조한다. 이 움직임은 지식체계를 일반화해 동질화된 국민을 형성하려는 식민주의적 기

---

5 강용훈, 「20세기 초반 한국의 '통속' 개념과 '속' 관련 문화의 변동」, 『상허학보』 제 58집, 상허학회, 2020.; 이하나, 「'통속성' 개념의 분화/분단과 문화평등주의」, 『대동문화연구』 제 113집, 대동문화연구소, 2021.

획과 연결되기도 하는 한편 문화적 위계의 해체를 기반으로 한 민중의 집합적 정체성 구축 혹은 예술 활동에 내재한 창조력의 발견이라는 새로운 예술적 가치의 탐색과 연결되기도 했다.

또 이하나는 개념사의 차원에서 해방 이후 남한과 북한에서 통속의 용례가 어떻게 변화하였는지를 추적하였다. 이하나가 정리하였듯이 남한에서 통속은 일반적이고 공통적이며 비전문적이라는 의미와 대중의 기호와 상업주의에 영합하는 저급한 것이라는 의미를 동시에 가지고 있었다.[6] 특히 1980~90년대 남한사회에서 통속은 결과적 평등을 사유케 하는 생활 개념의 기능을 상실하고 대중문화에 대한 저평가 혹은 재평가라는 예술적이고 미학적인 개념으로 수렴·축소되는 경향을 보였다.

본 책에서 '통속성'을 한국의 1970~80년대 개발독재시기 민중 개념과 함께 두고 연극과 영화를 중심으로 한 대항문화운동의 작업을 살펴보려는 것은 해당 시기 민중운동 담론, 그리고 이 시기 민중영화를 독해하는 과정에서 '통속성'을 "'민중성'이 가진 건강하고 생명력 있는 주체의 자각과는 하등 관련이 없는 개념"으로(이하나, 694면) 협소화하여 이해하는 차원이 있었음을 비판적으로 고찰하기 위함이다. 실제 텍스트의 차원에서 환원론적 이해에서 벗어나는 지점이 존재하며 이를 텍스트 간, 매체 간 교차 속에 재독하는 것이 필요하다.

그렇다면 이 텍스트들을 민중과 통속 사이에서 유동하는 텍스트로 의미화하거나 민중과 통속이 중첩되면서 만들어낸 효과로 재해석하는 것이 가능하지 않은가. 실제로 이와 같은 입장에서 작품 간, 매체 간 교

---

6   이하나, 위의 글, 673쪽.

차를 통해 이 텍스트들을 다시 읽으면 ①미학적 가치 평가에서 '저속한 것'으로 평가되던 장르적 관습들을 통해 협소한 민중성의 개념을 초과하는 비판적 의미가 만들어지는 지점이나 ②'건강한 민중'이라는 환원론적 민중담론의 클리셰가 간과한 지점 혹은 그 클리셰로 포착되지 못하는 생활 밀착적이거나 다양한 행위자성이 드러나는 지점이 만들어내는 민중주의의 대항성을 해석할 수 있다. 즉 상업적 대중성과 예술성, 반체제적 비판 정신 사이의 비균질적 교차를 드러내고 텍스트의 차원에서 모색되었던 변혁의 감각들을 재조명할 수 있다. 연극·영화의 간 매체적이고 장르적인 상상력 속에서 일상적 생활자, 다성적 주체, 지배와 저항을 동시에 담지한 모순적 주체로서 민중의 형상은[7] 어떻게 드러났으며 대항 발전주의 서사의 지평을 풍부하게 만들었는가.

이에 이 책의 1부는 〈바람불어 좋은 날〉(1980), 〈장사의 꿈〉(1985), 〈칠수와 만수〉(1988)와 같이 민중주의의 반영으로 인식되었던 텍스트들을 원작과의 상호 검토와 각색 및 시나리오 간 비교 분석, 문화운동의 시간성, 그리고 매체와 장르적인 차원 속에서 재해석하는 것으로 구성했다. 2부는 1980년대 민중운동의 주요한 영역들로서 교육·주거·반공해 운동의 차원에서 제출되었던 연극 및 영화 텍스트를 추적하여 연극과 영화가 대항 발전주의를 공유하며 아래로의 열망을 통해 역량을 성숙시켰던 순간들을 재조명한다. 이때는 "세상에 널리 통하는" 것으로서 통속의 의미가 질적 성장을 보였던 시기이기도 했다.

텍스트에 대한 순응과 저항의 양가적 태도와 지배-대항적 의미 규칙의 위치적 차이에 대한 인식 자체가 특별한 것은 아니지만 '민중문

---

7   역사문제연구소 민중사반, 「총론」, 『민중사를 다시 말한다』, 역사비평사, 2013.

화'와 '지배문화/제국국가의 문화' 사이의 관계의 대립성에만 초점을 맞추는 것이 당대 문화적인 생산물에 대한 이해를 한계 짓는 조건이 될 수 있음은 강조될 필요가 있다. 스튜어트 홀은 기호화와 기호 해독을 세 가지 '지배적-헤게모니적 규칙', '타협된 의미 규칙', '대항적 의미 규칙'으로 나누어 제시한 바 있다. '지배적-헤게모니적 위치'는 외관상 중립적, 기술적으로 보이는 문제를 중시하는 전문 직업적 기호화 방식으로 지배적인 정의를 재생산하는 역할을 한다. '대항적 의미 규칙'은 특정 텍스트의 외연적이고 함축적 의미 모두를 이해하면서도 선호되는 의미 규칙에 따라 만들어진 메시지를 해체하는, 의미작용의 정치가 시작되는 지점이다. '다협된 의미 규칙'은 지배적 정의에 특권적 위치를 부여하지만 예외와 타협을 허용한다.[8] 이에 민중주의의 반영으로 이해되었던 텍스트들의 장르, 매체, 창작 주체의 차이에 의해 만들어졌던 미세감각의 차이들을 마주했을 의미 해독자의 정치에 보다 섬세하게 접근할 시간이다.

---

8   스튜어트 홀, 임영호 역, 「기호화와 기호 해독」, 『문화, 이데올로기, 정체성』, 컬처룩, 2015.

제1부

중심의 주변:
매체전환의 역동과
민중주의의 시간성

제1장
통속적 장르의 역진(逆進)과
진보 서사의 제한적 통속성

—

영화 〈바람불어 좋은 날〉(1980)과 소설 〈우리들의 넝쿨〉(1978)·
영화 〈그래 그래 오늘은 안녕〉(1976) 사이의 거리

사회비판적 리얼리즘이라는 평가와 영향 및 각색의 문제

1960~70년대 이어진 영화-문학 간의 관계 설정에서 〈바람불어 좋은 날〉은 주요한 결절점에 위치한다. 1960~70년대는 한국영화사에서 문학 작품과의 교류가 가장 활발했던 시기로,[1] 반공·계몽 영화와 함께 국책영화의 3대 부문의 하나로서 "문학적인 예술성"으로 그 존재 가치를 인정받았던 초기의 문예영화에서 〈별들의 고향〉과 〈바보들의 행진〉, 〈영자의 전성시대〉 등 인기 신문소설을 원작으로 삼아 동시대 젊은이들의 이야기를 한 1970년대 중후반의 경향으로 변화가 있었다. 〈바람불어 좋은 날〉을 위시로 1980년대에는 도시 빈민, 하층민에서 노동자 등을 제재로 한 '민중/민족문학' 계열로 명명된 문학 작품이 일련의 영화

1 　김지미, 「고백체 소설의 영화 각색 방식 연구」, 『여성문학연구』 제 30호, 한국여성문학회, 2013.

로 제작된다.[2]

〈바람불어 좋은 날〉(1980)은 최일남의 소설 〈우리들의 넝쿨〉(1979)을 영화화한 것으로 알려져 있으며 젊은 상업영화 감독의 변화가 영화사적 전환과 맞물린 국면으로 이해된다. 감독은 대마초 파동으로 작품 활동을 금지당한 시기 여동생의 책을 통해 "사회의식"이 들어간 책을 읽게 되었고,[3] "감각적이고 사람들이 좋아할 것 같은 것"에 있었던 초점이 "사회의식이라든지 역사의식"으로 이동했다고 밝혔다. 이 시기 감독이 여동생의 책을 통해 만난 것은 박정희 군사 정권에 대한 반체제운동과 강력히 연동되었던 '한국문학'의 세계였다. 기실 1974년 자유실천문인협의회가 출범하고 석방투쟁과 시국 현안에 대한 성명을 해 나가면서 문학운동은 전체운동-부문운동의 경계를 벗어나 전개되었다. 이장호는 문학을 통해 "유신체제가 원치 않게 각 분야의 지식인들이 연결되고 지식인과 민중운동을 결합시키는 적극적인 작용"을 한 시기의 인식과[4] 맞물릴 수 있었다고 회고한다. 그는 〈바람불어 좋은 날〉을 '시작'으로 현실을 반영하지 않은 한국영화의 "허상"을 통렬히 성찰하고자 하였으며[5] 동시대 문학은 그에게 학습의 도구였다고 밝혔다.

같은 맥락에서 〈바람불어 좋은 날〉은 도시주변부의 서사와 인물들에 대한 형상화와 개발주의에 대한 비판을 담고 있다는 점에서 1980년

2   박유희, 「한국영화사에서 '1980년대'가 지니는 의미」, 『영화연구』 제 77집, 한국영화학회, 2018, 259면.

3   이장호·김홍준, 『이장호 감독의 마스터클래스』, 작가, 2013, 135~136면.

4   염무웅·백지연, 「정치적 억압과 글쓰기의 자유」, 한국작가회의 40주년 기념사업단 편찬위원회, 『증언: 1970년대 문학운동』, 한국작가회의, 2014, 150면 참조.

5   이장호·김홍준, 앞의 책, 137면.

대 사회적 리얼리즘의 효시라는 평가를 받아왔다. 〈바람불어 좋은 날〉을 시작으로 1980년대 기간 동안 이루어지는 이장호 영화 작업이 갖는 '대표성'은 미학적 요소의 급진전과 반체제 사회비판의식의 반영으로 초점화되었다. 이 영화가 한국 영화의 중요한 결절점에 위치했음은 분명하다. 송아름은 〈바람불어 좋은 날〉과 이후 가난을 소재로 한 현실적인 영화들의 출현을 함께 분석하며 오프닝 시퀀스가 서울이라는 도시에서 세 청년의 위치성을 분명히 보여줌으로써 "성장에 대한 강박"을 기형적으로 체현해야 했던 전 세대 한국영화의 경향에서 확실한 변화를 보여주었음을 강조했다.[6] 조지훈은 1970~80년대 이장호 감독 영화와 민중문화운동 간의 연관 관계를 분석하면서 이장호의 1980년대 리얼리즘이 영화라는 매체적 특성에 기인한 리얼리즘의 미학적 진화에 기반한 것이 아니라 사회적 공리성에 기반한 문학의 논의에서 출발했음을 밝혔다.[7]

한편 최근의 연구는 당대, 혹은 직후에 이루어진 반체제운동과 민중주의 의식에 대한 당위적 긍정에서 벗어나 미학적 급진전의 실체에 대한 분석[8] 혹은 젠더적 관점에서의 비판적 성찰과[9] 같이 보다 영화의

---

6   송아름은 이를 1980년 서울의 봄이라는 특수하고 짧은 시기의 검열의 조건과 연관하여 해석한 바 있다. 송아름, 「1980년 가난의 묘사가 허용된 찰나: 영화 〈바람불어 좋은 날〉(1980)과 〈난장이가 쏘아 올린 작은 공〉(1981), 〈꼬방동네 사람들〉(1982) 사이」, 한국영상자료원 한국영화데이터베이스(https://www.kmdb.or.kr/history/contents/2607), 2019.

7   조지훈, 「1970~80년대 민중문화운동과 한국영화-이장호의 영화를 중심으로」, 『영화연구』 제 61호, 한국영화학회, 2014.

8   박유희, 위의 논문.; 장우진, 「1980년대 이장호 감독의 영화에 재현된 터전의 상실과 혼성적 공간」, 『현대영화연구』 제 24집, 현대영화연구소, 2016.

9   하정현·정수완, 「이장호 민중영화의 여성 재현-〈바람불어 좋은 날〉, 〈바보선언〉을 중심으로」, 『인문콘텐츠』 제 44집, 인문콘텐츠학회, 2017.

성과를 역사화 시키는 경향을 보여주었다. 특히 이장호 영화에서 민중주의는 주요한 해석의 대상이 되어왔다. 영화 속 요소들에 대한 분석을 통해 1970년대 후반과 1980년대 초반 반체제 대항운동의 문화사적 배경과 함께 독해하거나,[10] 민중성의 강조 속에 오히려 젠더 차별적 요소가 두드러지게 드러났던 측면이 성찰되기도 했다.[11]

하지만 1980년대 영화를 전후로 감독 개인의 작품 활동이 상업적 대중성과 예술성, 반체제적 비판 정신 사이에서 보여준 비균질성,[12] 그리고 동시대 다양한 문화적 형식에서 보여준 민중 의식의 중층성에 대한 해석은[13] 불투명한 상태로 남아 있다. 근래 연구에서 이 '혼종'이 설명된 바 있다. 문관규는 1980년대 이장호 영화를 민중문화와의 영향 관계뿐 아니라 '잔존문화'로서의 신필름의 충무로 제작 관행 및 청년문화, 그리고 부상문화로서 민중적 리얼리즘이 "상호 혼종"되어 형성되었다는 점을 지적했다.[14]

---

10 조지훈, 위의 글.

11 하정현·정수완, 앞의 글.

12 주지하듯 이장호 감독의 1980년대 영화 스펙트럼은 상당히 비균질적이다. 〈어둠의 자식들〉(1981), 〈과부춤〉(1983), 〈바보선언〉(1983), 〈나그네는 길에서도 쉬지 않는다〉(1987)는 당대 사회적 현실에 대한 강도 높은 비판과 영화라는 장르의 표현 전략의 급진적인 발견을 보여주는 것으로 평가된다. 한편 〈무릎과 무릎 사이〉(1984), 〈어우동〉(1985) 등과 같은 영화에서 성적 재현은 탈권위의 전략과 함께 대중적 인기의 획득 사이에서 유동했다. 〈공포의 외인구단〉(1986)과 같이 상업영화의 감각을 보여준 경우도 스펙트럼의 주요한 한 부문을 형성한다.

13 강소희, 「'비-동일성'의 민중을 기입하는 글쓰기」, 『현대문학이론연구』 제 79집, 현대문학이론학회, 2019, 7면.

14 문관규, 「이장호 감독의 네트워크를 통해 살펴본 1980년대 한국영화의 잔여문화와 부상문화의 혼종풍경: 〈바람불어 좋은 날〉(1980)에 재현된 청년문화와 민중문화를 중심으로」, 『영화연구』 제 95호, 한국영화학회, 2023, 117면.

〈별들의 고향〉의 감독에서 〈바람 불어 좋은 날〉의 감독으로의 전환에 대한 영화사적 평가와 감독의 자기 서술 자체를 부정할 수는 없다. 그러나 〈바람불어 좋은 날〉이 사회비판적 리얼리즘의 시작이라는 지적은 재검토될 필요가 있다. 앞서 강영희와 문관규가 선행연구에서 지적하였듯이 〈바람불어 좋은 날〉은 민중문화적 요소의 참조만큼이나 영상시대의 작업성·청년문화의 감각 등 잔존문화로서 1970년대적 것이 남아 있는 텍스트이다.[15] 〈바람불어 좋은 날〉의 민중주의적 실체에 대한 규명만큼이나 민중문화적인 것으로 포섭되지 않는 잔여들이 만들어낸 효과에 대한 보다 면밀한 해석이 요구된다.

또 감독의 활동 금지 사건 직전에 창작된 〈그래 그래 오늘은 안녕〉(1976)의 성격 역시 문제적이다.[16] 〈그래 그래 오늘은 안녕〉은 〈바람불어 좋은 날〉만큼 대중적 성공을 거두지 못하였지만 오히려 동시대 멜로·호스티스·하이틴 영화의 장르적 경향성을 공유하면서도 사회 고발적 의식을 담아낸다는 점에서 분명한 주제적인 차별성을 드러낸 텍스트이다. 이 영화에는 하층계급 청년의 서사와 도시의 가난·카메라의 기록성을 기반으로 한 당대 서울 생활의 반영·민중주의적 시선이 담겨 있다. 따라서 활동 금지 사건 '이후'에 비로소 감독의 사회비판적 의식이 형성되고 창작의 분기점을 만들었다는 해석의 신화성을 면밀히 검토할 필요가 있다.

---

15 문관규, 위의 글, 117면.

16 정종화는 〈어제 내린 비〉(1975), 〈너 또한 별이 되어〉(1975), 〈그래 그래 오늘은 안녕〉(1976)은 감독의 이력에서 상대적으로 조명을 덜 받는 시기의 작품임을 지적한 바 있다. 정종화, 「신인감독 이장호의 역동적인 장르 탐색」을 보여준 텍스트임을 지적한 바 있다. 정종화, 「신인감독 이장호의 역동적인 장르 탐색」, 『씨네21』, 2021.7.26. http://www.cine21.com/news/view/?mag_id=98243(확인일시: 2023.10.20.)

본 장에서는 영화 〈바람불어 좋은 날〉에 대항담론으로서 민중주의의 코드만큼이나 멜로드라마와 청춘물의 코드가 혼종 되어 있었던 국면을 원작 소설 〈우리들의 넝쿨〉에서의 각색 양상에 대한 검토와 감독의 전작이자 도시 근대화와 물질주의에 대한 비판성이 영화적인 방식으로 탐색되었던 〈그래 그래 오늘은 안녕〉과의 교차 읽기를 통해 분석하고자 한다. 이를 통해 감독 이장호에 국한해 보았을 때 비판적 리얼리즘의 시작으로 상정되어 있었던 〈바람불어 좋은 날〉의 위치성을 의문시하고, 반체제 정치성과 민중주의가 '통속성'과 배치되는 것이 아니라 중층적으로 결합해 있었던 지점의 의미를 탐색해 보자.

대항서사의 공유와 영화적 잔여
—소설 〈우리들의 넝쿨〉(1979)과의 관계

린다 허천이 강조하였듯이 각색에서 첨가와 변형은 양식적이며 윤리적인 차원의 재료들의 활용과 새로운 캐릭터의 삽입, 서스펜스의 고조에 이르기까지 광범위하게 이루어진다. 특히 문학과 같은 말하기 장르에서 연극, 영화와 같은 보여주기 장르로 이동할 때 각색 작품은 극화될 수밖에 없다. 소설의 묘사, 서술, 사상의 재현 등은 발화와 행위, 음향과 시각 이미지 등으로 약호 전환 되어야 한다. 따라서 주제와 인물, 플롯 등은 어느 정도 재강조되거나 재초점화된다.[17] 또 매체 전환에서 랄프 슈넬이 언급한 바, 주제 자체가 아니라 재현의 수단이 지니는 특별한 미적 차원들에 집중하면 보다 생산적인 텍스트 분석이 이루어

---

17 린다 허천(2006), 손동흠·유춘동·김대범·이진형 역, 『각색 이론의 모든 것』, 앨피, 2017, 112면.

질 수 있음에 주목해야 한다.[18]

영화 〈바람불어 좋은 날〉이 최일남의 소설 〈우리들의 넝쿨〉을 원작으로 함은 잘 알려져 있는 사실이다. 지금까지 원작에 대한 언급은 있었지만 원작 소설의 서술 방식과 주제적 특징과의 상관관계에 대해서는 밝혀진 바는 없다. 두 텍스트를 비교해 보면 공유하고 있는 지점만큼이나 차이도 분명하다.

영화 〈바람불어 좋은 날〉의 원작 소설 〈우리들의 넝쿨〉의 작가 최일남은 1960~70년대 도시 공간을 배경으로 '소시민성'과 '속물성'을 형상화 하는데 주력했다.[19] 특히 최일남은 일련의 단편을 통해 "시골 '촌놈성'과 도시의 '하이칼러성'이 불연속적으로 공서(共棲)함"에 주목하고 이를 희화적으로 그렸다.[20] 〈우리들의 넝쿨〉이 실린 소설집 《춘자의 사계》의 경우 작가가 의도적으로 "바닥"으로 시선이 향하는 변화를 감행했다 밝힌 것처럼, 민중의 재현이 문학의 핵심적인 과제가 되었던 시대 정신의 자장을[21] 보여주는 작품집이다. 최일남은 전작에서 시골에서 상경하여 '하이칼러'로 성공한 인물의 이중적 내면에 초점을 맞추었다. 하지만 이 소설집에 묶인 소설들은 도시로 유입되어 변두리에서 사회적 천대를 감내하며 살아가야 했던 도시빈민의 생활과 내면을 주요 대상으로 삼았다. 작가는 "소시민적 삶의 테두리", "세태의 고지식한 복

---

18 랄프 슈넬(2000), 강호진 이상훈 주경식 육현승 역, 『미디어 미학—시청각 지각형식들의 역사와 이론에 대하여』, 이론과실천, 2005, 160면.

19 최일남·오창은, 「나무가 고목이 되면 새도 오지 않는다고 했는데… 한국문학과 함께한 60여 년, 소설가 최일남을 만나다 -최일남 오창은」, 『실천문학』 2012년 여름호, 실천문학사, 2012, 102면.

20 김병익, 「풍속의 갈등과 풍자」, 『한국문학전집 18』, 삼성출판사, 1987.

21 강소희, 앞의 글, 8면.

사"라는 비판 가능성을 경계하면서 이 소설집을 통해 "내 식으로 한바탕 놀아 보고 싶었다."고 진술한다.[22]

일요일이면 언제나 그랬다. 집집의 담벼락에도 나름대로의 때가 껴 있고, 지붕마다 세월의 무게가 짓눌려 있어 보이는 해묵은 동네와 달리, 요 몇 년 사이에 우당퉁탕 때려지은 새집들로 이루어진 이 동네는, 일요일만 되면 갑자기 주민들의 식욕이 왕성해졌다. 불란서식이라기도 하고 미니 이층이라고도 하는 산뜻한 집들이, 애당초 구질구질한 것들은 얼씬도 못 하게끔 서로 이마를 맞대고 또는 엉덩이를 비비며 즐비하게 늘어서 있는데 보통 날은 된장이나 바글바글 끓이고 있는 김치나 파먹는지 아뭇소리 없다가 일요일이면 생판 난리였다. 거기 중국집이죠? 여기 삼층 계단집인데요. 네? 있잖아요. 주유소 뒷골목으로 들어오자면 계단 막다른 집 말예요. 부르도꾸 있는 집… 그래요 그래요. 탕수육 하나, 잡탕 하나, 울면 둘, 소면 하나. 에이 신경질나. 빨리 적어요. 짜장면 하나. 됐죠? 찰칵(전화 끊는 소리) 거기 복성루죠? 여기 까만 쇠대문 집인데요.[23]

〈우리들의 넝쿨〉은 여러 주인공의 서사를 병렬적으로 이끌어 가고 특정 공간의 도시 사회학적 위상을 활용함으로써 민중들의 다중적 삶을 재현하는 서술 전략을 택한다. 〈우리들의 넝쿨〉은 서울로 이주한 세 명의 청년인 길남, 덕배, 준식을 주인공으로 하며 이들에게 한창 개

---

22 최일남, 〈후기〉, 《춘자의 사계》, 문학과 지성사, 1979, 269~270면.
23 〈우리들의 넝쿨〉, 10면.

발 중인 서울의 변두리 주택 지역의 '여관', '중국집', '이발관'의 종업원이라는 직업적 정체성을 부여한다. 각 인물의 직업과 도시 생활의 독특한 정체성을 반영하는 세 공간의 특수성(의-이발관/식-중국집/주-여관)을 통해 소설은 서울로 이주하여 '몸'만으로 도시 생활에 적응하며 버텨야 했던 하층계급의 청년들이 겪어야 했던 고충과 1970년대 막 생성되었던 서울이라는 도시적 삶의 실상을 형상화한다. "구질구질한 것들은" 접근하지 못하게 마주하고 있는 "새집"의 세계는 덕배·길남·준식의 노동 및 생활 공간인 이발관·중국집·여관의 세계와 명백한 대비를 이룬다. 작가는 이 새집의 공간에서 일요일마다 두드러지게 활성화되는 '식욕'과 '피로'가 어떻게 이 청년들의 생활 공간에서 이루어지는 노동을 통해 외주화됨으로써 해소되는지를 풍자의 시선으로 포착하며 소설을 시작한다.

이후 〈우리들의 넝쿨〉은 준식-미스유, 길남-진옥, 덕배라는 청년들이 일구는 계획과 희망이 어떻게 좌절되는지를 순차적으로 제시한다. 귀경 전 이들의 가정적 배경에 대한 전사는 도시 하층부의 노동을 감당하는 이들의 계급 사회학을 상징한다. 미용사로 일하는 미스 유, 진옥에 대한 준식, 길남 각각의 애정은 순정의 차원으로 제시되는데 모두 실패로 끝난다. 소설은 천대받는 생활의 지평에서 인종, 국가를 가리지 않고 '인권'을 존중하는 '웰컴 호텔'을 세우고자 하는 길남의 꿈, "부자집 마나님으로 떵떵거리고 살 궁리하지 않고, 허구헌 날 뭇 사내들의 얼굴이나 매만지고 있"는[24] 미스 유에 대한 준식의 애정이 철저하게 배반당하는 것을 보여주는 방식으로 구성되었다. 이를 통해 소설은 청년

---

24 〈우리들의 넝쿨〉, 17면.

이라는 생애사적 단계에 기대하는 사랑과 생활의 안온함을 꿈꿀 권리와 기회가 어떻게 애초부터 주어지지 않는지, 혹은 배반당하는지를 제시한다. 이처럼 〈우리들의 넝쿨〉은 배경의 차원에서 도시 변두리의 한창 개발 중인 생활 공간을, 인물의 차원에서 청년이라는 생애사적 조건을 설정하면서 성장과 개발에 대한 매끄러운 논리의 허상을 드러낸다.

영화 〈바람불어 좋은 날〉이 '현실'에 대한 진정한 목소리를 가진 영화로서 위치 지어질 수 있었던 것은 위와 같은 원작의 공간, 계층, 세대 사회학이 갖는 상징성을 계승할 수 있었기 때문이다. 또 장르의 차원에서 감독 스스로 의식했던 영화의 '블랙코미디'로서의 규정 또한 원작 소설과 공유한 지점이었다. 〈우리들의 넝쿨〉은 서술자의 연민적 시선과 페이소스를 담아내는 한편 희화적 서술을 교차하며 판소리 사설조의 서술 방법을 차용하였다. 〈바람불어 좋은 날〉의 오리지널 대본에도 서울에 상경하여 도시 하층민으로 노동하는 덕배, 춘식, 길남의 모습을 "다분히 코믹하게", "팬토마임식의 과장"과 함께, "어두운 얼굴"에 대한 강조 없이 보여야 함이 명시되어 있다.[25] 즉 〈바람불어 좋은 날〉은 하층민 청년의 애정 및 노동 서사가 처한 비관적 상황을 그려낸다는 주제적 차원과 함께 웃음의 코드를 원작과 공유했다

그런데 소설 〈우리들의 넝쿨〉과 영화 〈바람불어 좋은 날〉 사이의 거리 또한 분명하다. 둘 사이의 가장 큰 차이는 플롯의 차원에서 두 가지 지점, 즉 원작에는 없었던 명희와 땅 잃은 노인 및 복성루 주인이라는 인물을 추가로 기입함으로써 서사적 확장과 변형을 꾀했다는 점에 있다. 서사 및 장면의 기입은 소설이 영화로 각색되는 과정에서 자연스

---

25 〈바람불어 좋은 날〉 오리지널 시나리오, 한국영상자료원, 1980.

럽게 이루어지는 부분이기도 하지만, 이 경우 추가된 서사가 원작의 주
제적 차원을 계급 적대의 차원에 대한 강화와 함께 변형하고 있다는 사
실에 주목을 요한다.

〈표: 원작 소설과 오리지널 시나리오 사이의 차이〉

원작 소설과 오리지널 시나리오 사이의 차이	
플롯	-명희-덕배 서사 첨가 -땅 잃은 노인 서사 첨가 -복성루 주인 서사 첨가
인물	-덕배(시각장애에서 언어장애로 변경) -길남이의 희극적 요소 첨가 -매자의 역할 확장과 여공 서사 첨가 -불갈비집 사장에서 사채 부동산 회장으로의 변화
장르	-멜로드라마, 성애물 요소

위의 표는 원작소설과 오리지널 대본 사이에 두드러지는 차이를
정리한 것이다. 〈바람불어 좋은 날〉에서 인물의 직업적 특수성과 고향
과 관련한 전사, 장소적 특수성을 활용한 서사의 기본적인 구도는 유지
된다. '다중적 집단'을 주인공으로 삼음으로써 장르 영화의 문법을 벗
어난 지점이[26] 원작의 인물 구도에 의해 견인된 것임을 짐작할 수 있다.
서사의 추가는 크게 ①도시의 비참 혹은 계급 적대의 상황의 강조 그리
고 ②비판적 기능으로 환원되지 않는 중층적인 욕망의 제시 두 가지로
나뉜다.

---

26 김시무, 〈[영화(2)] 『바람 불어 좋은 날』, 『바보선언』, 『나그네는 길에서도 쉬지 않는다』
를 중심으로- 이장호 감독의 작품세계〉, ≪공연과리뷰≫ 74호, 현대미학사, 2011.

먼저 불 갈비집 사장에서 사채 부동산 회장으로의 인물 변화와 자신의 땅을 잃고 정신이 나간 '영감'을 비롯한 개발 이전 토착집단에 대한 서사의 추가는 소설에서 오리지널 각본으로 각색될 때 어떻게 계급 적대가 보다 두드러지게 표현될 수 있었는지를 대표하여 보여준다. 소설에서 주말 오후의 권태로 형상화된 중산층의 생활 공간은 오리지널 각본에서는 확장되고 있는 도시 서울의 폭력성을 쫓겨난 "괴이한 행색"의 미친 영감이라는 타자성의 형식을 통해 더욱 강렬한 방식으로 현실화한다. 그리고 이들 자연부락의 전사는 십 년 전까지만 해도 "전 깃불도 안 들어오는 시골", "인심" 좋았던 과거의 농촌에 기반한 삶의 방식과 "돼지머리며 술을 주고 받는 잔칫 기분"과 "만가"와[27] 같은 공동체적인 문화적 형식과 연결되어 있다.

시나리오화 과정에서 완전히 새롭게 첨가되었던 덕배-명희 서사 또한 길남-진옥, 춘식-미스유의 관계에 비해 계급 격차를 두드러지게 보여주는 기능을 한다. 원작의 길남-진옥, 춘식-미스 유의 애정 서사가 계급적 동질성을 기반으로 한 것임에 비해 상이한 경제적·문화적 배경을 갖고 있는 것으로 설정된 덕배-명희의 서사는 계급적 차이와 좌절을 가시화하기 때문이다. 둘 사이의 문화적 자본의 차이는 미장센·프레이밍·의상·언어 등의 차원에서 가시화된다.

한편 소설에서 영화로의 서사적 추가 및 보여주기 장르로의 전환이라는 각색의 과정 속에 비판적 기능으로 수렴되지 않는 중층적 욕망들이 드러나는 지점도 분명하다. 복성루 서사의 추가와 덕배-명희의 서사의 영상화 방식이 대표적이다. 먼저 원작에서는 세 주인공의 생활 공

---

27 〈바람불어 좋은 날〉 오리지널 시나리오, 한국영상자료원, 42면.

간인 여관방, 중국집, 이발소라는 공간성이 에로티시즘의 차원이 부각되기보다 도시적 삶의 이면이나 이들 삶의 고단함을 보여주는 방법으로 집중된다. 그러나 시청각적 재현의 과정에서 여관의 공간성과 호스티스화되는 미스 유의 삶이 만들어내는 성애화, 서사적으로 추가된 주인집과 조씨 및 덕배와 명희의 관계에서의 성적 욕망들의 형상화가 원작과는 다른 에로티시즘의 층위를 만들어낸다. 이때 에로티시즘과 계급 적대가 중첩되면서 어느 한 편으로 완전히 환원되지 않는 의미적 스펙트럼을 만들어낸다.

　　구체적으로 영화에서는 화면의 비율과 명도·공간감·신체의 전시와 음향의 차원에서 에로티시즘이 강화된다. 위의 장면은 에로티시즘이 개별적 트라우마들과 계급 적대가 중첩되는 대표적인 시퀀스이다. 씬 32에서 씬 36까지는 거리, 여관방, 중국집의 밤을 공간으로 한 도시의 성매매와 복성루 여주인과 덕배의 성적 욕망, 순태의 트라우마를 중첩한다. 도시 서울의 밤거리는 뒷골목의 어두움이 품은 이미지들, 원치 않게 성매매로 유입된 '여성'들·질병·부모의 외도·성적 충동 등 다중적인 실존의 양태를 중첩해서 보여주는 영화적 표현으로 변형된다. 영화음악의 차원에서도 가사가 소거된 채 곡을 하는 듯한 끊이지 않는 샤우팅을 기반으로 한 음향을 결합한 이 시퀀스는 도시의 밤과 성적 욕망들, 도시로 유입된 개개인의 트라우마적 기억들을 교차하며 원작 소설과는 다른 방식으로 중층화 된 삶의 실존적 측면들을 구현한다.

　　못 가진 자인 덕배와 가진 자인 명희 사이의 격차와 계층 상승 욕구 그리고 계급 적대의 측면을 가시화한 것으로 보이는 덕배-명희 서사의 경우 중층성은 더욱 도드라진다. 실제 원 시나리오에서는 덕배와 명희의 데이트 시퀀스에서 배치되었던 계급에 따른 문화적 아비투스의 격차를 보여주는 장면들이 최종 편집본보다 강조되어 나타났다. 그러나 이러한 장면들은 영상화 과정에서 생략되고 경쾌한 피아노 소리의 사운드트랙과 함께 청춘 영화의 장르적 관습이 강화된다. 양수리의 바람 부는 강가의 자연성, "끊임없는 물소리, 바람소리, 새소리"와 덕배를 놀리고 "날 잡아봐요"라는 외화면에 존재하는 명희의 언술이 감각적으로 조합된 이 시퀀스는 계급 차에서 오는 문화적 매혹을 성적 욕구와 일상 바깥의 공간이 주는 일탈의 욕구라는 잔여들과 결합한다. 이때 화려함과 새것에 대한 선망·성적 욕구·다른 삶의 방식에 대한 호기심은 계급 적대에 연루되어 있는 것이기도 했지만 자본의 매혹은 떨쳐내야 하는 것이라는 '선명한' 적대의 언어로 환원되지 않는다. 영화는 덕배-명희 서사에서 계급 격차에 기반한 사랑의 낙차를 문화자본에 대한 매혹·섹슈얼리티와 혼재한다. 이처럼 덕배와 명희의 애정 서사는 특히 계급 적대를 모호하게 만들고 계급 적대와 여러 장르 관습 간의 독특한 의미 경계를 형성한다.

영화가 계급 적대라는 의미만으로 환원되지 않음은 오리지널 시나리오에서 심의대본 시나리오로의 각색 및 영화화 과정에서 명희와 미스유의 인물 형상화 방식의 변화를 통해서도 나타난 바 있다. 오리지널 시나리오에서 순종적이고 순정적인 역할로 형상화되었던 명희는 영화화되었을 때 신경증적이고 자유분방한 성격을 가진 인물로 변모했다. 미스유의 경우 사장과 독대하는 쇼트에서 수동적인 피해자의 이미지가 아닌 생기와 자발성이 두드러지게 표현되었다. 이러한 점에서 "백치"의 여성들을 배치했다는 점에서 영화의 여성 인물이 문제가 있다는 강영희의 지적과 여성 인물들의 수동적인 위치성을 강조한 선행 연구의 주장은 성찰을 요한다. 물론 시나리오 개작 과정에서 나타난 명희의 인물 변화 또한 히스테리한 여성이라는 서술자의 남성성에 포착된 여성의 함의를 벗어나지는 못한다. 또 미스유의 생기와 자발성은 '비자발적'으로 그리고 계급·젠더화 된 도시 근대화 속에 성매매로 유입될 수밖에 없었던 여성들의 삶의 위치를 소거하는 불철저한 지점이 될 수도 있다. 그럼에도 이들 여성 인물 형상화 방식은 계급 및 자본화된 삶에 대한 환멸과 노력을 통해 성공이 가능하다는 환상 사이의 구분, 희생자 혹은 위안하는 자로 선명하게 환원되지 않는 해석적 잔여가 행위자성을 풍부하게 보여준 지점이기도 하다.

그렇다면 이와 같은 잔여는 영화적으로 처리되는가. 전반부에 깔렸던 비균질적인 정서들은 주인공들의 모든 애정과 기대가 좌절되는 후반부에 이르러 계급-경제 환원적 적대의 정동과 청춘의 힘을 믿고 다시 해 나가보자는 명랑의 정동으로 귀결된다. 결말의 의미를 다른 장에서 구체적으로 살펴보겠지만, 이와 같은 명랑의 정동과 멜로드라마적 각색은 원작과의 주제적 변주를 만들어내고 전반부에 흩뿌려 있었던 영화적 활력을 봉합하게 된다.

하층 청년 서사·멜로·민중주의의 전사
—영화 〈그래 그래 오늘은 안녕〉(1976)

청춘과 멜로의 코드를 공유하면서 〈바람불어 좋은 날〉에 앞서 제작된 영화 〈그래 그래 오늘은 안녕〉(1976)은 서울의 가난한 주변부 거주지에 사는 선희와 영철이 각각 배우와 권투 선수로서 성공하여 그곳을 떠나고자 하나 좌절하는 이야기를 담고 있다. 영화는 동시대의 장르적 틀인 청년영화·호스티스영화·멜로드라마와 1970년대 중후반 주목을 받았던 하이틴영화 사이에 위치하여 있다. 〈별들의 고향〉(1974)과 〈영자의 전성시대〉(1975)가 고도 산업화의 진통 속에 여주인공이 여공·가정부·윤락여성을 거쳐 윤락업계로 흘러 들어가게 되는 냉혹한 현실을 그렸다면 1970년대 후반 사회비판보다 "당대 최고의 여배우들이 반라의 모습으로 불운한 여주인공의 성적 여정"을 그리는 본격호스티스물이 한국영화를 지배했다[28] 하이틴 영화의 경우 〈여고시절〉(1972), 〈여고졸업반〉

---

28 이윤종, 「한국 에로영화와 일본 성인영화의 관계성」, 『대중서사연구』 제 21권 2호, 대중서사학회, 2015, 102면.

(1975)을 거쳐 이어진 〈진짜 진짜 미안해〉(1975), 〈고교얄개〉(1977) 시리즈 물이 대중적 호응을 얻었는데 당국이 생산하고자 했던 주체의 명랑성·건전성과 조응했다.[29]

그런데 〈그래 그래 오늘은 안녕〉은 화소와 장르적 규범의 차원에서 공유되는 측면이 있으면서도 가난과 결부된 상품화된 육체·애정의 불가능성에 대한 비판적 시선을 담아낸다는 점에서 1976년의 시점에서 돌출된 텍스트이다. 또 영화의 시각화와 편집의 미학적 형식에서 실험성이 돋보인다. 이 돌출성은 이장호에게 있어서 〈바람불어 좋은 날〉을 시작으로 1980년대적인 것으로 인식되어 온 비판적 리얼리즘과 〈바보선언〉 및 〈과부춤〉에서 나타난 실험적 면모의 시간성을 재검토하게 한다.

이 작품은 철없는 청소년 시절에 막연한 꿈과 이성을 절대로 믿고 기대하는 젊은이들이 자칫 사회에서 잘못된 길을 걷게 되는 것을 똑바로 지시하게끔 보여주고 거기에서 얻어지는 각성으로 일종의 예방주사 같은 효과를 노렸다.[30]

대마초 파동을 겪는 와중에 영화 〈그래 그래 오늘은 안녕〉의 검열에 참여했던 배우 최무룡은 감독에게 "이감독 큰 일 났다. 너 이거는 공산주의 영화야."[31]라는 전언을 남겼다. 이는 청춘 뮤지컬 영화의 외피를

---

29 권은선, 「유신정권기의 생체정치와 젠더화된 주체 만들기-호스티스멜로드라마와 하이틴영화를 중심으로」, 『여성문학연구』 제 29호, 한국여성문학회, 2013, 434면.

30 〈작가 영화화 승낙서〉, 1975.9.23. 한국영상자료원 소재.

31 이장호·김홍준, 앞의 책, 58면.

두른 〈그래 그래 오늘은 안녕〉에 나타난 가난·청년의 좌절이 불온한 것으로 해석될 수 있었던 국면을 압축적으로 보여준다. 영화 〈그래 그래 오늘은 안녕〉의 영상 검열 이전에 이루어진 시나리오 심의 검열에서 심의관은 "전체적으로 젊은이의 좌절감과 허무감으로 충일된 내용"을 "보다 밝고 건전한(특히 결론 부분) 방향으로" "전면 개작"할 것을 요구했다.[32] 성적 대사와 비속어에 대한 지적과 나체의 형상화 등 외설적 장면에 대한 경계는 검열기구가 강조했던 건전성과 명랑성의 외피를 짐작케 한다. 그런데 검열 기구의 요청에서 본질적인 부분은 남자 주인공 영철을 "비참한 운명의 감옥행"에 이르게 하지 말고 "개과천선"시켜야 한다는, 발전 가능성과 희망의 시사에 대한 강조와 함께 매음의 현실을 참담하게 그리지 말라는 요청에 있었다.[33] "철없는 청소년"의 계도와 각성을 목적으로 한다는 〈작가 영화화 승낙서〉의 언어는 제작을 승인받고자 하는 외장으로 이해할 수 있는데, 결국 제출한 원작 시나리오에 담긴 비관적이고 비판적 관점은 감춰지지 못했다.

〈그래 그래 오늘은 안녕〉은 시나리오 검열에 따른 영상 검열에서도 외설적이고 폭력적인 장면과 비관적인 결말 부분에 대한 교정을 요청받는다.[34] 그런데 현재 남아 있는 영상 자료는 최종 영화 검열에서 요청되었던 "화면 단축"과 "대사 삭제"의 부분이 삭제되지 않고 남아 있

---

32 〈'그래 그래 오늘은 안녕' 시나리오 심의 의견서〉, 1975.9.25. 접수, 1975.9.30. 심의, 한국영상자료원.

33 〈시나리오 심의 의견서〉, 1975.9.30. 한국영상자료원 소개.

34 한편 시나리오 개작 후 재심의·시나리오 재심의·영화 검열 과정을 통해 외설·폭력적 장면에 해당하는 영역이 삭제 변형되는 방식은 단순하게 검열에 의한 예술성의 약화로 의미화하기 어렵다. 오히려 장르적이고 매체적인 차원에서 이루어진 미학적 변형으로 해석될만한 시점이 많은데 이에 대해서는 추후 별도의 논의가 필요하다.

어 최종 개봉된 영상으로 볼 수 없다. 즉 제작 당시 관객들은 많은 부분이 잘려 나간 영화를 보았을 것이나, 현재 남아 있는 영상 자료에는 원작 시나리오의 불온성이 보존되어 있다.

그렇다면 〈바람불어 좋은 날〉의 전사로 볼 수 있는 하층 청년 서사와 멜로, 민중주의의 결합은 〈그래 그래 오늘은 안녕〉에서 어떠한 양상으로 나타나는가.

씬 14 공터(밤)

선희   (OFF) 달이 크구나

영철   (OFF) 으응

선희   (OFF) 우리 엄마가 보름달 보구 빌면 소원이 모두 이루어진
        다고 했어. 난 오늘 저 보름달 보구 빌겠어.

영철   (OFF) 뭐라구?

선희   (OFF) 날 여기로부터 떠나게 해달라구

영철   (OFF) 넌 또 그 얘기로구나?

선희   (OFF) 난 여기가 싫어. 싫어 죽겠어.

선희   난 이 담에 무지 무지 잘 살거야. 여기를 떠나서 궁궐 같은
        집 속에서 자가용 굴리구 잘 살거야. 저 봐. 저기 도시가 있
        지 않니?

선희   넌 여기가 숨 막히지 않니?

영철   나두 좋지는 않지만…

선희   너두 나처럼 싫은 게로구나?

영철   그래 허지만 떠나고 싶지는 않아-

선희   넌 참 이상해 왜 여기를 떠나고 싶지 않을까.

영철 여기는 내가 낳은 골이야

선희 이 골은 늘 변화가 없어

선희 그 사람이 그 사람이야. 움직이는 것이라곤 없어. 난 자기
     전에 늘 빈단다. 하느님. 하느님. 오늘 아침 눈이 뜨면 나를
     이골이 아닌 딴 골에 있게 해주세요 하구 말야.

영철 하지만 눈을 뜨면 넌 늘 이 골에 있지 않니?

선희 그래. 그래서 난 달을 보구 빌테야 보름달 보구 말야.[35]

영화는 서울의 '서민아파트'에서 살아가는 선희와 영철을 주인공
으로 한다. 선희와 영철은 '슬럼'으로 상정되는, 확장되어 가던 서울의
가난한 도시 주변부에서 나고 자란 청년이다. 영화에서 중심 갈등은 이
거주지를 벗어나고 싶은 선희의 갈망에서 비롯된다. 선희의 욕망은 정
확하게 변화와 이동을 속성으로 하는 도시의 속성을 향한다. 위의 인용
은 〈그래 그래 오늘은 안녕〉의 심의대본 시나리오의 한 부분으로 선희
의 의지를 상징적으로 보여주는 대목이다. 이 "더러운 골"은 도시에 있
지만 도시에 속하지 않은 곳으로, 선희는 "이 골"에는 없는 것들인 "자
가용"과 "좋은 방", "분홍빛 커튼"이 있는 "궁궐 같은 집"을 꿈꾼다. 반
면 선희를 흠모하는 영철의 입장에서 이 거주지는 "내가 낳은 골"로 이
탈의 욕망을 불러일으키는 곳이 아니다.

이후 영화는 사회적 삶의 확장기로서 청년의 생애 주기에 위치한
이들이 '몸'만 가진 존재로서 어떻게 실패하는지를 단계적으로 그리고
처절한 방식으로 보여준다. 배우 지망생과 복서라는 두 인물의 직업군

---

35 〈그래 그래 오늘은 안녕〉 심의 시나리오, 한국영상자료원, 9면.

은 물적·문화자본 모두가 없는 두 인물이 가진 유일한 자산인 몸을 통해 할 수 있는 일을 지시한다. 거듭된 낙오와 실패 속에 매혹의 세계로 들어가고자 하는 이들의 꿈은 철저히 차단당하는데, 이는 선희에게서 더욱 극적으로 형상화된다. 더 풍요로운 거주지·생활환경·생활문화에의 욕망은 자본의 확장성과 그로부터 기인한 매혹과 깊이 연루되어 있다. 선희는 자본과 도시가 만드는 화려함이 가시화되고 재생산되는 첨단의 공간으로서 미디어에서의 삶, 배우라는 직업을 선망한다. 물론 선희의 배우에 대한 꿈에는 자신을 수렁과도 같은 거주지에서 탈출시켜줄 것 같다는 '성공'에 대한 막연한 기대뿐 만이 아니라 자신이 잘 해내는 풍부한 감정 연기를 통한 자기실현의 욕구도 담겨 있다.[36]

씬 76 쇼 윈도우 (회전이동)

(움직이지 않는 선희)

선희 안돼요 안된다니까요 안돼요

(핸드백 인서트)

선희 (소리) 제발 이러지 마세요

---

36 이 장면은 시나리오 검열을 반영한 이후 제출한 심의대본 시나리오에 실려 있으나 영화화 과정에서는 생략된다. 주제적 차원을 직접적으로 명시하는 대사이나 영화적 미감의 차원에서 편집된 것으로 보인다.
　　선희 싫어요.
　　감독 (OFF) 싫다니 뭐가 싫어!
　　선희 난 시체 역할이 싫어요. 난 말을 하구 노래 부르는 살아 있는 사람역을 맡구 싶어요. 감독님 난 누구보다도 잘 울 수 있어요. 안약 없이도 눈물을 흘릴 수가 있단 말이예요.
　　감독 골치꺼리군 할 수 없지. 아가씬 배우가 되기 전에 사고방식을 뜯어 고치라구. 맘대로 해-(《그래 그래 오늘은 안녕》 심의 시나리오, 한국영상자료원, 13쪽.)

(핸드빽이 없는 선희)

(목거리 인서트)

선희 제발 이러지 마세요 왜 이러세요 놓으세요 아아

(목거리가 없는 선희)

(귀거리 인서트)

선희 (소리) 안돼요 아악 안돼요

(귀거리가 없는 선희)

선희 이러지 마세요 이러지 말아요

씬 77 밤거리

(헝크러진 모습의 선희 뛰어간다)

(스톱 모션)

씬 78 모자점 (밤)

영철 저기 있던 하얀 모자 어디갔죠

여점원   벌써 팔렸어요.[37]

그런데 〈그래 그래 오늘은 안녕〉은 선희가 화려한 미디어의 세계에 입문하는 것이 녹록치 않고 관음증적 도구로 대해지는 상황을 여러 가지 방식으로 형상화한다. 오디션에서 합격하여 기뻐하던 선희가 맡게 된 인물은 목욕탕에서 죽어 있는 시체역이었으며, 사진 모델 자리에는 "몸이 너무 작아 육감적이지" 않다는 이유로 탈락한다. 마지막으로

---

37 〈그래 그래 오늘은 안녕〉 심의 시나리오, 한국영상자료원, 25~26면.

하게 된 패션모델 일을 통해 선희는 "최고급 의상"과 "핸드빽", "귀걸이"를 모두 갖게 되지만 원치 않는 방식으로 성적 접대의 자리로 유입된다.

위의 씬 76에서 78에 이르는 시퀀스는 선희의 꿈이 좌절되고 비인간화되는 방식을 상징적으로 보여주는 장면이다. 영화에서 쇼윈도와 마네킹은 보여지는 삶이라는 상품화되고 미디어화된 존재의 화려함과 소외의 양가성을 현시하는 상징이다. 씬 7에서 쇼윈도 너머의 회전하는 마네킹을 바라보는 선희의 모습은 낭랑하면서도 희화적인 경음악 사운드트랙과 함께 제시되어 인물의 희망에 찬 모습 속에 예정된 좌절을 암시한다. 씬 58에서도 같은 사운드트랙 속에 영철과 함께 쇼윈도 너머의 흰 모자를 선망하는 선희의 모습이 담겨 있으며 이 장면은 후에 영철이 선희를 위해 하기 싫은 일을 결단하게 하는 시퀀스에서 삽입되기도 한다.

쇼윈도와 마네킹이 주목받는 삶의 매혹과 대상화의 양가성을 담아내는 매개라면, 이것이 가장 극적으로 드러나는 순간 영화는 선희가 마네킹이 되는 것을 그려낸다. 씬 65에서 영화는 배우의 꿈이 좌절된 후, 사진 모델 일에도 채택되지 못한 선희가 '패션모델'이 되며 마네킹이 되어 보이스오버 된 디자이너의 지시에 따라 옷과 액세서리가 입혀지는 상황을 희화스럽게 그린다. 명목 상의 자선 의상회는 기실 협의되지 않은 성매매를 연계하는 상황으로 이어진다. 위의 시나리오에서 선희가 성폭력을 당하는 장면은 영화에서는 울부짖는 선희의 보이스오버 속에 선희를 대신하여 마네킹의 핸드백, 목걸이, 귀걸이가 찬탈당하는 장면으로 대체된다. 이 대목은 영화가 이후 호스티스물에서 문제시되었던, 성 노동의 사회학을 영상화하는 과정이 오히려 여성의 신체를 관

음증적 대상으로 만드는 재현의 위기를 넘어선다는 점에서도 주목을
요한다.

살구와 핸드헬드, 빈 방:
결말의 차이와 민중·대중 사이의 거리

1980년의 영화 〈바람불어 좋은 날〉은 영화의 기록성과 촬영의 즉
흥성의 재기발랄한 활용, 멜로와 에로티시즘의 측면들이 계급 적대
로'만' 환원되지 않으면서도 대항 서사의 풍성한 의미작용을 만들어냈
던 전반부와 달리 영화의 후반부는 계급 적대의 의미를 영화적인 방식
으로 분명히 보여주는 한편 가부장제 이데올로기의 도덕적 심급과 결
합하는 방식이 나타난다. 남성 인물이 미스 유의 복수를 대신 감행한다
는 점에서 소설과 영화는 같은 결말을 보이는 듯 하지만, 서술 방식의
차이는 주제적 차이를 가시화한다.

고개를 뒤로 꺾고 올려다본 **건물 꼭대기의 오색불빛**이 이번엔
살구알만하게 보였다. 언뜻 그의 **입안에 신물**이 싸아하게 괴이기
시작했다. 매자와 함께 **동네에 딱 한 그루 남아있던 살구나무** 아래
를 서성거리다가, 땅에 떨어진 살구를 주워먹은 일이 있었지. 그때
가 초여름이었지 아마. 살구맛이 신게 보통이었는데, 새파랗게 덜
익은 것이어서 맛이 어떻게나 쓰던지. **매자는 잘 있겠지.** 공장에서
첫 월급을 받으면 선물을 사 주겠다고 했는데 아직 한 달이 못 되었
나? 살구 모양의 요사스런 불빛 아래로는, 다시 호텔 이름이 보이고
맨 아래층은 한식집이었다. 사람들은 아래층에서 먹고 그 다음 층

에서 자고, 마지막으로 옥상에 가서 춤추고 마시는 것일까. 아니면 춤추고 마시고 자다가, 마지막으로 탈진한 기운을 되찾기 위해, 음식점에 내려와 배를 채우는 것일까. 어느 쪽이든, 도시는 먹고, 마시고, 배설하고, 자는 것으로, 그 기능을 다하고 있는지도 모를 일이구나. (강조-인용자 주)[38]

〈우리들의 넝쿨〉에서 '넝쿨'과 '살구'는 시골과 도시 사이에서 "비동시적 동시성"을 겪고 있는 인물들의 내면적 삶을 형상화하는 소설적 장치이다. 즉 덕배의 어머니와 준식의 동생과 같이 각 인물의 '고향'에 대한 회상을 유도하는 장치 자체보다 "비동시적 동시성"을 잘 구현하는 것은 '하지감자'와 '칡'의 넝쿨, '살구'와 같은 고향의 시각적이며 미각적인 감각들에 대한 생생한 기억이다. 도시 서울의 풍경 혹은 그곳에서 만난 사람과의 대화 속에 비자발적으로 떠오르는 고향의 감각들은 의식주를 대리하는 도시의 속물적 공간들과 주인공 인물의 내면 사이 거리의 비극을 강화한다. 즉 소설 속의 인물들은 도시의 감각에 익숙하지 않으며, 이를 동경하지도 않고, 신물을 내는 것으로 설정되어 있다.

이처럼 소설은 건물의 불빛을 보고 준식에게 떠오른 비자발적인 기억의 연상을 형상화한다. 고향에서 본 살구와 그 신맛, 매자에 대한 생각, 도시인들이 한옥집 식당에서 배설하는 것들에 대한 연속되는 준식의 상념들은 의도치 않은 범행으로 이어지게 하는 내적 계기를 보여준다. 대신 영화는 독특한 '거침'을 담아내는 핸드헬드 촬영 기법을 통해 회장과 미스 유를 추적하는 춘식 내면의 불안감을 전경화한다. 또

---

38 최일남, 〈우리들의 넝쿨〉, 『춘자의 사계』, 문학과지성사, 1979, 89~90면.

비장한 표정을 한 춘식에 대한 클로즈업이 삽입된다. 춘식에 대한 클로즈업은 앞서 땅 잃은 노인, 건물 기공식 시퀀스 같이 계급적인 모순을 보여주는 장면들에서 교차편집을 통해서도 반복되었다. 즉 영화는 적극적인 방식으로 춘식의 도발을 계급 간 불평등에 대한 응전으로 의미화시킬 수 있는 장치들을 마련했다.

김씨가 짧은 비명을 지르며 앞으로 고꾸라지자, 춘식이는 다시 두 번, 세 번, 그의 몸뚱이에 사정 없이 칼질을 해댔다. 어디를 어떻게 찌르는 것인지도 가늠하지 못한 채. "사람 살려요!" 그는 미스유가 외마디 소리를 지르며, 엎어지듯 계단을 내려가는 것을 보고야 퍼뜩 정신을 차리고, 칼을 그 자리에 던진 채 허겁지겁 밖으로 내달렸다. 볼에 와 닿는 초겨울 바람이 퍽 시원하고 신선하다는 느낌이 들었다. 그는 사뭇 달렸다. 뜻 모를 소리가 귀에서 앵앵거렸으나 그는 개의하지 않았다.[39]

유   거짓말이라두 좋으니 사랑한다고 말해 주시지 않겠어요.
종배   거짓말이 아니구 정말로 미스 유를 사랑해.
6   드러눕는 미스 유.
7   생각에 잠기는 미스 유.

#58 미스 유 동네(회상)
1   연탄가게 미스 유의 동생

---

39 〈우리들의 넝쿨〉, 91면.

2   약 먹이는 미스 유

3   공부하는 미스 유 동생

4   잠들어 있는 식구, 미스유 아버지 글썽인다.

#59 공터 언덕(회상)

유   춘식이 너한테는 처음하는 이야기지만 우리 아버진 미장이
     야. 가난하지만 내겐 둘도 없는 소중하고 착한 아버지야. 요
     새는 그 직업도 벌이가 좋아졌다는데 우리 아버진 병 때문
     에 아무 일도 못하고 누워 계셔. 누워 계시면서도 아버진 늘
     내 걱정뿐이야. …뿌리 이야기.[40]

유   바보야! 우리 아빠가 죽어가고 있단 말야.
     병원에도 한번 못 가보고 죽어가고 있단 말야. (미스유 춘식의
     가슴을 주먹으로 때리며 운다.)[41]

---

40 〈바람불어 좋은 날〉 심의 시나리오, 26면.

41 〈바람불어 좋은 날〉 심의 시나리오, 55면.

　〈바람불어 좋은 날〉의 결말은 가정을 대변해 자신이 원치 않은 성적 교환의 대상으로 살아야 했던 여성의 희생자로서의 정동을 부각하며 그녀를 위한 남성 주체의 복수담을 강조하는 멜로드라마의 도덕적 지평의 형태를 띤다. "우리 아버지는 어떻게 하란 말이야"라고 외치는 미스 유의 탄식과 절규하는 춘식에 대한 클로즈업은 이와 같은 계급적 불평등에 대한 비판이 가부장적 질서 내에서의 희생적 자매상과 강하게 결합되는 지평을 보여준다. 이 지점에서 영화의 전반부와 후반부 사이의 거친 봉합의 이유가 분명해진다. 장면 전환 이후 민중적 건강성을 상징하는 '춘순'과의 연결은 오히려 서사의 급작스러운 봉합을 다시금 확인시켜주는 것이다. 결말 부분의 멜로드라마적 귀결(계급 적대적 인식에 근간한 복수 서사)은 민중문화적 지향(계급 적대, 건강한 민중상)으로 영화 전반부의 잔여들을 봉합한다.

　이처럼 영화 〈바람불어 좋은 날〉의 결말은 남성 대리자의 사적 복수와 희생자 여성의 터져 나오는 정동, 여성 노동자와 남성 하위 주체의 결합이라는 민중주의적 전망, 실패하고 계속 맞아도 무언가 될 것이라는 희망의 전언으로 맺어졌다. 앞선 텍스트의 잔여들을 봉합하는 이와 같은 결말이 영화를 통해 사회비판적 전망을 확인하고자 하는 운동-주체와 급격한 사회 변화 속의 불안과 좌절을 투사하며 방도를 찾고 싶은 대중-주체 모두에게 연결될 수 있었음은 주지하는 바이다.

그렇다면 이와 같은 결말은 발전주의에 대한 암묵적 동의와 규범적인 젠더 규정성을 강화시키고 있지는 않은가. 앞 장에서 살펴보았듯이 〈바람불어 좋은 날〉에 앞서 제작된 〈그래 그래 오늘은 안녕〉은 강영희가 이장호 감독론에서 언급한 "민중문화적 지향"의[42] 의식적인 참조에 놓일 수는 없을지라도 오히려 발전주의와 도시의 매혹이 갖는 허울성에 대한 비판이 담겼다. 영화의 결말부는 실패하고 돌아온 청년들이 어떠한 방식으로 애써 다른 삶의 방식을 모색하게 되는지에 대한 영화 이미지의 응답을 보여준다.

씬 96 빈 방(밤)

(영철과 선희 들어선다)

선희 우리들의 방이야 어때 공터보다 낫지 않니?

영철 불이 없잖아.

선희 성냥이 있잖니. 그리구 또 저 달빛이 있잖아

영철 그때처럼 소원을 빌까 여기를 떠나게 해 달라구 말야

선희 이젠 아무것도 빌지 말아 그런 것 꿈에 지나지 않아 꿈이란
      깨고 보면 그만이니까

선희 (성냥불을 켜며) 가까이 와 니 얼굴을 보고싶어.

영철 손이 따스하구나(강조-인용자 주)[43]

---

42 강영희, 「이장호 감독론」, 동국대학교대학원 연극영화학과 석사학위논문, 1992, 29면.

43 〈그래 그래 오늘은 안녕〉 심의대본 시나리오, 29면.

영화는 선희와 영철의 마지막 꿈이 깨지고 난 후 서사적으로 선희가 여기, 서민아파트의 삶을 변용하는 것으로 이끈다. 주지하듯 선희에게 "이 골"은 빈곤의 순환·청년들의 문화적 비속함·물질적 초라함으로 인해 거부하고 싶은 공간이었다. 최종적 실패를 경험한 후 선희는 자신이 거부하고자 했던 빈 방의 하나를 "우리들의 방"으로 만든다. 씬 96은 깜깜한 방, 창밖의 달빛과 함께 돌아가는 모빌을 배치하여 낭만적 장면을 연출하고, 동화적이면서도 처연한 정동을 만들어내는 사운드트랙을 결합했다. 선희는 이제 소원을 통해 헛된 꿈을 꾸지 않게 되고, 이곳에서 자신의 장소를 만들며, 영철의 얼굴을 바로 본다.

앞서 "넌 늘 여기를 떠나고 싶다고 얘기했지만 영영 떠나지 못할 거야"라는 경애의 자멸 섞인 조언 앞에 주눅이 든 선희의 모습은 영철이 링에서 이름을 빌려준 싸움을 해나가던 장면과 교차 편집되었다. 하지만 선희가 떠나고 싶었던 공간을 삶의 공간으로 전환시켰듯이, 영화는 씬 92에서 이름도 없이 '맞는 역할'을 무기력하게 수행하던 영철이 계속 맞던 중, "영철아 때려라 때려 뒷일은 내가 책임질테니 때려라"라는 선배의 말을 듣고 "응원하는 관중들" 속에 상대편을 K.O.하는 장면을 배치했다. 즉 영화는 극영화의 관습을 통해 영철에게 예상된 좌절을 거부하게 하는 틈을 만들고, 관객들에게 카타르시스의 방향성을 만들어낸다. 선희와 영철은 이처럼 모두 각성된 상태에서 "우리들의 방"에서 만나게 된다.

더 좋은 삶으로서 상정되었던 기존의 문화적·경제적·사회적 틀에 순응하는 삶에서 애써 벗어나 자치적인 삶의 방식을 찾아 나서고자 할 때, 선희와 영철이 겪을 서사적 고난은 자명하다. 영철은 다음 날 체포되고, 선희는 이후 성노동의 현장으로 유입된다. 영철은 범죄 이력자가

되어서야 다시 돌아올 수 있게 되고, 선희는 뇌출혈을 겪은 후 "백치"가 되어서야 집으로 돌아온다. 이와 같은 '손상'은 대중영화의 문화적 자장 내에서 영화가 물질·발전주의의 순응적 삶이 아닌 새로운 삶의 구성을 하고자 할 때 내보일 수 있는 서사적 처벌의 장치이다.[44]

〈그래그래 오늘은 안녕〉이 남긴 모색의 시간성을 검토하기 위해서는 마지막으로 서민아파트의 장소성과 화면 미학이 남긴 주제적 의미를 살펴보아야 한다. "우리들의 방"과 연계된, 선희와 영철의 생활 공간은 각성 이후 '되돌아와' 물질주의적 삶의 의미 구성에서 벗어난 새로운 삶의 의미를 구축해야 하는 공간으로 의미화된다. 그런데 이와 같은 귀환이 회복에 입각한 회귀주의적 주제 의식이나 맹목적 희망에 입각한 발전주의로 귀결되지 않았음이 주목을 요한다. 이 점이 〈바람불어 좋은 날〉의 결말이 남긴 비판적 차원의 중의성과 비교할 수 있는 지점이기 때문이다.

씬 104 아파트 언덕길

(언덕길을 올라가는 영철)

(달려오는 어린이들 영선이)

어린이들　오빠 오빠

(영선을 포옹하는 영철)

(계단을 올라가는 영철 주민들이 반긴다)

꼬마 1　안녕하세요

---

44 물론 이와 같은 '손상'의 은유 자체가 비판적 장애학의 관점에서 바라볼 때, 문학 및 문화예술 전반에서 통용되었음은 비판적으로 성찰되어야 하며, 이는 당대 영화에서의 장애 및 질병 재현의 양상과 함께 재구되어야 할 것이다.

(아파트 주민들 인써트 5캇)[45]

씬 119 놀이터

(즐겁게 뛰노는 어린이들 5캇)

씬 120 아파트 길

(할머니 돌아나오면 어린이들 반긴다)

씬 121 과일 노점 앞

(귤을 사는 할머니 손)

(사과를 사는 할머니 손)

씬 122 아파트 길

(동네 아낙과 담소하며 내려오는 할머니)[46]

실은 내 생각에 음악이 없어도 카메라 워킹으로 충분히 음악을 나타낼 수 있다고 생각을 했어요. 전에 고등학교 밴드에서 봤던 아주 인상적인 기록영화가 있었는데 베토벤의 피아노 콘체르토에 맞춰 흐르는 시냇물을 영상으로 표현한 거였어요. 그 인상이 너무 강해서 화면으로도 충분히 음악을 나타낼 수 있다는 그런 생각을 갖고 있었죠. 가령 여주인공이 모델 오디션을 보고 와서 기분이 좋아

---

45 〈그래 그래 오늘은 안녕〉 심의대본 시나리오, 31면.
46 〈그래 그래 오늘은 안녕〉 심의대본 시나리오, 33면.

서 산동네 시민아파트에 뛰어 들어오면 여기저기서 "선희야! 선희야 어떻게 됐니?" 창문으로 내다보는 주부들, 할머니들 이런 모습을 높낮이로 찍고 음악적 계산으로 편집하면 이것이 음악이 된다고 생각했는데…실제로 접해보니 **음악적 요소와 음악적 영감을 주는 것은 요만큼도 없어요. 지저분하고, 쓰레기 쌓이고, 여기서 뻥튀기 소리가 나면 저쪽에서 아이가 울고**…(강조: 인용자 주)[47]

서민아파트 장면은 영화의 초반 선희의 귀가 장면·영철의 귀환 장면·영화의 엔딩에서 삽입된다. 도시의 화려하지 않은 주변부적 공간의 북적거리는 생활성을 드러내는 다큐멘터리적 장면은 극화된 아이들의 동심 어린 놀이 장면의 교차를 통해 표현된다. 이와 같은 편집은 "이 골"의 삶을 긍정적으로 포착하려는 영화적 시선을 반영한다.

그런데 서민아파트의 일반인의 생활 풍경이 다큐멘터리적으로 기록된 것은 '뮤지컬 영화'라는 제작의 본래 의도가 굴절되는 과정과 맞물려 있었다. 감독은 〈그래 그래 오늘은 안녕〉을 뮤지컬 영화로 기획한 후, 새로운 장르에 대한 사전 준비 작업 없이 "아주 가난한 달동네"로서 동숭동 시민아파트를 영화의 배경으로 섭외한 뒤, 즉흥연출을 시작했다. 그곳에서 감독은 "리얼리즘을 만들어야 할 장소에서 뮤지컬을 꿈꿨"다는 자각을 하게 된다. 서구의 뮤지컬 영화를 통해 상상했을 장경과 움직임의 "음악적 요소"와 "영감"과의 결합은 서민아파트라는 생활의 공간에서 허락되지 않았기 때문이다. 뮤지컬 영화라는 초창기 기획의도가 촬영을 위한 장소를 찾는 과정에서 서민아파트의 거주 환경

---

47 이장호·김홍준 대담, 『이장호의 마스터클래스』, 작가, 2013, 56면.

과 생활의 모습을 마주한 뒤 굴절된 것이다. 로케이션 과정에서 마주한 '서민적' 주거지의 현실에 대한 인상은 감독이 의도한 "음악적 요소"의 미학적 표현 전략을 굴절시켰다. 이 장면은 발전주의와 빈자에 대한 모욕의 정치학에서 벗어나는 길에 대해 명징하고 구체적인 답을 제시하지는 않는다. 하지만 1976년의 시점에서 영화적 실험의 실천이 자본과 불화하는 민중적 삶의 상상과 마주칠 수 있었음을 보여주었다고 평가할 수 있다.

자본과 불화하는 삶을 영화적으로 상상한다는 것

이 장에서는 영화 〈바람불어 좋은 날〉(1980, 이장호)에 대항담론으로서 민중주의의 코드만큼이나 멜로드라마와 청춘물의 코드가 혼종 되어 있었던 국면을 원작소설 〈우리들의 넝쿨〉(1979, 최일남)에서의 각색 양상에 대한 검토와 감독의 전작이자 도시 근대화와 물질주의에 대한 비판이 영화적인 방식으로 탐색되었던 영화 〈그래 그래 오늘은 안녕〉(1976)과의 교차 읽기를 통해 분석했다.

정리하자면, 먼저 영화 〈바람불어 좋은 날〉이 원작소설인 〈우리들의 넝쿨〉과 비교하여 각색 과정에서 독재 정권-개발주의 시대에 대한 대항적 심성으로서 민중주의를 공통적 기반으로 하면서도 상이한 감성을 만들어내고 있었다. 영화 〈바람불어 좋은 날〉에서 원작을 공유하고 있는 지점과 함께 서사적으로 추가되고 '보여주기' 양식으로서 영화적으로 전환되는 과정에서 명희-딕배의 서사 및 여성인물 형상화가 계급 적대와 여러 장르 관습 간의 독특한 의미 경계를 형성하고 선명하게 환원되지 않는 해석적 잔여를 남겼다. 다음으로 〈그래 그래 오늘은 안녕〉이 하층 청년 서사·멜로·민중주의의 화소와 장르적 규범의 차원에서 〈바람불어 좋은 날〉과 공유하는 측면이 있으면서도 가난과 결부된 상품화된 육체·애정의 불가능성에 대한 비판적 시선을 담아낸다는 점에서 1976년의 시점에서 돌출된 텍스트임을 분석했다.

마지막으로 세 텍스트의 결말의 차이를 살펴봄으로써 〈바람불어 좋은 날〉이 지니는 비판적 리얼리즘의 위치를 재검토하고자 했다. 영화 〈바람불어 좋은 날〉의 결말은 원작의 결말을 멜로드라마적으로 변형하며 남성 대리자의 사적 복수와 희생자 여성의 터져 나오는 정동, 여성 노동자와 남성 하위 주체의 결합이라는 민중주의적 전망, 실패하고 계속 맞아도 무언가 될 것이라는 희망의 전언으로 맺어졌다. 검열로 개봉 당시 의미적 연결성이 제대로 전달되었을지 짐작하기 어려운 〈그래 그래 오늘은 안녕〉의 경우, 남아 있는 시나리오와 영상본에서 오히려 후대에 '민중주의적인 것'으로 명명되는 급진적인 미학이 나타나 주목을 요한다. 두 인물은 실패 끝에 발전주의와 물질주의적 삶에 순응하지 않는 자치적 삶을 꿈꾸며 이를 위해 그들이 나고 자란 서민아파트로 돌아오려 한다. 두 주인공의 '손상'은 서민아파트로 돌아오기 위한 서사적 처벌로 볼 수 있다. 이와 같은 〈그래 그래 오늘은 안녕〉의 결말은 인물들이 발전주의와 빈자에 대한 모욕의 정치학의 관성에서 벗어나 어떻게 다른 삶의 방식을 모색하게 되는지, 영화 이미지의 응답을 보여 준다.

즉 이번 장에서는 감독 이장호에 국한해 보았을 때 비판적 리얼리즘의 시작으로 상정되어 있었던 〈바람불어 좋은 날〉의 위치성을 재고하고, 반체제 정치성과 민중주의가 '통속성'과 배리되는 것이 아니라 중층적으로 결합해 있었던 지점의 의미를 밝히고자 했다. 〈그래 그래 오늘은 안녕〉이 통속적 장르의 틀을 차용하면서도 노예화된 삶을 벗어나려는 역동을 형상화하여 오히려 자본과 불화하는 민중을 현시하였다면, 〈바람불어 좋은 날〉의 결말은 민중주의적 전망이 오히려 능력주의적 암시와 응전하는 남성의 서사라는 제한적 통속성과 접합하였다고 평가할 수 있다.

제2장
연극·영화의 예술적 자율성과
대항적 정동의 편차

—

소설 〈장사의 꿈〉(1974)의 연극(1981)·영화(1985)로의 매체 전환 양상과 의미

황석영 소설, 1970, 80년대 대항공적영역의 유동하는 기호

작가 황석영은 1970~80년대 한국문학의 리얼리즘을 대표하는 작가이다. 주지하듯, 1970년대 중단편 소설을 통해, 1974년부터 1984년까지 연재한 『장길산』을 통해 '소설가'로 널리 알려진 황석영의 생애에서 1970년대 중후반부터 1980년 5월 광주를 거쳐 1980년대 내내는 '문화운동가'로서의 삶이 있었다. 1985년, "숱한 세월이 흐른 뒤에 지난 10년간의 호남에서 겪은 일들을 정리해볼까 하는 생각도 했다."라 한 바,[1] 작가가 2017년 발표한 자전적 소설 『수인』에는[2] 1970년대 중반 해남으로 이주하여 지역 문화운동의 기록이,[3] 2016년 발표한 단편 〈만각스님〉에는[4] 1980년 5월 광주 이후 1980년대 초반기, 담양의 절집에 머물렀던 시

---

1 황석영, 『황석영의 문학과 삶: 객지에서 고향으로』, 형성사, 1985, 203면.
2 황석영, 『수인』, 문학동네, 2017.
3 박상은, 「한국 연행예술운동의 현장성 연구」, 서울대학교 국어국문학과 박사학위 논문, 2020, 76면.
4 황석영, 〈만각스님〉, 『창작과비평』 2016년 봄, 창작과비평사.

기의 자전적 기억이 담겼다. 이 소설들에는 작가, 문화운동가, 참전군인, 증언자, 518 이후 그리고 일상을 살아가는 자로서의 정체성이 교차하고 있다.

　작가의 문화운동가로서의 활동과 더불어 황석영의 1970년대 중단편 소설은 개발연대기 압축적 근대화 속 "유민화 된 민중"의[5] 형상을 그렸기에 1970년대의 대표적인 '민중문학'으로 평가받았고, 영화와 연극으로 동시기와 1980년대에 걸쳐 각색 및 공연되었다. 〈삼포가는 길〉(1973)이 영화로(이만희, 1975), 〈돼지꿈〉(1973)이 연극으로(서울대학교 문리대 연극반, 1974; 서울여자대학교 연극반, 1977), 또 〈한씨 연대기〉(1972)와 〈장사의 꿈〉(1974)이 1980년대 초반에 극단 연우무대에 의해 공연되고 〈장사의 꿈〉의 경우 영화로(신승수, 1985) 각색되어 제작 상연·공연되었다. 황석영은 광주, 해남, 제주를 걸쳐 지역 문화운동의 유동하는 축으로 "마당극 대본이나 현장 촌극들"을 "숱하게 써"왔으며 연행의 기획자로 활동하기도 했다. 연장선에서 〈삼포가는 글〉을 제외한 작품들이 서울대학교 연극반과 극단 연우무대와의 인적 네트워크 속에 연행되었던 것이다. 영화 〈장사의 꿈〉의 경우 연극 〈장사의 꿈〉이 화제가 된 후에 제작이 결정된 것인 한편 1980년대 초반 한국 영화계에서 〈어둠의 자식들〉(1981), 〈꼬방동네 사람들〉(1982), 〈과부춤〉(1983), 〈바보선언〉(1983) 등을 이장호를 중심으로 부각되었던 영화계 민중주의의 흐름과 연결된다.

　이 장에서는 소설 〈장사의 꿈〉(1974)의 각색과 상연의 맥락을 민중주의의 공유와 함께 나타났던 비균질적인 것을 매체별 낙차와 주제적

5　나병철, 「1970년대의 유민화 된 민중과 디세미네이션의 미학」, 『청람어문교육』 56권, 2015.

이고 미학적인 효과 속에 재조명한다. 최근 민중민족문학담론으로 알려진 어떤 규범적 틀에서 탈각하여 당대 모색되었던 '민중적인 것'을 다각화하며 풍부하게 접근하려는 시도가 이루어지고 있다.[6] 일례로 이윤종은 비민중영화라 볼 수 있는 에로방화에 대한 분석을 통해 기존에 민중문화운동적인 에토스로 판별되었던 민족주의·마르크스주의·반미 등 "대항 발전주의"의 역동을 밝힌 바 있다.[7] 이윤종은 1980년대 충무로의 상부 장르로서 에로방화가 매체의 혁신과 영화의 완성도, 관객의 지지 등이 결합되어 나타난 현상이며 진보적인 주제의식을 담아냈다고 보았다. 즉 이 글은 에로방화를 비단 3S정책의 부산물이라는 편견을 벗어난 자리에 위치시킨다.

그렇다면 반대로, 민중문화적인 자장 내에 위치한 텍스트를 다각화하는 접근이 필요한 것은 아닐까. 이와 같은 관점에서 선행연구에서 황석영의 소설 〈돼지꿈〉의 각색에 기반하여 공연된 대학극 〈돼지꿈〉의 1974년 서울대학교 문리대 연극반 공연과 1977년 서울여자대학교 공연 판본 비교를 통해 다만 '민중서사'라는 차원만으로 공연의 미학과 극적 효과가 상승될 수 없음을 밝힌 바 있다.[8] 연구에서 밝혔듯이, 교내 실내 강당이 아닌 서울여자대학교 야외 공간에서 이루어진 공연의 성취는 단순히 장소의 이동이 아닌 소설 서술방식인 '이동성'을 연극의 매체적 속성, 즉 장소성·소리성·신체성에 근간한 분위기와 감각적 차원의 확충으로 전환시킴으로써 가능했다. 즉 이 시기 연극성은 풍부하게 개발

6   박선영 편, 『민중의 시대』, 빨간소금, 2023.

7   이윤종, 「진보와 퇴행 사이: 역진하는 영화, '에로방화'」, 위의 책.

8   박상은, 「연극성의 풍요와 민중적 상상의 기여-「돼지꿈」(황석영 작, 공동각색, 임진택 연출, 1977)의 공연 개작 양상 연구」, 『한국현대문학연구』 59, 2019.

되었고, 민중적 상상은 정치적으로 새로운 예술적 형식의 탐색을 북돋았다. 즉 1970년대 후반의 엄혹한 대학 공간에서의 마당극 실험은 민중적인 것이 단순하고 교조적인 방식으로 전달되는 것이 아니라 동시대에 필요한 이야기성과 연극적인 것, 재현의 방법에 대한 탐색이 탁월한 방식으로 결합한 순간이었다.

그렇다면 규범화되었던 민중문화운동 담론의 '측'에 서 있다고 판별되었을 문학, 연극, 영화 텍스트는 그 언어와 재현의 체계에 종속되어 있었을까, 1980년대 연극계와 영화계의 지평에서 작동하던 각 예술 영역의 자율성과 작가적 특성, 상연 맥락의 차이는 각 텍스트의 민중적 지향을 어떻게 굴절 혹은 변형시켰을까, 또 '기호 해독'의 차원 즉 관객/관중이 읽어낸 것은 무엇이었을까. 이와 같은 질문에 답하기 위하여 1974년 작 소설 〈장사의 꿈〉의 1981~4년 사이 각색과 공연·상연의 맥락을 재구하는 한편 매체에 따른 형상화 방식의 차이와 양식·장르의 차원에서 유인되었을 기호 해독 과정의 중층성을 되짚어 볼 필요가 있다.

"가난한 자들을 위한 연극"과 2인극의 연극적 놀이성
: 소설 〈장사의 꿈〉(1974)의 연극(1981)으로의 매체 및 정동적 전환

70년대는 민중이, 자신의 생존의 토대가 해체되고 냉혹한 물건의 질서가 재편되는 과정 속에서도 자기건강성이라는 고유한 생명력으로 자기치유를 위한 몸부림을 시작한 시기입니다. 이런 생존의 변화는 산업화라고 불리워지는데, 한반도를 둘러싼 불가항력적인 외세와의 경제적·군사적 결탁 아래 이루어졌습니다. 신식민주의적인 정치·경제상의 이해관계에 의해서 집중과 독점, **대량생산과 소비, 상업주의와 퇴폐적인 대중오락의 전파** 등등이 대도시에서 이루어졌고, 국제화라는 미명 아래 **주체적인 민중문화의 가능성**은 차츰 말살되어 왔습니다. (중략) 물밀 듯이 밀어닥친 외래문화, 즉 **선진자본주의 열강의 상업적 구조가 그대로 전용된 퇴폐도시문화와 근대화**라는 그럴듯한 명분에 의한 농촌의 재편성작업이었던 새마을운동 등에 의해서 **기층문화**는 점진적으로 파괴되었습니다.(강조-인용자 주)[9]

강인철은 한국의 민중론에서 1985년과 6년 사이가 중요한 시기라 논하였는데, 문학·연행·신학 등 인문학 토대의 1세대 민중론에서 사회구성체 논쟁으로 대표되는 사회학 토대의 2세대 민중론으로 변화한 시기이기 때문이다.[10] 제시한 글은 황석영이 민중문화운동협의회 창립총회(1984.4.14.)에서 강연한 내용으로 1세대 민중론과 2세대 민중론이 중첩된 모습을 나타내며, 문화운동 영역의 특수성을 반영하는 것이다. 먼저 이 글은 1970년대에서 산업화 시대의 민중주의와 그 구조적 모순을 찾아가는 과정에서 제출되었던 1980년대 초반 민중운동의 에토스를 드러낸다. 산업화 과정에서 자신의 생활 기반을 떠나 도시 유민이 되어야 했던 수적 다수이자 피억압자로서 '민중'을 "자기건강성이라는 고유한 생명력"과 "자기치유"를 가진 존재라고 연결 짓는 것은 1970년대적인

---

9   〈문화운동의 반성과 전망〉, 『황석영의 문학과 삶: 객지에서 고향으로』, 형성사, 1985, 198~199면

10 강인철, 『민중, 시대와 역사 속에서』, 성균관대학교출판부, 2023, 342면.

민중과 통속

민중문학론의 인식 지평에 기인한다.

그런데 그 구조적 원인으로서 한국 사회의 신식민주의적 상황을 인식하는 것은 2세대 민중론을 예비한 것으로 1970년대 후반부터 민중문학·문화 내에서 성찰된 것이다. 집중을 요하는 부분은 문화적 요소의 배타적 대비와 다소 일방화 된 이해를 논한 마지막 부분이다. '외래문화=(선진자본주의 열강의 상업적 구조가 반영된)도시 퇴폐 문화'와 '기층문화=주체적인 민중문화'라는 도식은 경제 사회의 구조적 수탈성을 문화적 수탈성에 배타적으로 적용했던 당대 문화운동의 에토스를 드러낸다. 이는 정권과 제국의 문화적 기호에 대타적인 것으로 민속의 형식을 전유한 민중문화를 강조하고 생활화했던 1980년대 대학의 운동문화와도 연속되는 지점이다.[11]

나병철이 선행연구에서 지적하였듯 1970년대 소설은 전국가적 규모의 개발주의와 맞물려 시대의 한 흐름으로서 "정착 없는 이주와 이동"을 겪어야 했던 유민의 삶을 그려냈다.[12] 황석영, 조선작, 조세희, 윤흥길로 대표되는 1970년대 민중 소설에는 도시 유민과 다양한 직군에서 '값싼 노동력'을 제공해야 했던 이들의 삶이 담겨 있다. 이동하는 한 평론에서 〈객지〉로 대표되는 황석영의 중단편소설을 '노동자'들의 절박한 생존조건과 "그들의 각성과 단결에 초점"을 맞추며 "소박한 민중에 대한 신뢰와 사랑"을 그렸다는 점에서 "풍속의 혼란, 모랄의 동요, 자기소외의 심화"를 그린 최일남, 박완서, 서정인 등과 구별한 바 있

---

11 박상은, 「한국 현대 연행예술운동의 현장성 연구」, 서울대학교 국어국문학과 박사학위
　　논문, 2020, 93면.

12 나병철, 「1970년대의 유민화된 민중과 디세미네이션의 미학」, 『청람어문교육』 56, 청
　　람어문교육학회, 2015, 394면.

다.[13] 한편 같은 글에서 "어느 정도 도식적인 구분"과 영웅주의적 측면이 지적되기도 했다.

소설 〈장사의 꿈〉은 농촌에서 도시로 유입된 이들이 마주해야 했던 은밀하고 참혹한 노동을 다양한 직군을 거쳐 에로영화 배우와 유한계급 여성을 상대하는 성매매 노동자가 되는 일봉의 이야기로 극화하여 드러낸다. 소설은 일인칭 서술자 화자가 시간을 오가며 고향을 떠나 트럭운전수를 거쳐 도시의 체육관, 때밀이, 에로영화 배우, 약장수로 전전하며 겪은 일을 회상하는 방식으로 서술된다. 낙원탕의 때밀이로 일하는 던 때를 회상하며 "내가 뭘 잃어버린 건 없나"(253면)하는 허망함에서 시작하는 소설은 '햇말 장수'라 불리던 아버지가 죽으면서 어려워진 집 안에서 자라나던 어촌 고향의 시간을 그린다. 집안의 궁핍에도 아버지를 닮아 장수의 기골로 자란 '나', 일봉은 씨름 잔치가 벌어지던 날의 후련함을 서술한 후 "운전사들이 묻혀온 타관의 활기찬 말과 욕지거리와 맵시"를 부러워하다 삼촌을 따라 트럭 운전수를 거쳐 도시에 레슬러가 되기 위해 온 사정을 이야기한다. 레슬러가 사기라는 것을 알게 된 후 "갈 바를 잃어버"린 나는 읍내를 떠나던 날이 "안개 속에 없어졌"을 것이라 자각하며 때밀이 생활을 하던 중 '따루마'를 만나 에로영화 배우를 하게 되고 그곳에서 상대역의 애자를 만난다. 애자와 "귀중하고 자랑스런 밤"을 되찾기 위해 배우 일을 그만두고 약장수를 하던 중 사고를 당해 결국 애자와 헤어진 후, 일봉은 유한계급 부인들을 상대하는 남성 성매매 노동자로 생활하게 되나 갑작스레 성불구가 되

---

13 이동하, 「70년대의 소설」, 김윤수·백낙청·염무웅 편, 『한국문학의 현단계』, 창작과비평사, 1982, 145~148면.

어 다시 애자를 만나기로 한 장소로 돌아가 만나지 못하고 고향에 돌아
갈 결심을 한다.

이번 절에서 살펴볼 연극으로의 전환과 다음 절에서 살펴볼 영화
로의 전환에서 소설의 원서사의 서사 진행 방식과 변화가 두드러지게
나타나는 것은 아니다. 하지만 각각 공연화, 영상화될 때 어떠한 운동
론적 목적이 개입하였는지, 그리고 장르 미학의 발전이 이루어졌는지
재현의 문화적 역동을 살필 필요가 있다.

〈장사의 꿈〉 1981년 민예소극장 공연 팜플렛   〈장사의 꿈 II〉 1984년 아현동 애오개 소극장
(출처: 한국예술디지털아카이브)   공연 팜플렛(출처: 이영미 소장본)

연극 〈장사의 꿈〉은 극단 연우무대 제작, 임진택 연출로 1981년 10
월 제주, 11월 서울, 12월 부산에서, 이듬해 2월 전주, 5월 광주에서 순
회공연 되었고 1984년 서울에서 새공연된다.[14] 그리고 초연 당시 배우

---

14 극단 연우무대의 8번째 정기공연으로 이루어진 연극 〈장사의 꿈〉(연출 임진택)의 공연 연

로 참여했던 김명곤이 창단한 극단 아리랑의 이름으로 1987년 8월 재공연되었다.[15] 〈장사의 꿈〉의 초연은 518 광주 민주화항쟁 이후 제주 지역에서 결성되었던 탐라민속연구회 수눌음이 카페를 겸하여 운영하던 전용 소극장에서 이루어졌고,[16] 이어진 서울 공연의 경우 민예소극장, 공간 소극장과 같은 기성 소극장에서 공연되었다. 제주 공연은 〈장사의 꿈〉과 함께 "대금산조 판소리(춘향가)" 공연을 함께 배치하여 문화운동으로서의 색채를 가장하는 방식이 참조되기도 했다. 전주와 광주 지역의 순회공연 및 1984년 재연 당시의 애오개소극장에 이르기까지 일반적으로 1980년대 초반기의 문화운동의 인적 네트워크 속에 순회공연이 되었음을 알 수 있다.

　1980년 5월 광주 이후 유화국면 이전까지 지역 문화패의 조직 및 재조직과 공연 기획 및 순회공연은 1980년대 초반의 긴장과 모색의 시간이 반영된 것이다. 〈장사의 꿈〉이 초연된 제주 수눌음 소극장은 그

보는 다음과 같다. ①1981년 10월 1일-2일 제주 수눌음 극장 ②1981년 11월 4일-14일 민예소극장 ③1981년 11월 15일-23일 공간 소극장 ④1981년 12월 11일-15일 부산 로타리아 소극장 ⑤1982년 2월 27일-28일 전주 중앙신협 강당 ⑥1982년 5월 1일-2일 광주 카톨릭 센터 그리고 극단 연우무대의 12번째 정기공연으로 〈장사의 꿈II〉이라는 제목으로 ⑤1984년 1월27일~2월 4일. 아현동 애오개소극장에서 재공연된다.(《연우무대 12-장사의 꿈II》 팜플렛 참조. 이영미 소장본)

15　극단 아리랑의 〈장사의 꿈〉 대본은 민족극연구회의 비발매 작품집인 『민족극 대본선』(이영미 소장)과 극단 아리랑에서 출간한 『아리랑』(공간미디어, 1996), 김명곤이 출간한 『사로잡힌 꿈-김명곤 희곡·시나리오 전작집』(김명곤, 허클베리북스, 2022)에 수록되어 있다.

16　1980년 8월 대학생과 일반인 20명이 모여 발족한 '탐라민속연구회 수눌음'의 명칭을 딴 전용 소극장 '수눌음소극장'이 만들어지고, 1981년 10월 30일부터 5일 동안 소극장 개관을 기념해 〈향파두리 놀이〉를 공연한다. 〈장사의 꿈〉 공연은 개관공연에 앞서 있었다. 진선희 기자, 「[공간으로 읽는 제주예술사](13) 제주 연극인들이 일군 소극장 역사」, 『한라일보』, 2017.10.17. https://m.ihalla.com/article.php?aid=15081660005 77479327

시간성을 반영한 장소였다. 앞서 1980년 8월 제주에서 온 황석영은 제주대학교 문화패 출신 문무병과 제주 전통놀이굿과 아이들의 민속놀이를 차용한 〈땅풀이〉를 제남신문사 공개홀에서 공동 창작·연출하고 수눌음 창단을 돕는다. 같은 해 가을 수눌음은 〈향파두리놀이〉를 공연하였는데, 광주 문화패 일원들은 전국민속예술인경연대회 참석을 명분으로 제주를 방문하여 광주의 참상을 비밀리에 공유하였으며, 수눌음의 공연을 보며 1980년 5월 광주를 떠올렸다.[17] 또 수눌음 일원들은 이듬해 5월 광주 YMCA 무진관에석 공연된 〈호랑이 놀이〉를 보러 갔다. 〈장사의 꿈〉의 초연이 제주에서 이루어지고 지역 순회공연을 하게 된 것은 이 맥락에 위치한 것이다.

　다음 장에서 1980년대 초반기 극단 연우무대의 공동창작 방식, 무대와 관객석의 관계, 동시대에 필요한 이야기성의 탐색을 다시 살필 것이므로 이 장에서는 소설 〈장사의 꿈〉이 소극장 중심의 순회공연이 가능한 공연 텍스트로의 전환되는 양상을 조명한다. 연극 〈장사의 꿈〉은 일인칭 일봉 역을 맡은 한 명의 배우와 역할 바꾸기를 통해 상대 역할을 모두 맡은 또 다른 배우, 즉 2인극으로 각색되었다. 소설에서 일인칭 화자의 역할을 일봉이 하는 셈인데, 일봉역을 맡은 배우 외의 배우가 나머지 역인 씨름 '사회자', 점쟁이 '영감탱이', 체육관 '똘만이', 에로영화 감독 '따루마', '생쥐', 약장수 '강태산', '편지소리' 등을 모두 맡아 연기를 한다. 〈장사의 꿈〉 서울 공연은 배우 김명곤은 초연에서부터 나머지 배역을 모두 맡는 배우로 활약하였는데, "내면적 감정 이입과 신

17　문무병, 「1980년대 제주지역 마당극운동과 그 생성미학적 배경①-제주4.3 무명 용사들의 '억울한 죽음'을 '의로운 죽음'으로 신원하다」, 『프레시안』, 2023.7.7.
　　https://www.pressian.com/pages/articles/2023070316533307117

체적 순발력"을 조율하는 능력으로 호평을 받았다.[18] 이영미는 앞 장면과 대조적인 유형으로 빠르게 역할 전환이 이루어질 때 연극적 쾌감이 배가 되었음을 지적한 바 있다.[19]

> **차일봉** 아…저… 제 고향은 서해안 남쪽 영광 밑에 있는 햇말이라는 작은 어촌입니다. 집안은 대대로 내려오는 뱃놈 집안이었구요.
>
> (중략)
>
> 어머니가 마지막으로 내게 당부를 하시데요.
>
> '일봉아 너는 아예 배를 탈 생각도 말아라 죽더라도 뭍에서 죽어야 하느니라'
>
> 그래 전 '예 어머니 저두 결심이 서 있습니다. 대처에 나가서 꼭 성공을 하겠습니다.'
>
> '아니다. 네 따위가 대처엘 가면 불량배가 되기 꼭 알맞지, 삼촌을 따라 운전이나 다녀라.'
>
> **(상여소리 길게 울려 어머니의 죽음을 나타낸다)**
>
> 나는 어머니의 유언에 따라 막내 삼촌의 소개루 부두에서 생선을 떼다가 도회지 어물시장에 넘기는 어느 차주 밑에 들어갔지요.

18 김방옥, 「한국적 극장주의」, 『마당』, 1982. (한국문화정보원 문화포털-예술지식백과, https://www.culture.go.kr/knowledge/encyclopediaView.do?code_value=A&vvm _seq=8673&ccm_code=A091&ccm_subcode=A391 참조.)

19 이영미, 『마당극 양식의 원리와 특성』, 시공사, 2001.(위의 링크에서 재인용)

언제 뭐 운전대에 앉아볼 수가 있었나요, 하루 종일 바퀴 밑에 들어가 모비루 뒤집어 쓰구 몽키 스빠나하구 씨름하는, 고작 조수였죠.

오라이 오리아-그대루 네 모도시모도시 옆으로 이빠이! 이빠이 꺾어요. 옆으로 이빠이! 예 됐어요. 갑시다. 오라이!

(차를 타고 달리는 흉내를 내며 '산을 넘구' '이리 갈까-' 등의 노래를 부르다가 차가 정지한 흉내를 내고 어느 읍내에 내린다)

어느 읍내에 도착해서 운전수와 함께 점심을 먹는데 어느 영감 태기 하나가 들어와 국밥을 시키데요.

뭐 그런가 보다했죠. 헌데 이 영감태기, 수저들 생각을 않구, 안경 너머로 날 째려보더란 말예요.

영감 허허 아깝다 아까워! 개천에서 썩는 용이로구나.

일봉 영감님 저요? 거 무슨 소리예요?

(강조: 인용자주, 〈장사의 꿈Ⅱ〉, 7-8면)

2인극 〈장사의 꿈〉은 간소화된 무대에서 배우들의 대사와 몇 가지 음향으로 장소 및 상황의 설정을 드러내는 방식으로 구성되어 있다. 실제 무대 지시문으로 확인할 수 있듯 '상여소리'로 어머니의 죽음을, 긴단힌 동신으로 사농자 운전과 장소의 이동을 지시한다. 원작소설의 "이야기꾼 전달방식"은 모노드라마의 형태로 이루어지는 일봉의 대사에 이어 일인 다역을 맡은 배우와의 대화로 변형된다.

1980년 극단 연우무대의 〈장산곶매〉 공연에서부터 마당극 운동은 기성연극계와의 접점이 형성되었는데, 〈장사의 꿈〉은 1980년대 초반 레퍼토리에서도 호평을 받은 작품이었다. 공연에 대한 김방옥의 평론 글은 〈장사의 꿈〉이 어떤 지점에서 미적 완결성을 인정받게 되었는지를 잘 드러낸다. 김방옥은 1인칭 회고담-연기의 교차와 다음 장면으로의 전환 자체가 연극적이거나 흥미로운 템포를 만들어낼 수는 없음을 지적한다. 또 "도시생활 엽기 풍속도"에 머무른 성적 재담의 "말초적 흥미"도 공연에 대한 흥미를 만들어낸 한 지점으로 볼 수 있다. 그런데 김방옥은 '연극적'인 속성의 문제가 이 공연의 핵심이라 지적한다. "한 배우의 연극적 재능, 한 명의 주인공과 계속 다른 극중 배역으로 변신하는 연기자라는 이 연극이 빚은 특수한 극적 효과, 소도구 및 의상의 재치 있는 설정과 적절한 템포의 장면 전환",[20] 즉 배우의 연기, 극작술의 독자성, 공연 및 연출 차원에서의 호흡의 차원에서 "지극히 '연극적'인 것"이 만들어졌다 평가한다. 그리고 서구의 '극양식'의 전범과 그 질이 다른 한국 전통극의 즉흥성(약장수), 서사성(판소리), 평면적 구조(가면극)의 탐색이 새로운 "민중연극 형식" 모색에 가능하게 할 것이라 전망한다. 실제 즉흥성, 서사성, 평면적 구조가 각각 전통연희로 일괄된 약장수, 판소리, 가면극의 특성과 직결된다고 판단하기는 어렵지만 1970년대 이래 마당극 운동계, 그리고 한국 연극계에서 이루어진 전통극에 대한 참조가 고향에서 서울로 떠도는 삶의 전형성과 소외의 감각이라는 동시대적 '이야기성'과 결합되었을 때 비로소 만들어진 극적 효과를 짐작하게 하는 대목이다.

---

20 김방옥, 앞의 글.

나는 지난 여름 황석영 형과 만난 자리에서 판소리의 기원이 애초에 이야기 형태였을 것이라는 추론을 제기하고 그에 대한 의견을 물은 적이 있는데, 형은 그 추론에 대한 대답 대신 소설의 기원도 아마 이야기였을거라는 말로 동조해 주는 것이었다. 그 자리에서 우리는 요즈음의 문학이나 예술이 애초의 **이야기적 성격 즉 서사적 내용**을 등한시 하고 형식 자체를 추구하거나 **추상적 구조 또는 난해성으로 치달리고 있는 경향을** 지적하고, 잃어버린 서사성을 회복하여 문학이나 예술에 있어서 건강함을 되찾는 작업이 진행되어야 한다는 데에 의견을 모았다. 그것은 연극양식에 있어서도 예외없이 적용되는 것으로 요즈음의 연극은 특별한 지식과 감수성의 훈련을 거치지 않고는 만들기도 힘들며 즐기기도 어려운 경향이 점차 늘어나는 추세인 듯하다. 아무나 쉽게 연극을 만들고 즐기게 되면 연극의 품위가 떨어진다고 생각하는 사람들이 많이 있는 동안에는 이러한 추세가 크게 변동되기 어려울테지만, **연극이 모든 계층의 사람들에게 어떻게 유용하게 쓰일 수 있을까를 생각하는 우리로서는 좀더 쉬우면서도 감동을 줄 수 있고 좀 더 재미있으면서도 주제를 분명히 전달할 수 있는 표현방식을** 찾아내지 않으면 안되게 된 것이다. 만약 예술표현이란 것이 무슨 전문적인 서류를 갖추어 복잡한 절차를 밟아 상급자에게 결재받는 요식행위와 근본적으로 다르지 못한다면 이는 오히려 인간 사이의 진정한 소통을 가로막는 장애물로 전락할 우려도 있는 것이다.(강조-인용자 주, 임진택, 〈이야기적 싱걱의 외복〉, 〈장사의 꿈〉(1981) 팜플렛)

민중연극의 탐색으로 주목받은 연극 〈장사의 꿈〉이 원작 소설에서 전환될 때 두드러지는 것이 '놀이성'이라 볼 수 있는데 크게 두 지점으로 분별 가능하다. ①배우의 역할 바꾸기, 연기술, 장소 및 상황의 전환의 축소된 전달을 통해 제시되는 연극 매체 특유의 요소들의 부각과 ②씨름판, 에로영화 촬영, 약장수 장면의 서사적 확장과 인물 형상화를 통한 희극 코드의 추가이다.

먼저 첫 번째로 연극 매체 특유의 요소들을 자각하는 것은 물론 원작 소설의 구술적 문체에서 기인한 것이지만 문화운동의 차원에서 "소설 전문가의 기득권 보장", "연극의 품위"라는 예술 기법의 독점성과 위계를 반성하며 "문체의 혁명"을 주장했던 차원과 연관된다. 임진택은 원작 소설을 '활자'에서 원래 형태인 구술적인 것으로서 이야기로 돌려 놓기 위해 "가난한 자들의 연극" 또는 "낮은 곳에서의 연극"이라 칭할 수 있는 "민중적 표현통로의 개발"을 이 연극 제작의 동기로 삼는다.(임진택, 〈연극과 이야기〉, 〈장사의 꿈Ⅱ〉 팜플렛) 또 황석영은 구어체와 민담성의 회복 속에 "자기 표현의 욕구가 목구멍까지 차오른", "뼈저린 생활을 겪었다고 스스로 생각하는 사람들"의 이야기를 담아내는 "소설의 민담성 회복"을 주문한다.(황석영, 〈소설과 이야기〉, 〈장사의 꿈Ⅱ〉 팜플렛) 즉 이 시기에 이르러 상업적으로 속화된 '통속'의 개념이 아닌 문화적 위계의 해체를 기반으로 한 민중의 집합적 정체성 구축, 혹은 예술 활동에 내재한 창조력의 발견이라는 새로운 예술적 가치의 탐색으로서의 '통속'이 적극적으로 모색된 것이다.

이는 명백히 1970년대에서 이어진 민중론의 에토스를 반영하는 지점이다. 먼저는 1970년대 초반 가면극 미학에 대한 현실비판적 전유, 즉 "근대극을 위한 장식품으로 사용하"거나 가면극의 공간개념을 "유치한 것"으로 사유하지 않고 공연장소의 무대장치에 구애받지 않고 극

민중과 통속

중장소가 자유로이 설정되고 전환되는 가면극의 미학이 현실성을 추구하는 길을 열어준다는 인식을 계승한 것이다.[21] 더하여 1970년대 후반 민중신학, 민중문화의 차원에서 이루어진 민중론은 민중과 지식인 사이의 위계를 반성하며 시혜적인 입장을 벗어나 낮은 곳의 고통에 동참할 것을 강력히 호소했다. 임진택이 언급한 "가난한 자들의 연극"은 또한 1970년대 후반부터 농촌 현장 순회와 노조지원활동에서 이루어졌고 1980년대 초반 빈민운동 및 노동운동 현장에서 산발적으로 시도되고 있었던 비전문인의 연극 창작 활동을 전사로 한다.[22] 대학 연극반과의 현실지향적 창작극 운동에서 연출을 맡았던 임진택의 지향이 1980년 5월 광주를 거친 후, 동시대 비판적 민중론의 심화와 더불어 보다 "가난한 자들의 연극"으로 구체화 된 것이다.

흥미로운 것은 이와 같은 민중적 에토스에서 기인한 미적 형식주의 및 유미주의에 대한 반성이 실제 세계 연극사에서 영화 및 TV와의 경합 속에, 그리고 연극의 예술주의적 고립 혹은 장치주의적 집중에 반하며 연극 고유의 구성 요소에 집중했던 '가난한 연극'의 흐름과도 멀리 떨어져 있었던 것이 아니라는 점이다. 연극으로부터 연극이 진정으로 필요로 하지 않는 일체의 요소를 '추방'할 것을 주문한 예르지 그로토프스키의 경우가 대표적이다. 그가 개념화한 '가난한 연극(Poor theatre)'은 대부분의 연극 집단이 사용하는 기술적인 보조수단을 제거하

---

21 조동일, 「가면극의 공연장소와 극중장소」, 《서낭당》제1호, 한국민속극연구소, 1972. (이 논문은 1975년 출산된 서차의 단행보 『한국가면극의 미학』의 3장에 재수록된다.)

22 1970년대 후반 현장의 비전문인 창작 공연에 대해서는 앞의 박상은(2020) 참조.; 1980년대 빈민운동과 연계되어 창작되었던 촌극의 경향은 주거권 연극 및 영화에서 논하는 이 책의 2부에서 다룬다.

고 그가 가장 필수적이라 생각한 두 요소인 배우와 관객에 집중하는 연극론이다. 그로토프스키는 조명효과, 분장, 의상의 활용을 절제하고 최소한의 도구를 사용해 다목적으로 사용할 수 있는 도구를 선택했다. 신체적 요소와 동작 등 배우 스스로의 자원을 활용하는 것을 장려했기에 그로토프스키 집단은 배우 훈련에 열중했다.[23] 그가 개념화한 '가난한 연극'은 미국의 오픈 시어터(the Open Theatre)의 조셉 차이킨과 피터 펠드만의 활동에서도 유사한 방식으로 나타났다. 대체로 장치가 없고 조명이 최소한으로 국한되었으며 배우들도 연습복이나 일상복을 입고 분장과 도구 사용을 최소화했다.[24]

> **강태산** 자, 차산거사 준비해 주시기 바랍니다.
>
> **일봉** (소리만) 핫핫, 핫……
>
> **강태산** 자 여기있는 맥주병은 양기부족한 사람에게는 안보이는 병입니다. 호호야…… 앗차. 지금 박수를 치고 계신 분만 오래오래 사십시오. 다음은 차산거사의 배 위로 저기 있는 자동차가 전속력으로 달려 가는 묘기를 보여드리겠습니다.(**일봉 누워서 힘쓰는 폼을 잡고 강태산 차를 몰고 가는 소리를 낸다**) **붕붕 우-엉.**
>
> **차일봉** (**털고 일어서서**) 어느 싸락눈이 내리던 초겨울날 논두렁에 처

---

23 한편 그로토프스키의 후반부 작업은 한 공동체를 단합과 관련한 현대적인 부족의식으로서 연극을 이해하는 보다 의례·의식적인 차원으로 변화되었다.(오스카 G. 브로케트, 김윤철 역, 『연극개론』, 한신문화사, 2003, 573면.)

24 그로토프스키 집단이 의식과 정화에, 오픈 시어터가 정치적이고 사회적인 가치체계에 대한 촌평에 관심이 기울여져 있었다는 점에서 두 집단은 차이가 있었다.(오스카 G. 브로케트, 김윤철 역, 위의 책, 575면.)

박힌 행상 삼륜차 안에서 애자는 유산을 했습니다. 피를 많이 쏟구 병원 침대에 눕혀진 애자의 가슴에 얼굴을 묻고 난 울었죠.(강조-인용자 주, 〈장사의 꿈Ⅱ〉, 17면)

〈장사의 꿈〉(1981) 공연 팜플렛 中

한편 희극 코드를 추가하여 만들어진 놀이성의 경우 특히 원작 소설과 다른 의미적 효과와 정동을 만들어내는 지점이다. 소설 또한 1인칭 서술자 특유의 만담체가 남아 있지만, 회한과 비장함의 정서가 강하게 제시된다. 소설은 고향을 떠나서 전전하며 마주했던 직업적 전환 곳곳에서 일봉이 느끼는 좌절과 모멸감을 서술한다. "잔치의 함성과 자랑스러운 승리와 늠름한 황소를 끌고 가던 지난날의 영광"이 "욕탕의 비누거품 속"으로(259면) 사라졌다 느낀다거나, 자신이 주인공이 된 에로 영화를 "세상에서 가장 지루한 장면들"로(266면) 생각하는 등 일봉에게 도시의 노동이란 잔치 때뿐이지만 고향에서 받던 인정에서 벗어나는, 무의미한 노동의 기계적인 패턴과 속임수들에 대한 자각으로 귀결되었다.

2인극 〈장사의 꿈〉은 이 서술적 화자의 내면적 침잠과 갈등보다 연극적인 역할 놀이와 성역할에 따른 희극성을 진작시킨다는 점에서 소설의 주도적 정서와 차별점을 지닌다. 이 희극성은 풍자의 공격적 웃음이 아닌 익살과 해학의 방식을 취한다. 일봉의 상대역의 대사는 오락성을 강화하는 방식으로 직업적 특성을 과장시켰다. 즉 씨름 사회자, 체육관 '똘만이', 약장수 강태산의 대사는 오락적인 전형성을 강화하는 방식으로 유형화되었다. 또 따루마의 성적 퀴어성 역시 소설의 경우 물신적인 생경함으로 묘사되는 한편, 연극에서는 희화화의 전략으로 활용된다. 특히 즉 대사와 몇 가지의 소품만으로 전환되는 장면들의 유희는 소박해 보이지만 역할별로 무대와 관객석 간에 관계 변화를 이끄는 방식으로 섬세하게 조율되었다. 예컨대 씨름 사회자와 약장수는 순식간에 재연의 규약에서 벗어나 관객을 '씨름판'과 '약장사판'를 보러 모여든 관객으로 상정하게 하는 놀이성을 만들어 낸다. 인용한 글에서 확인할 수 있듯, 바로 앞 장면에서 애자를 괴롭히는 반동인물 '생쥐'역을 하던 배우가 이어지는 장에서는 관객을 대상으로 약장수 역할을 수행하던 장면은 잠시의 휴지(休止)와 "털고 일어서"는 동작으로 전환된다.

　또한 결정적으로, 소설의 정동이 육체적 강건함으로 표상된 민중적 잠재력의 억압과 소외에 대한 비장과 분노로 유도된다면, 연극의 경우 의미 놀이에서 유지되는 인지적 긴장과 웃음으로 매개된 배우와 관객 사이의 긴밀한 유대감을 기반으로 애처로움과 애잔함의 정동을 만들어낸다. 역할 놀이가 끝난 지점에서부터 극은 일봉의 모노드라마적 독백으로 이어지며, 희극적 코드가 사그라든다. "그때 애자가 보구싶었어요. 그 애의 퀭한 눈과 메마른 웃음을 보게 되면 다시 예전의 장사, 일봉이가 될 것 같았어요"와 같은 종결부의 고백에서 관객들은 연극적 약속 속에 만들어졌던 긴밀한 희극적이고 오락적인 리듬이 마무리되고 극작술의 톤이 변형됨을 느끼게 된다. 배우의 연기로 이루어지는 공연성의 차원을 고려할 때 이 지점은 더욱 도드라진다. 초연에서 일봉은 임명구가, 일봉 외의 다역은 김명곤이 맡아서 연기했다. 사진에서 확인할 수 있듯이 일봉 역을 맡은 배우의 신체적 조건은 '장사'에 준하지 않는다. 오히려 언어의 지시성과 배우의 현상학적 육체 간의 이질성이 관객과의 긴밀한 연극적 약속을 만들어내는 지점이 되었음을 짐작할 수 있다. 고향 마을의 씨름 잔치 장면을 상기함으로써 성적 불구가 회복된다는, 그럼에도 절뚝거리며 걸어가는 '좌절된 영웅'으로 그려진 소설의 형상은 연극에서 들려오는 "뱃노래" 속에 "무엇을 붙들로 큰 힘을 쓰는 동작"으로 변형된다. 이처럼 동일한 서사에 대해서도 소설-연극이라는 장르 및 매체별 미세 감각의 차이에 따라[25] 다른 정동적 효과가 만들어졌다.

물론 장르 및 매체의 차이뿐 아니라 운동의 시간성을 간과할 수 없다. 1970년대 중반에 발표된 〈장사의 꿈〉에 담겼던, 개발 난민이 고향을 떠날 때 가졌던 꿈을 배반하는 도시적 삶의 착취와 소외에 대한 분노의 정동은 익살과 연극적 놀이 속에 주인공에 연민을 느끼게 하는 방식으로 전환되었다. 그런데 연극이 만들어낸 이 희극성과 애처로움의 정동을 1980년대 초반, 1980년 서울의 봄 이후 재차 마주해야 했던 5월 광주에 대한 억눌린 정동을 극복하고 '모색기'를 거쳐야 했던 이들의 상황과 연결해 볼 때, 그 의미가 각별하다.[26] 다시 운동 및 사상의 방

---

25 이남인, 『예술본능의 현상학』, 서광사, 2018.

26 이와 관련하여 추후 연극 〈장사의 꿈〉이 1987년 극단 아리랑에 의해 재공연되었을 때

향을 찾아 움직이는 것도 필요하지만 그와 동시에 슬픔을 극복하는 것
또한 중요했다. 연극 〈장사의 꿈〉 초연이 유도한 희극성이 공격성에 근
간한 것이 아닌 익살과 해학에 근간한 웃음이었던 것, 그리고 결말에서
이 한 몰락한 장사의 안간힘을 보여주었던 것은 그런 점에서 주목을 요
한다. 1980년대 초라는 시간 속에 "수치와 죄의식에서 파생된 노이로
제"에 사로잡히지 않고 희극의 축제적 성격을 전유하여[27] 다시 일어설
모색의 힘을 모으고자 했던 순간을 드러내기 때문이다.

대중영화의 장르 관습과 대항발전주의의 영화적 전유: 소설 〈장사의 꿈〉(1974)의 영화(1985)로의 각색

영화 〈장사의 꿈〉(1985)은 한국영화사에서 '현실비판적 영화'로 분
류된다. 특히 동시대의 영화 중에서도 자본중심적 사회에서 인간이 상
품에 지나지 않게 되는 "물신화된 사회"를 비판적으로 조명할 수 있
는 영화로 평가받았다.[28] 1985년 영화 〈장사의 꿈〉이 개봉하기에 앞선
1974년, 소설 발표와 동일한 시기에 영화화가 시도되었다가 촬영이 중

변형의 양상을 극단 아리랑 공연사에 대한 연구와 병행한 후속 작업이 필요하다. 기본
적인 인물의 구도와 서사 전개 방식을 유사했지만 '광대'역을 추가하여 극중극과 포괄
극의 구도를 보다 명시하는 한편, 일봉의 고향이 산업적 개발로 인해 환경 파괴를 겪게
되는 과정과 1980년대 후반의 정치적인 상황을 드러내는 대사들과 동시대성을 드러
내는 대중문화와 관련한 미시적인 차원에서 추가되었기 때문이다. 1980년대 초반과
1987년 이후라는 시간성의 차이, 극단 아리랑이 극장주의라는 조건 속에서 초연의 작
품에 대한 해석을 달리하는 지점에 대한 고려를 통해 해석될 수 있을 것이다.

27 희극성의 개념을 그리스 로마 연극, 임철규, 「희극의 미학」, 『우리시대의 리얼리즘』, 한
    길사, 1983, 9~37면 참조.

28 강소원, 「1980년대 한국영화」, 유지나 외, 『한국 영화사 공부: 1980~1997』, 이채,
    2005, 50면.

지된 사건이 있었다. 시나리오 작가이자 감독으로 활동한 홍파는 시나리오 각색 후 이틀 간 촬영이 들어간 상황에서 '노동자 이야기'(〈객지〉)를 쓴 작가의 작품인데다가 "포르노 영화다"라는 이유로 갑작스럽게 촬영을 접어야 했던 상황을 구술한 바 있다.[29]

　도시로 유입된 난민화된 유민의 노동 중 영상 미디어와 관계된 노동은 자본화되어 가던 도시의 매혹과 극단적 소외의 양가성을 드러내는 기제이다. 앞서 〈그래 그래 오늘은 안녕〉에서 선희가 가지고 있었던 배우라는 직업에 대한 선망은 〈장사의 꿈〉에서 '배우'라는 따루마의 말에 일봉이 잠시간 펼쳤던 화려한 배우들에 대한 상상과 자연스럽게 연결된다. 주지하듯 두 영화 모두에서 이들은 모두 성적 상품화의 대상으로 내몰림을 당하게 된다. 이에 〈그래 그래 오늘은 안녕〉에서도 살펴보았듯이, 착취의 최전선에서 이들이 성적으로 대상화되는 장면을 재현하고자 할 때 영화는 모순에 빠질 수 있다. 이와 관련하여 〈어둠의 자식들〉(이장호, 1981)에 대한 당대 최인호의 비판과 〈성공시대〉(장선우 감독, 1988)에 대한 강소원의 평가를 참조할 수 있다. 이장호는 최인호가 영화

29　아울러 홍파는 1985년 〈장사의 꿈〉을 맡은 신승수가 자신의 연출부였으며, 해당 영화의 저본이 자신의 시나리오임을 강조한 바 있다.(이정아 (채록연구자), 연구전시팀 기획 편집, 『2019년 한국영화사 구술채록연구 시리즈 〈생애사〉 4권, 홍파』, 2019, 한국영상자료원, 164~167면.) 연구를 위해 검토한 바, 플롯의 차원에서 유사성을 보이는 부분이 있지만, 대사와 채택한 양식, 결말 및 애자의 형상화 방식, 환상 장면의 처리, 상징적 장소의 첨가 등 큰 차이를 보였다. 이에 추후 1974년으로 추정되는 〈장사의 꿈〉 판본과 1985년 판본 사이의 비교 분석이 이루어질 경우 시나리오 작가·1970년대와 80년대의 영화 제작 환성 및 사회문화적 변화와 더불어 그 주제 및 장르적 차이의 효과를 밝힐 수 있을 것이다. 본 절에서는 영상으로 제작된 〈장사의 꿈〉을 대상으로 하는 바, 1974년 본을 비교 참조하되 1985년 개봉한 영화 〈장사의 꿈〉과 그 오리지널/심의대본 시나리오를 분석의 저본으로 삼았다.

〈어둠의 자식들〉을 보고 난 후, 그가 민중을 더욱 비참하게 만들었다고 크게 화를 내었음을 기억한다. 또 1980년대 영화사를 서술하며 강소원은 〈성공시대〉를 비판적 리얼리즘 계열로 분류하는데, 재현의 모순이 드러날 수 있음을 지적한다. 성 소비와 섹스신을 "통속적이고 왜곡적"으로 재현하는 것에서 "관람의 쾌감"이 나올 것이라는 생각과 달리, 그야말로 대상화된 몸을 현시함으로써 그가 비판하려고 하는 천박한 자본주의에 포섭될 수 있는 위험으로 수렴될 수 있기 때문이다.[30] 즉 대항 담론장 내에서 억압받고 착취받는 집단으로서의 '민중'에 대한 재현에 접근한 제작 집단의 '의도'에도 불구하고 오히려 대상화에 기여를 하거나 협소한 방식의 민중 재현에 머무를 수 있었음을 살펴야 한다. 더욱 문제적인 것은 현실에 대한 비판적 환기를 불러 일으키면서도 영화적인 차원에서 공간과 인물을 통해 그 착취적 상황이 '매혹적으로' 재현이 되는 지점과 영화적 공간 안에서 "안전하게 즐길만한 것"으로 만들어질 수 있다는 측면이다.[31] 즉 이 "비판과 소외(대상화)"의, "비판과 매혹"의 이율배반적 결합을 어떻게 해석할 것인가는 1980년대 한국 영화사와 대항 공적 영역의 교유에서 짚고 넘어가야 할 중요한 대목이라 할 것이다.

영화 〈장사의 꿈〉의 경우 아직 선행연구가 제출되지 않았지만, 곁에 놓이는 영화 〈난장이가 쏘아올린 작은 공〉(1981),[32] 〈어둠의 자식들〉

---

30 강소원, 앞의 글, 53면.

31 강소원, 위의 글, 50면.

32 영화 〈난장이가 쏘아올린 작은 공〉과 관련한 선행 연구로는 최강민(2007), 김수남(2002)을 참조.(김수남, 「난장이가 쏘아올린 작은 공을 찾아서-이원세의 영화작가 세계」, 『영화교육연구』 4권, 한국영화교육학회, 2002.; 최강민, 「『난장이가 쏘아올린 작은 공』의 서사 변용 양상-소설, 영화, 드라마 서사 비

(1981),[33] 〈꼬방동네 사람들〉(1982),[34] 〈과부춤〉(1983), 〈바보선언〉(1983)과 비교할 때 이 양가성과 중층성의 차원에서 풍부하게 해석될 수 있는 텍스트이다. 영화사 서술에서는 비판적 리얼리즘으로 분류되었고, 실제 영화가 도달하고 있는 대항 발전주의의 차원이 다채롭지만 액션·버디·에로·멜로드라마의 장르적 관습이 영화 내에서 의미 있는 방식으로 결합하면서 풍부한 비균질성을 드러내기 때문이다. 이 비균질성의 의미를 어떻게 해석할 수 있을까. 단순히 작품성의 미비 혹은 비판적 리얼리즘의 성과로 환원하기 어려운 의미가 이 매체 전환 과정에 남아 있다.

〈표: 원작 소설과 영화 사이의 차이〉

원작 소설과 영화 사이의 차이	
플롯	-악당 서사 추가 -애자 서사 추가 -일봉과 명군의 서사 추가
공간	-서울 광화문 광장 -서울 도심지

교」, 『한국문학이론과 비평』, 한국문학이론과 비평학회, 2007.)

33 영화 〈어둠의 자식들〉에 대한 선행 연구로는 노지승(2014), 장우진(2016) 참조.(노지승, 「1980년대 초 한국영화와 기독교 - 아버지-신(神), 자본주의적 가부장제, 영화 내러티브」, 『어문론총』 62호, 한국문학언어학회, 2014.; 장우진, 「1980년대 이장호 감독의 영화에 재현된 터전의 상실과 혼성적 공간」, 『현대영화연구』 12집, 한양대학교 현대영화연구소, 2016.)

34 영화 〈꼬방동네 사람들〉(1982)에 관한 연구로는 박유희(2019), 한영현(2020) 참조.(박유희, 「꼬방동네 사람들 : 8월의 영화 II 배창호」, kmdb 영화글, 한국영상자료원, 2019.8.15. https://www.kmdb. or.kr/story/10/5248; 한영현, 「폭력의 시대에 맞서는 사람들-영화 〈꼬방동네 사람들〉(1982)과 〈그 해 겨울은 따뜻했네〉(1984)에서 가족의 재현 양상을 중심으로」, 『한민족문화학』, 한민족문화학회, 2020.)

장르	-버디물 -액션물 -에로물 -멜로드라마

〈사진〉 영화 〈장사의 꿈〉 스틸샷(출처: 한국영상자료원 kmdb)

　　먼저 원작 소설과 비교할 때, 각색에서 두드러진 차이는 표와 같다. 개봉 당시 영화는 "현대사회의 물결 속에서 꿈과 사랑을 좌절당하면서 몸부림치는 젊은이들의 이야기를 그린 것"으로 소개받았다.[35] 실제 영화 〈장사의 꿈〉에서도 앞서 살펴본 〈바람불어 좋은 날〉와 같이 '젊은이'로서 일봉과 애자의 사랑 이야기가 부각되며, 영화가 귀결되는 방식에 있어서 멜로드라마의 전형적인 해결방식을 되풀이한다.

35　「감독 신승수씨 데뷔작 영화 「장사의 꿈」 완성」, 『경향신문』, 1985.9.27.

　　　　　　　　　　　　　　　　　　　　　민중과 통속

그러나 한편 영화 〈장사의 꿈〉이 비단 '저항적 민중주의'를 공유할 뿐 아니라 영화 관객 대중의 장르적 쾌감과 관련하여 액션물·버디물·에로물과 장르적 혼성을 보여주었음은 한국영화사의 차원에서 다시 검토될 부분이다. 영화 〈장사의 꿈〉에서 플롯의 차원에서 가장 두드러지는 변화는 서사적 악당에 쫓기는 애자를 일봉이 구해준다는 멜로드라마의 코드가 확장되면서 액션 및 스릴러 장르와 결합했다는 것이다. 연극 〈장사의 꿈〉의 경우도 애자를 괴롭히는 '생쥐'를 일봉이 차단하는 것이 두 인물을 연결하는 계기로 추가되기는 하였지만 간략하게 제시된다. 반면 영화의 경우 인물 및 장르의 변형과 함께 미감 및 주제의 차이로 전면화된다. 일봉은 처음 에로 영화 촬영소에 가게 된 날 '마대수'를 마주한 후, 일이 적응되던 어느 날 애자를 함부로 대하는 마대수를 제압하고 애자와 관계를 쌓아가게 된다. 잠시간 안온한 가정을 꾸리게 된 두 사람에게 복수하기 위해 마대수가 찾아오고, 폭행을 당한 애자는 서울을 떠나자 한다. 즉 소설 및 연극과 달리 영화에서 악당의 위협은 두 사람이 약장수로 나서게 되는 계기가 된다. 자동차 사고로 태아를 잃게 된 두 사람이 헤어지게 된 후 후반부는 "돈을 벌어서 다시 만나"자는 약속을 실현하기 위해 일봉이 여러 직업 그리고 종내는 성매매 노동에 이르게 되는 서사의 진행을 그대로 이어간다. 그런데 영화의 결말부에서 악당 서사 및 액션의 코드는 다시 등장한다. 마침내 일봉이 애자를 찾은 곳이 스트립쇼 장이었는데, 그곳에서 마대수가 있었고, 일봉은 마대수와 격투 끝에 그에게 강한 복수를 하고 무대에 있는 애자를 되찾는다.

　　즉 영화에서 민중적 코드는 독특한 방식으로 당대 영화 관객 대중의 오락적 쾌감과 혼재된다. 영화는 하층 여성 노동자로서 애자의 성노동을 중심에 담아 내지만 일봉의 남성 성매매 노동자의 영화적 재현에서(씬 72~92) 호스티스가 아닌 고급 아파트나 대저택에 생활하며 고급문화를 향유하는 중산층 주부를 주인공으로 하는[36] 1980년대 에로영화의 코드가 삽입되어 있다. 또 포르노 영화를 찍는 장면을 메타적으로 보여주는 것은(씬 21, 25~29, 34), 영화의 소프트 포르노로서의 측면을 드러낸다. 한편 몸밖에 없는 하층계급의 연대와 우애가 "소외계층의 활력"으로 작동했던 짧았던 시기[37] 〈장사의 꿈〉이 서로를 '장군-멍군'으로 부르며 서사 내에서 관계를 쌓아가는 버디물 장르로 전유했음도 특징적이다. 이는 이전 시대의 눈물과 시련의 멜로드라마적인 것에서 벗어나 헐리우드 영화 문법을 차용하여 새로운 감각의 멜로드라마의 전형을 만들어 간, 1980년대 중후반부터 활동하는 신인 감독들의 청춘물 및 로드무비와도[38] 친연성을 갖는 대목이었다. 같은 선상에서 마대수를 맡은 송경철의 악당 페르소나나 일봉을 맡은 청춘스타 임성민의 대중성과 결합했음도 확인할 수 있다.

이 같은 멜로드라마적 전이와 대중 장르와의 혼재에도 불구하고 영화 〈장사의 꿈〉이 비판적 리얼리즘의 차원으로 소급되어 온 것은 먼저 소설적인 차원에서 견인되었던 저항적 민중성이 규범적인 차원에서 당대 저항적 민중성으로 파악할 수 있는 지점으로 마련되어 있었기 때문이다. 그런데 이 규범적 민중성은 오히려 영화에 재현의 위기를 불러왔음을 확인할 필요가 있겠다.

---

36 정민아, 「1980-1987 한국영화의 관람공간-관객, 장르, 극장을 중심으로」, 『현대영화연구』 24호, 한양대학교 현대영화연구소, 2016, 59면.

37 박유희(2019), 앞의 글.

38 정민아, 위의 글, 68면.

씬 2 벽돌 작업장(낮)

1 (모래를 고르는 기계)

2 (벽돌을 찍는 기계)

3 (벽돌공)

4 (찍는 기계)

5 (벽돌공)

6 (찍는 기계)

7 (벽돌을 빼내는 일봉)

8 (빼내는 꺽새)

9 (빼내는 일봉)

10 (물뿌리는 인부)

11 꺽새 옛날에, 아주 옛날에 모두들 햇말장사라고 부르던 무
서운 힘을 가진 장사가 있었소.

(보는 일봉)

12 꺽새 (소리) 정말 타고난 장사였지. 거짓말 같겠지만. 쇠뿔
을 나뭇가지 꺽듯하고, 철도레일을 혼자서 서너번씩 엿가
락 늘이듯이 꼬아버리는 괴력의 장사였어.

13 꺽새 허 서울에서 힘 좋아봐야 소용없시다. 요즘 세상이야
기운 자랑하는 놈 몸으로 때우는 일 밖에 뭐 다른 방도가
있겠소? 힘이란 믿을게 못되지. 늙어버리면 그만이니까…

14 꺽새 (소리) 쉽지 않을거요. 이제 힘이란 별로 쓸모가 없을
게외다. 용이 물에 오르니 개미가 덤빈다고. 서울에서는 그
저 쥐처럼 살아야 하는거 아니오.

(일어나는 일봉)

15   (벽돌을 미는 일봉)

16   (무너지는 벽돌담, 통쾌한 일봉)[39]

39 신승수 각본, 〈장사의 꿈〉(1985, 동아수출공사) 심의대본 시나리오, 한국영상자료원 소장
    본.

우선 영화 〈장사의 꿈〉의 인트로는 실사적인 것과 극영화를 혼종하여 독특한 방식으로 민중 이미지를 담아낸다. 비전문인 혹은 알려지지 않은 배우 얼굴과 생산 현장의 일상성을 교차편집하여 한창 진행 중이던 1980년대 도시개발의 물성을 드문 방식으로 제시한다. 그리고 일용직 노동자로 살아가는 일봉에게 한 동료 노인이 "옛날에"로 시작하는 장사 이야기를 들려주고 일봉의 성난 얼굴이 줌인으로 클로즈업되는 장면이, 쌓여 있는 벽돌을 고함과 함께 밀어내고 후련해하는 장면이 이어진다. 즉 정확하게 영화의 결말부에서 일봉이 애자를 구해낸다는 민중영웅의 서사와 의미적으로 상응하며 영화가 의도한 주제를 배경·대사·표정·상징적 행위를 통해 방식으로 보여준다. 힘을 쓰던 장사도 서울에서는 "그저 쥐처럼" 살아가야 한다는 전언에 대해 일봉이 분노를 표하는 이 인트로는 여성 탈환과 계급적 처단이 결합된 결말부의 응징의 서사를 예비하며 정확한 대구를 이룬다.

즉 이 인트로는 민중적인 상상이 영화적 활력으로 기능하는 한편, 대중영화의 도덕적 클리셰로 귀결될 수 있음을 보여주는 장면이다. 앞서 살펴본 영화 〈바람불어 좋은 날〉에서도 고유한 영화적 재현의 활력이 매우 협소하된 멜로드라미적 복수 서사와 결합하였듯, 영화 〈장사의 꿈〉의 경우 더욱 젠더 폭력적인 측면이 드러났다. 소설과 연극에서도 남성 중심화된 방식으로 유민화된 여성의 삶을 구원해주지 못함에서 오는 성적 불구성의 은유의 기미가, 즉 성적 생명력을 저항적 민중적 상상과 연동하는 고리가 존재했다. 그럼에도 착취 당하는 삶의 회복을 남성성의 좌절 혹은 남성성을 통한 회복으로 단순화하지 않는 결말을 취했다. 1974년 먼저 각색되었던 시나리오의 경우도 결말에서 애자와 일봉은 만나지 못하고 일봉의 몰락을 그려낸 바 있다.[40] 하지만 1985년 영화 〈장사의 꿈〉은 일봉이 성노동을 매개하는 일을 하는 김여사(김영애 역)를 폭력적으로 강간하는 장면을 전시하고, 이를 통해 일봉이 애자의 거처를 알아내어 그녀를 구해준다는 서사로 귀결시킨다. 특히나 일봉이 애자를 구해내는 결말의 변형 과정에서 성매매 현장의 대상화된 몸을 화면에 그대로 재현함으로써 착취를 비판하려는 자와 착취하는 자가 겹친 자리에 관객을 위치 짓는다는 한계를 보였다. 저항적 민중주의가 규범적인 방식으로 영화에 전유되면서 보수적인 멜로드라마적 보상의 지평과 결합할 때 처해질 수 있는 서사적이고도 재현적인 곤경이 잘 드러나는 대목이다.

그럼에도 영화 〈장사의 꿈〉은 1985년도의 시점에서 인상적인 방식으로 대항 발전주의를 영화적인 방식으로 전유하는 장면을 지니고 있다.

일봉　고향을 떠난지는 오래됐어요.

애자　오래됐어요… 열 일곱에 집을 떠났으니까. 여기서는 말예요. **모든 게 상품이거든요.** 내가 파는거예요. **도시 전체가 장터라구 생각하면 돼요. 뭘 가진 게 있는 사람들이 그걸 팔**

40　홍파 각색, 〈장사의 꿈〉(197?, 연방영화사) 오리지널 시나리오, 한국영상자료원 소장본.

아보려구 꾸역 꾸역 몰려드는 시장이에요.

일봉　우리는 아무것도 가진게 없잖아요.(씬 33 레스토랑(낮))

(강조-인용자 주)[41]

　　　백열등과 조명판의 새하얀 빛이 우리 두 사람의 몸 위에 쏟아지
고 있을 때 우리는 서로의 몸을 만지고 있는 게 아니라 불빛을 만지
고 있는 듯했지. 인적 없는 숲속에 가서 야외 촬영도 했었는데, 목욕
하는 장면, 또는 햇빛에다 물방울 돋은 몸을 드러냈을 때에 애자는
해녀로 되돌아간 듯했지. **나는 어느 결에 다른 사람의 눈초리 돌아
가는 소리를 듣고 있다는 착각에 빠졌어. 나는 어느 결에 다른 사람
의 눈초리 돌아가는 소리를 듣고 있다는 착각에 빠졌어. 그 소리를
자르르 돌아가는 팔 밀리 영사기의 자동 셔터 소리처럼 언제나 내
등뒤이거나 옆구리 또는 밑에서 들려왔어. 주점에서 혼자 술을 마신**

41　신승수 각색, 《〈장사의 꿈〉 심의대본 시나리오》(1985, 동아수출공사), 한국영상자료원
　　소장본.

때 머리 위에서, 시장의 혼잡 가운데를 걸을 때 앞의 골목 모퉁이에서, 버스를 탔을 때 목덜미 바로 뒤에서, 그 눈초리 소리가 들렸지. 상가 꼭대기의 자취방에서 비어 있는 고가도로 위를 걸어가는 청소부의 발걸음 소리만이 들려오는 새벽에 깨어났을 때에도 그 다른 사람의 눈초리 돌아가는 소리가 들려왔던 것이었어.(소설 〈장사의 꿈〉, 264~265면)(강조-인용자 주)

영화 〈장사의 꿈〉의 저항적인 의미화는 여성 주인공 애자의 형상화와 1980년대 서울의 거리와 대표적인 도시 공간 아카이빙을 통해 가능해진다. 먼저 여성 인물 형상화 방식의 차이를 살펴보자. 1인칭 서술자를 활용하는 소설과 남성 2인극으로 구성된 연극에 비해 영화에서는 애자의 역할이 확장되어 있다. 이 부분에서 시나리오 각색자 및 제작자의 창조적 각색이[42] 개입했다. 1974년 홍파 원작의 시나리오에서 애자

---

42 린다 허천은 각색을 이중적인 것으로 정의하며 ①'생산물'로서 공표된, 광범위한, 특정

는 특별한 고민을 갖고 있는 인물로 형상화되지 않는다. 하지만 1985년 시나리오는 "지극히 무표정하거나 무감각한 애자의 얼굴"(15면)을 강조하고, "스튜디오 안"과 밖의 삶을 구분하며(18면), "도시 전체가 장터"라고(18면) 평가하는, 그리고 "약을 한 웅큼 입속에 털어" 넣으며(27면) 촬영에 들어가는 모습으로 애자를 다각화한다. 소설에서 비체화 된 삶의 고통이 일봉의 환청과 환각으로 서술되었다면, 영화는 무표정으로 표상된 애자가 겪는 심리적 고통을 초점화한다.

애자의 형상화가 남성 판타지에서 완전히 벗어난 것이라 평가하기는 어렵다 할지라도 영화는 그녀에게 "그러나 서울은 저에게 무슨 동굴처럼 캄캄한 어둠 속이었을 뿐이었"음을 깨닫고 자각하는 시간을 충분히 준다. 이 장면은 애자의 자기 고백과 포커스 아웃하여 애자가 명동 도심지를 스트리킹하거나 웨딩드레스를 입고 헤매는 쇼트 및 카메라를 응시하는 애자의 모습을 담은 장면을 교차편집하는 방식으로 재현된다. 그리고 애자는 자신이 복용하던 약을 던지며 "제 방 도배 좀 해주실래요"라는 전하며 삶을 전환하겠다는 의지를 밝힌다. 즉 표현적 장면 처리와 멜로드라마적 결합의 정동을 결합하는 방식으로 "꿈을 찾아 도시를 헤매고 다녔"다는 애자의 충분한 내적 고민을 대중적인 지평 속에 녹여낸 것이다.

한 기호 전환과 ②'과정'으로서 각색자의 창조적 해석/해석적 창조와 청중의 '팔랭프세스트적' 상호텍스트성으로 분류한 바 있다.(린다 허천, 『각색이론의 모든 것』, 앨피, 2017.)

민중적 활력의 대항성과 대중 장르와의 이접이 의미하는 바

애자가 소외된 주체의 나르시시즘에서 벗어나 생활의 자리로 내려왔을 때의 두 사람은 '전전하며' 다양한 노동을 수행해야 했다. 하지만 영화는 이를 특유의 '활력'으로 그려낸다. 영화 〈장사의 꿈〉 전반은 다양한 방식으로 로케이션 촬영을 활용하고, 편집의 속도감이 특징적인데 애자와 일봉 두 인물이 꿈이 아닌 생활을 찾아 정착하게 된 잠깐의 시간 동안 일상적인 노동의 리얼리티를 담아낸다. 앞에서 애자의 갈 곳 없음을 그려내는 공간이었던 명동 도심지 조차 일봉의 노동 현장으로 익살스럽게 전이된다. 두 인물의 얼굴은 가난한 자들의 삶의 공간을 영화의 차원에서 긍정적인 것으로 그려내는데 핵심적인 요소였다. 이 활력은 '민중성'을 토속적인 차원이나 부정적인 박탈감이 아니라 일상의

생활 속에 살아가는 인물들의 주동적이고 솔직한 성품으로 전유한 동시대 〈어둠의 자식들〉(1981), 〈꼬방동네 사람들〉(1982), 〈과부춤〉(1984)의 편린과 공유된 지점이다.

이 안정이 오래 갈 수 없었음은 주지의 사실이며 영화의 초반이 애자에게 초점화되어 있었던 성 노동에 의한 소외의 상황은 후반부에서 한강변 아파트, 호텔, 온천장 등 경제적으로 상향된 생활 공간에서의 일봉의 자기소외로 역전되어 재현된다. 다시 영화 〈장사의 꿈〉의 결말로 돌아가 보면 일봉은 소설 또는 연극과 같이 갑자기 "몸에 이상한 변화"를 얻게 된 것이 아니라 마대수와 오여사가 대화를 나누는 것을 보고 자신이 처했던 상황 전반을 회의하면서 "무엇에 홀린 듯 발작적으로"(37면, 씬 95) 애자와 살던 동네로 뛰어간다. 이 지점에서 악당 서사라는 장르적 계기는 소설이 성적 불모성과 민중 영웅의 좌절을 교차하는 것, 연극이 한 몰락한 장사의 안간힘을 보여주는 것과 다른 방향으로 주제가 변형된다. 영화에서 공간·표정·구도 등을 통해 풍부하게 형성되었던 민중주의적 사유들은 이 지점에서 마대수와 오여사라는 개별화된 악당의 책략에 대한 복수로 축소된다. 이 지점이 영화의 대중물적 혼종이 만들어 내는 영화적 재미가 대항적 전유를 흐리게 하는 장소일 것이다.

이처럼 이번 장에서는 규범화되어 인식되어 온 1980년대 민중문화운동 담론의 '측'에 서 있다고 판별되었을 문학, 연극, 영화 텍스트가 각 예술영역의 자율적인 생산성을 만들어내는 매체와 장르, 작가적 판섬과 제작 집단, 상연 맥락의 차이 속에 어떻게 언어와 재현의 체계의 다질성을 드러내게 되었는지를 분석했다. 이를 통해 1974년 작 소설 〈장사의 꿈〉의 1981~4년 사이 각색과 공연·상연의 맥락을 재구하는 한편 매체에 따른 형상화 방식의 차이와 양식·장르의 차원에서 유인되었을 기호 해독 과정의 중층성에 접근해 보았다. 연극 〈장사의 꿈〉이 유민화된 민중의 삶을 '가난한 자들을 위한 연극'을 구상하는 가운데 소박하지만 긴밀한 연극적 놀이성의 형식을 창안하는 각색 양상을 기반으로 했던 것을 확인할 수 있었다. 영화 〈장사의 꿈〉이 여성 인물의 변형을 통해 보여준 꿈에서 현실로의 안간힘을 쓴 이동과 한 보의 진전은 대중 장르의 익숙한 가부장적 클리셰의 폭력성 너머에서 기억해야 할 한국영화사의 한 장면이다.

제3장
미적 모더니티의 안착과 진보의 시간-공간성

—

연극(1986)/영화(1988) 〈칠수와 만수〉

1980년대 진보적 연극·영화운동의 담론적 공유지와 〈칠수와 만수〉

극단 연우무대의 연극 〈칠수와 만수〉(1986)와 박광수 감독의 영화 〈칠수와 만수〉(1988), 그리고 원작인 대만 소설가 황춘명의 〈두 페인트 공〉의 매체/장르 간 변환 양상은 1980년대 민중문화운동의 자장 안에서 모색되었던 시대 정신과 매체 효과를 재고찰하게 한다. 이는 '사회파' 예술로 불리며 각각의 예술 장르에서 기존에 말해지지 않았던 사회적인 현실을 드러내었다는 전제로 인해 오히려 조명받지 못했던 운동의 시간성과 장르별 재현의 역량을 재조명하는 것과 관련된다. 〈칠수와 만수〉는 창작과비평사의 '제3세계 총서'의 일환으로 번역·출판되고,[1] 당시 제도권 연극계에서 가장 사회적 발언을 시도하는 집단으로

---

[1] 황춘명의 소설집은 『사요나라, 짜이젠』(창작과비평사, 1983)이란 제복으로 소설가 이호철과 중문학자 전형준에 의해 번역되어 출판되었다. 〈두 페인트공〉은 이 소설집에 실린 단편 소설로 황춘명의 원작 소설집 『사요나라, 짜이젠』에 실린 소설이 아니었지만 편집 과정에서 추가되어 번역되었다.(전형준, 「동아시아 내부의 문화 간 번역—황춘명 소설과 한국의 연극·영화」, 『언어 너머의 문학』, 문학과지성사, 2013.)

여겨졌던 '극단 연우무대'에 의해 각색·공연되어 장기 공연되며,[2] 대학 영화운동에 의해 견인되었던 '서울영화집단'의 일원으로 활동하다가 유학 후 돌아온 박광수 감독에 의해 영화로 만들어진다. 이와 같은 각색 유통 과정은 민중/민주화운동이 추동했던 매체전환의 견인력을 짐작하게 한다.

황춘명 원작의 〈두 페인트공〉이 1980년대 한국에서 주목할만한 연극과 영화로 각색될 수 있었던 것의 기반은 근대화 프로젝트를 통해 도시화가 급속히 이루어지고 전 시대의 생활 방식이 급격히 변화되면서 계층 차와 인간 소외가 가속화되었던 사회 문화적 맥락을 공유했기 때문이다. 황춘명의 소설이 보여주는 "고향에 대한 그리움"과 "근대화라는 이름 밑에서 자행되는 오염·부패·비인간화 현상"은 1970년대 이래 근대화 프로젝트와 독재 정권의 통제적 상황을 연쇄적으로 감내하던 한국의 상황과 유사했으며 이는 "깊은 공감"을 불러일으켰다.[3] 1970~80년대 당시 대만과 한국은 냉전 시기, 후발 개발주의 동아시아 국가로서 유사한 운명을 겪고 있었다. 두 국가는 실제 국가체제의 차원에서 '비동맹국가'의 계열로 본인들의 위치를 수렴시키지 않음으로써 아시아의 신흥 개발국가로 위치를 분명히 했다는 점에서도 공통적이었다. 〈두 페인트공〉에서 높은 곳에서 떨어뜨린 페인트 통으로 인해 주인공들이 정신의학 전문가와 사법, 언론 등 근대적 권력 기관들에 의해 주목을 받게 되고 자신들의 의도와는 전혀 다른 방식으로 이해당한다는 설정은

---

2 연극 〈칠수와 만수〉는 오종우 극작, 이상우 연출로 1986년 초연되었으며 장기 공연되었다. 1990년 특별공연과 1997년 예술의 전당 기획 공연, 1999년 연우무대 공연 외에도 2000년대 들어서도 극단 연우무대의 대표 작품으로 여러 차례 재공연된다.

3 이호철, 「해설」, 『사요나라, 짜이졘』, 창작과비평사, 1983, 278면.

하위주체의 소외성을 성찰하는데 공유될 만한 성질의 것이었다.

〈칠수와 만수〉의 각색 양상과 관련하여 선행연구에서는 황춘명의 소설이 한국어로 번역된 실증적 맥락을 밝히고,[4] 대만과 한국 사이의 시대와 사회문화적 차이에 기반한 차이를 규명하며,[5] 각 텍스트의 인물 형상화와 플롯의 차이를 세분화하여 살폈다. 그런데 선행연구는 인물과 서사 구성의 차이에도 불구하고 "사회적 모순과 폭력적 억압"을 고발한다는[6] 서사적 유사성에 무게를 두었다는 점에서 공통된다. 본 장에서는 이 텍스트들의 사회 비판적 시선에 대한 선행연구의 의미 부여에 동의하면서도 매체전환의 과정에서 각 텍스트가 보여준 유의미한 차이와 균열들, 즉 매체에 따른 재현 방식의 차이와 연극·영화 문화운동의 시간성 주목하고자 한다.

연극·영화 〈칠수와 만수〉는 한국 현대 민주화운동 시기의 역사를 논할 때 대표적인 텍스트로 기념화되어왔다. 하지만 당대 예술문화운동의 시간성에 입각해서 보았을 때 과연 '진보성'의 내용과 가치는 어떻게 평가될 수 있을까. 또 원작인 황춘명의 소설과 비교하였을 때 두 텍스트에 도드라지게 나타난 통속적 질감은 어떻게 위치 지을 수 있을까. 압축적 근대화 및 신식민화라는 동아시아 신생 국가의 상황적 공통성이 '민중' 서사를 현실적인 것으로 공유하게 하였을 뿐 아니라 연극의 현대성과 영화 예술이라는 미적 모더니티에 대한 충족을 가능하게 했던 지점은 어떻게 해석할 수 있을까. 즉 연극/영화 〈칠수와 만수〉와

---

4 전형준, 앞의 글, 2013.

5 왕캉닝, 「타이완의 「두 페인트공」과 한국의 〈칠수와 만수〉의 상호성 연구」, 『현대문학의 연구』 60집, 한국문학연구학회, 2016.

6 전형준, 앞의 글, 127면.

원작인 〈두 페인트공〉 사이의 관계를 공연·상연의 시간성과 매체적 조건과 장르 관습의 차이, 창작자의 인식의 차이로 인해 주목할만한 결절점 속에 보다 복합적으로 고려할 필요가 있다.

이야기와 행상:
1980년대 초중반 극단 연우무대와 서울영화집단의 질문

주지하듯, 연극(1986)과 영화(1988) 〈칠수와 만수〉가 대만작가 황춘명의 〈두 페인트공〉을 각색하여 공연한 것은 인적 네트워크와 인식론적 지평의 차원에서 1980년대 민중민족문화운동의 대항적 에너지와 연관되어 있었다. 극단 연우무대는 연극과 영화 〈칠수와 만수〉를 연결하는 매개이다. 1986년 공연된 극단 연우무대의 〈칠수와 만수〉는 당시 극단 연우무대의 대표였던 극작가 오종우가 어느 날 단편소설 〈두 페인트공〉을 가지고 와서 이상우와 "의기투합"하여 각색과 공동 집필하여 창작되었다. 영화 〈칠수와 만수〉가 연극 〈칠수와 만수〉를 각색의 저본으로 삼은 것은 아니라 기록되어 바 있지만, 1980년대 중후반의 문화장에서 연극 〈칠수와 만수〉가 갖는 상징적인 의미와 박광수의 연우무대와 맺었던 관계를 고려할 때 단절적인 것으로 보기는 어렵다.

한편 연극/영화 〈칠수와 만수〉는 대학 문화패에서 출발하여 비제도권적 자장 안에서 민중주의적 지향과 탐색 속에 운동적 지향을 생성해 나갔던 1980년대 초중반의 활동이 '기성' 연극계 그리고 '충무로' 영화계라는 제도적인 경계 안에서 인정을 획득하게 되는 경계를 보여준 텍스트이기도 하다. 이에 연극/영화 〈칠수와 만수〉의 의미를 운동의 시간성에 입각하여 보다 메타적으로 평가하기 위해 1980년대 초반에 연극-영화운동이 유사한 방식으로 제작·유통·관객성에 대해 질문했던 시간으로 돌아갈 필요가 있다. 1982년 극단 연우무대가 공연한 〈판놀이 아리랑 고개〉(1982)와 박광수 감독을 비롯한 서울영화집단의 일원이 이 공연과 준비과정을 다큐멘터리적으로 기록하여 제작한 〈판놀이 아리랑〉(1982)의 전후 문화운동 집단이 제작의 방식과 유통방식, 관객성에 대해 탐색한 지점을 먼저 들여다 본다.

극단 연우무대는 1980년 남산의 드라마센터에서 공연한 〈장산곶매〉로 기성평론계에서도 가치를 인정받게 된다. 물론 1970년대 중후반에 '마당극운동'으로 가시화된, 연극·탈춤이 교차되어 나타난 문화운동은 대학 간 연합 활동과 민주노조운동 및 종교계의 민중운동과의 연계 그리고 사회과학서에 대한 압축적 학습과 탈춤 수련이 반영된 결과였다. 짧았던 '서울의 봄'과 신군부의 폭압과 5월 광주항쟁을 마주한 이후 대학에 근간을 둔 노래·영화 문화패들은 사회참여와 민중운동적 지향을 강화하게 되는데, 이들에게 극단 연우무대의 주변으로 형성되었던 운동적 기운은 '문화'로 하는 운동의 가능성을 의미했다.

연우무대의 1980년대 초반은 1980년 5월 광주와 1984년 〈나의 살던 고향은〉으로 인한 공연정지 처분의 두 가지 사건을 앞뒤로 하는 한 기간 동안 대학의 문화운동 집단의 인적 네트워크가 가장 활발하게 집약되는 한편 동시대 극장주의에 대한 반성과 시대적인 요구에 부응하는 무대의 내용과 관객성에 대한 탐색이 이루어진 시기이다. 내용적인 차원에서 황석영 소설로 대표되는 도시빈민과 하층민 서사, 고발로서의 예술에 대한 지향이 확인되는 한편, 형식적 차원에서 소박한 무대, 탈춤/풍물/노래 민중연희 양식에 대한 참조가 두드러지게 나타났다. 이 시기 연우무대는 '연극으로 운동을 한다'라고 했을 때, 대표적인 인적 교류의 장으로 인식되었다. 하지만 관객석의 이해와 연결되어 있는 시대적인 것에 대한 화두를 공동창작, 소박한 무대, 연기의 앙상블, 관객의 위치와 존재에 대한 소통적 전제 등으로 풀어갔다. 그리고 이때의 고민과 창안된 형식들은 1980년대 중반부터 극단 연우무대가 평단과 대중적 관심을 받을 수 있었던 토대가 되었다.

공동창작 방식, 무대와 관객석의 관계, 동시대에 필요한 이야기성의 탐색은 〈어둠의 자식들〉(1980), 〈장사의 꿈〉(1981)의 공연 과정을 통해 조망할 수 있다. 정한룡에 이어 극단 연우무대의 대표를 맡은 오종우의 글은 그 과정에서 겪었던 구성원들의 고민을 압축적으로 정리한 바 있다. 극단 연우무대는 〈우리들의 저승〉(1979.5)에서 〈한줌의 흙〉(1979.9)으로 넘어가는 기점에서 극작가 개인의 창작이 아닌 공동창작을, 알레고리가 아닌 방식으로 동시대성을 보여줄 수 있는 이야기성에 대한 탐색을 본격화한다.

1980년 5월 광주에 대한 소식은 극단 연우무대의 연극적 지향에 중요한 결절점이 되었는데, 〈어둠의 자식들〉, 〈비야! 비야〉에서 볼 수 있듯 이때의 무게감과 고민은 민중의 현실을 이야기해야 한다는 당위성과 이를 실제화할 수 있는 능력 사이의 괴리와 "설익은 의식의 과잉 노출"은 "소재로 삼았던 주제나 인물에 대한 죄스러움"으로 귀결되기도 했다.[7]

연극을 알기 시작했을 때 연극의 4대요소 중에 「관객」에 대해

---

7 박상은, 「한국 현대 연행예술운동의 현장성 연구」, 서울대학교 국어국문학과 박사학위 논문, 2020, 124~125면.

제대로 이해를 못했었다. 실제로 연극을 접하고 연극행위를 하게 되면서도 한참 동안은 그 「관객」이라는 요소는 연극예술의 대상 또는 향수자로 밖에 더 이상 신경을 쓰지 않았다. 그보다도 '무엇을 전달하고 어떻게 표현할 것인가?'하는 것이 좋은 연극을 만드는데 가장 큰 문제로만 생각해왔다. 연극이 현장예술이란 것을 알면서도 관객을 연극행위의 주체적인 참여자로서 생각지 못한 것이다.

공연행위의 홍수 속에서 「연우무대」의 좌표를 세우려 하면서 차츰 연극행위의 관건을 쥐고 있는 것이 바로 관객이란 것을 깨닫게 되었다. 관객을 진정한 교감의 대상으로 참여시킬 때 「스타니스랍스키」식의 연극이 생기는 것이고, 관객과의 관계에서 감정을 차단하여 이성적인 관계로 만들려는 의도에서 「브레히트」의 서사극이 존재한 것이다. 또 공연장-그곳이 마당이던 극장이던-이 놀이판으로 원형복귀하면서 관객의 적극적인 참여를 유도할 때 소위 마당극이 되는 것이다.(중략) **그런데 우리는 지금까지 관객을 속이고 우롱하고 현혹시켜 온 것은 아닌가?** (중략) 그동한 「연우무대」에서는 부단히 관중과의 소통을 꾀해 왔다. 현장에서의 '교감' 또는 '참여의 유도'는 물론 하나의 행위를 평가하는 과정에도 관중을 참여시키고자 했다. 관중이 보내준 반응은 참 다양했다.(강조-인용자 주)[8]

우리의 노동자가 열사의 사막에서 벌어들인 중동달라가 국내에 이상경기를 부양시키고 그 후유증으로 복부인의 치마폭에 세인들

---

8 정한결, 「관중과 깊은 관계를」, 〈연우무대 7-연극 어둠의 자식들〉 공연 팜플렛.(문예회관 소극장, 1981.4.4.~4.13 공연)

의 머리 위를 휘날리던 말기증상의 1979년 5월 창고극장에서 공연된
〈우리들의 저승〉에는 돈으로 교회장로가 된 재벌, 정신병자가 된 대
기업의 간부, 방향상실증의 젊은이, 하고 싶은 말을 못하다가 말더듬
이가 된 학자 등이 나와 저승놀이를 한다. 현실의 재구성은 보는 이
의 창구로 흡입되기도 하고 반사되기고 하고 굴절되기도 한다. (중략)
그러나 〈우리들의 저승〉은 '저승'이라는 **비현실적인 구조를 택함으
로써 이미 현장을 벗어났음을 스스로 인정**한다. 치열한 대결보다는
은근히 우회한다. 시각을 굴곡시키는 방법은 시야를 조감하는데는
일익을 담당하지만 보는 이의 정서를 간지럽히긴 하나 떨림까지는
요구하지 못한다. 그래서 〈한 줌의 흙〉(1979.10), 〈돼지꿈〉(1980.7)의 공
연을 예고한다.(중략) 위의 두 공연은 성공이냐 실패냐의 문제를 떠나
서 **우리 자신이 동시대인의 고통에 동참하는데 올바르게 기여했는
가를 심각하게 질문한다.**(강조-인용자 주)[9]

연극 〈칠수와 만수〉와 2인극의 연기 앙상블과 동시대에 필요한 이
야기성에 대한 고민, 전국순회 공연, 소설-연극-영화로의 각색이라는
항을 공유하는 연극 〈장사의 꿈〉(1981)을 살펴보면 "연우무대 특유의 작
업성"의 실체가 입체적으로 조망된다. 앞 장에서 살펴보았듯이, 임진택
은 같은 팜플렛에서 "이야기적 성격의 회복"의 차원에서 〈장사의 꿈〉
이 공연 레퍼토리로서 의미를 지닌다는 점을 역설했음을 살핀 바 있다.
소설 〈장사의 꿈〉의 의미는 1960년대 후반과 1970년대 초반 근대화와

---

9   오종우, 〈새로 대표를 맡고 나서〉, 〈장사의 꿈〉(민예소극장, 1981.11월 4일~14일 5시, 7시 30
    분 공연) 공연 팜플렛, 한국예술디지털아카이브, https://www.daarts.or.kr/viewer/
    document/666127#

경제성장이라는 한국사회의 현실에서 도시-농촌 간의 이동과 격차의 문제가 가장 강렬한 시대적 현실이자 사람들의 이야기를 담아냈다는 것, 그리고 이것이 1974년 황석영이라는 "젊은 작가의 세련되고 유연한 필치"를 뛰어넘는 작품의 "구비적 힘"이라는 점을 역설했다. 앞서 살펴보았듯이, 이들은 연극이 "모든 계층의 사람들에게" 보다 유용하게 쓰일 수 있도록 "좀더 쉬우면서도 감동을 줄 수 있고 좀 더 재미있으면서도 주제를 분명히 전달할 수 있는 표현방식"을 찾고자 했다.[10]

이처럼 1980년대 초반의 극단 연우무대는 연극적 성공과 실패는 과연 무엇일까, 연극으로 가능한 운동성이라는 것은 무엇일까를 질문한 공간이었다. 즉 학살로 시작한 신군부의 통치술에 침묵하지 않기 위해, 유미주의적 지대로서 '연극'이라는 예술장에 질문을 던지고 균열을 낼 수 있는 방법은 무엇일까를 고민을 실어 나르던 곳이었다. 2기 연우무대가 '연우연극교실'과 '촌극 공급'이라는 새로운 작업을 기획한 것은 노동자·농민·빈민에 '대한' 이야기를 무대화하는 것뿐 아니라 극장과 전문 배우가 아닌 '극장 바깥'과 '비전문 배우'의 수행성 또한 예술임을 확증하고 확장해나가기 위함이었다. 즉 극장 밖에서의 실연(live)에서 배우, 무대, 관객의 새로운 유통의 공간의 문화민주주의와 이야기성 예술의 의미를 급진적으로 재사유하고 있었다. 현장이 아닌 제도권 연극의 장에서 동시대성의 고민을 안고 가고자 하였을 때, 기존의 연극들과 구분되는 적합한 예술적 형식과 관객과의 소통의 위치지음은 무엇일까를 고민할 수밖에 없었다.

---

10 임진택, 〈이야기적 성격의 회복〉, 〈장사의 꿈〉(1981.11월 4일~14일 5시, 7시 30분 공연) 공연 팜플렛, 한국예술디지털아카이브, https://www.daarts.or.kr/viewer/document/666127#

이번 토론은 하나의 문화영역으로서 정당하게 사회 내에서 기능하여야 할 중요한 매체인 영화가 이 땅에서 행사하고 있는 많은 문제점들에 대한 비판의 입장에 서기보다는, 그 문제점들을 극복하고 바람직한 사회적 역할을 바르게 담당해 갈 수 있는 기능 회복과 방법론적 제시라는 발전적인 면을 중심으로 논의되어야 할 것입니다. **영화의 대중성만이 중시되는 대중매체라는 틀과 전형화된 산업적 차원**에서 그 모든 책임을 다할 수 있는지 의문을 던져 봅니다. 그리고 **잊혀진 영화 도큐멘터리에 대한 재인식과 삶의 다층다양한 문제들**을 끊임없이 제기하는 실천적인 측면에서, 민중의 생활과 밀착된 관계를 맺을 수 있는 **개방된 유통구조와 융통성 있는 만남의 마당으로서 존재해야 할 극장구조, 대학영화와 젊은 영화집단의 미래**, 그리고 **과거** 일제 식민지 지배에 저항했던 민족영화인들과 당시의 영화운동, 영화연구회 등이 갖고 있던 문제점들을 현재와 비교하며 반성해 보는 순서로 토론을 진행하여 가도록 하겠습니다.[11]

박광수 영화는 노점상의 역할뿐만 아니라 행상의 역할도 할 수 있어야 한다는 점을 상기하고 싶습니다. 풀어서 말씀드린다면, 노점상은 대개 일정한 지역에 운집해 있거나, 지역의 성격이나 시간에 따라 달라지지만, 어느 정도 일정 기간 한 곳에 정착할 장소를 마련하고 이동하는 손님을 맞이하고 있습니다. 행상은 안정된 생활의 현장들을 찾아다니며 필

---

11 서울영화집단 회원(박광수, 문원립, 홍기선, 송능한, 황규덕, 윤영주, 오만호, 배인정, 김대호, 김인수, 김의석, 김홍준, 김동빈, 이홍철, 박은미), 「토론/한국영화의 반성」, 『새로운 영화를 위하여』(1983), 학민사, 2000, 323면.

요한 물건을 공급하여 준다는 점에서 오히려 적극적이라는 느낌이 들뿐만 아니라 익명인 한 개인과 각 가정의 대문을 열고 그 적나라한 삶의 현장과 맺어지며 또한 대화를 통하여 진정 필요한 물건을 재차 공급해 준다는 점에서 훨씬 밀착된 기능을 할 수 있지 않겠습니까?

문원립 좋은 비유라고 생각합니다. 우리는 아직껏 **상업적인 차원 밖에서의 영화가 한 번도 바르게 자리잡아 본 적이 없는 우울한 영화의 역사**를 갖고 있습니다. 60년대 영화들을 노점상에 비유한다면, 그 이후 영화는 **노점상의 다양성**이 없이, 그리고 문화적인 제 위치를 지키지 못하는 백화점과 수입상품점만이 존재하고 있을 뿐입니다. 영화의 진정한 기능이 생활하는 이들과 가깝게 자리잡아서 **우리시대 민중의 삶을 그리고, 그들의 문제를 제기하고, 또 그 해결을 함께 도모하는 기폭제**라고 한다면, 영화는 노점상의 기능과 함께 영화 행상의 기능을 회복해야 할 것입니다.[12]

주지하듯, 서울영화집단의 『새로운 영화를 위하여』(1983)는 제3세계 영화운동을 소개하고 민중영화를 개념화하며 "영화 도큐멘터리의 기능"을 강조하고 헐리우드 영화 산업과 영향력을 비판적으로 사유하는 글을 소개한 책으로 1980년대 중후반 대학의 영화운동 및 작은/열린/독립영화 운동 및 시테마테크 운동에 상징적이고도 실제적인 영향력을 끼쳤다. 책의 말미에 실린 「토론/한국영화의 반성」의 논제들은

---

12 위의 글, 327면.

억압받고 소외받는 계층에게 가 닿아야 한다는 당대 민중주의의 정동과 유통구조에 대한 성찰을 극단 연우무대의 작업과 공유한다.

구체적으로 연우무대는 '기성연극계'에, 서울영화집단은 충무로로 표상되는 "전형화된 산업적 차원"에 대결의식을 가졌다. 앞서 연우무대의 경우에서 살펴보았듯이, 이들의 민중주의는 단순하게 노동자·농민의 서사를 담아야 한다는 화소적인 차원에 대한 고민에서부터 작품 생산의 기능과 효과, 미학적 형식, 관객성과 유통구조의 문제에 이르기까지 다층적인 변화를 견인했다. 서울영화집단의 좌담에서는 대중매체라는 산업적 역학 안에서 '전형화'된 차원을 비판하고(미학적 형식) 그동안 현실을 다루지 못했던 "이 땅의" 영화가 억압된 사회적 현실을 다루고(소재 및 서사) 동시에 대중과의 새로운 소통의 도구로서 자리매김 하기 위한 방법(유통구조)이 모색된다. "융통성 있는 만남의 마당"을 가능하게 할 대안적인 새로운 유통구조의 모색은 "백화점", "노점상", "행상"의 비유를 통해 제시되기도 하였다. 백화점-노점상의 합법-비합법 구분을 넘어 돌아다니며 우연적이고도 산발적으로 기존의 산업 체제로 포섭되어 들어올 수 없었던 대중을 만날 수 있는 행상으로서 영화, 즉 '순회하는 영화'에 대한 상은 1987년 6월 항쟁 이후 장산곶매의 〈파업전야〉, 〈닫힌 교문을 열며〉를 통해 극적으로 실현되기도 한다. 이처럼 이 시기 연극/영화운동에서 민중주의는 단순하게 영화의 주제 및 서사적 차원에 국한된 것이 아니라 기존의 관행을 벗어난 제작과 유통의 차원 그리고 이와 연동된 미학적 변이를 견인했다.

서울영화집단이 제작한 〈판놀이 아리랑〉(1982)과 〈수리세〉(1984), 〈그 여름〉(1984)은 이들의 민중주의가 카메라의 기록적 기능, 촬영, 편집이라는 영화의 매체적 요소에 대한 탐색과 교차했음을 드러내는 텍스트이다. 8mm 필름으로 제작된 이 영화들은 제작 및 유통 방식, 배우 및 연기, 제재의 차원에서 서울영화집단이 표방한 소형영화운동의 방법론을 구체화 했다는 최초의 작품이라는 의의를 갖고 있다고 평가된다.[13] 즉 세 편의 영화는 '노점상'으로서의 영화를 의도한 작업으로 볼 수 있다.

〈판놀이 아리랑〉은 극단 연우무대가 1982년 공연한 〈판놀이 아리랑고개〉(1982)의[14] 공연 및 팜플렛 사진, 공연장 및 연습실 현장, 이야기 마당, 뒷풀이 등을 교차 편집하여 보여주면서 영상과 불일치하는 디제시스적인 인터뷰 음향과 공연 풍물 및 합창 소리를 덧입힌 작품이다. 연극 〈판놀이 아리랑고개〉는 민중항쟁의 역사를 극화한다는 주제적 차원과 다양한 민속 연희의 놀이성과 신명을 현대적 극판에서 무대-관객 사이 및 노동-놀이 사이의 긴밀한 관계성 회복으로 전유하고자 했던 미학적 탐색이 의도된 극이다. 영화는 카메라의 기록성과 영상의 편집성을 통해 역할 연기 중인 모습과, 극 중 역할 밖 자연인으로서 젊은 대학-지식인-문화운동패의 모습, 역할로 이행할 때의 모습을 담아낸다. 즉 〈판놀이 아리랑〉는 실연의 안과 밖, 전과 후를 기록함으로써 주제적 적절성과 효과에 대한 질문과 감상의 편차, 정치에 대해 발언하는 것에 대한 두려움과 머뭇거림, 동시대 민중 서사(소설 〈암태도〉, 대학 마당극)와의 비교, 극이 지시하는 것이 무엇인가에 대한 답변들을 담아냈다. 민중에 대한 본질주의적 질문과 답변을 벗어난 방식으로 당대 민중주의적 문화적

---

13 서울영상집단 엮음, 『변방에서 중심으로: 한국 독립영화의 역사』, 시각과언어, 1996, 24면.

14 〈판놀이 아리랑고개〉는 1982년 5월 20일부터 5월 25일까지 중앙국립극장 실험무대에서 공연되었다. 〈판놀이 아리랑고개〉에 대한 연구는 이영미(2014) 참조.(이영미, 「류해정의 촌극론·대동놀이론과 그 작품적 실천」, 『한국극예술연구』 46집, 한국극예술학회, 2014.)

텍스트를 메타 비평하는 관점이 반영되었다는 점에서 의미가 있다.

한편 〈수리세〉는 농촌문제를, 〈그 여름〉은 도시 노동자의 문제를 전격으로 다루었는데, 이 점에서 두 텍스트에는 〈판놀이 아리랑〉과 같이 민중주의의 중층성을 탐색하는 시선이 담겨 있지 않다.[15] 실제 극영화로 촬영된 〈그 여름〉은 "우리시대 민중의 삶을 그리고, 그들의 문제를 제기하고, 또 그 해결을 함께 도모"하고자 했던 의식이 반영된 텍스트이며 1970년대 중후반부터 충무로 영화에서도 나타났던 도시 하층민의 삶에 대한 재현의 역동과의 인접성도 살필 수 있는 텍스트다. 미용사, 바텐더, 공장노동자와 같이 도시 주변부 노동을 감당하는 세 명의 젊은이들의 소박한 소망들과 사실적인 소외의 감각은 산업 재해를 당한 고향 친구의 치료를 위해 강도 행위를 한다는 극영화의 클리셰와 연결되는 양식적 비균질성을 드러낸다.

전남 구례에서 있었던 부당수세 거부 투쟁을 재구하며 농촌문제를 다큐멘터리적 촬영으로 담은 〈수리세〉의 경우 가장 문제적이다. 영화에서는 실제 투쟁 과정에 대한 나레이션과 참여했던 농민조직의 집단구술 및 재연, 난투극과 투쟁 현장의 사진이 길놀이의 풍물 소리와 들놀이의 불 이미지가 교차한다. "농촌의 빚 때문에 쪼들려서. 어딘가 문제가 있는 것이거등. 그러면 인자… 생산된 농산물밖에 줄 게 없지 않느냐…자진납부 아니냐. 만장일치여"와 같이 일의 경과를 설명하거나, "나는 농사를 지어 일 년에 100만원도 못 버는 것이다. 넌 너의 권리. 나도 먹고 살기 위해서 하는 거나. 너도 이 일을 막지 말고 나가거라."와

---

15 두 영화에 대해서는 『변방에서 중심으로: 한국 독립영화의 역사』(서울영상집단 엮음, 시각과 언어, 1996) 참조. 1980년대 독립영화에 대해서 진전된 논의로 최근에 나온 유운성의 글 「1980년대 비제도권 영화의 풍경」(『1980년대 한국영화』, 앨피, 2023) 참조.

　　　　　　　　　　　　　　　　　　　민중과 통속

같이 공무원 친인척을 동원한 정부의 저지에 맞섰던 농민 당사자의 목소리가 담겼다.

이 절에서 살펴보았듯이, 1980년대 초반 연극 영화운동의 담론적 공유지는 이 시대의 예술은 어떠해야 하는가에 대한 질문을 통해 형식주의적 미학 담론에서 탈피하고 예술의 창작·유통의 본질에 대해 질문하고, 동시에 담아야 할 이야기를 탐색하는 과정에서 매체 고유의 미학들을 재발견하게 했다. 이 시기 연극/영화운동에서 민중주의는 '아래로부터의 미학'이라기보다는 '아래로의 열망'이 문화 민주주의와 각 예술 장르 본연의 매체 미학에 대한 주목 및 예술적 창조력을 견인했던 것으로 파악된다. 즉 이 시기의 민중주의는 단순하게 영화의 주제 및 서사적 차원에서의 민중지향성/반영성에 국한된 것이 아니라 기존의 관행(자본, 예술권력, 체제순응적 인식틀)을 벗어난 제작과 유통의 차원에 대한 질문, 그리고 이와 연동된 미학적 변이를 견인했다. 연극/영화 〈칠수와 만수〉가 각각 소박한 연극미학의 놀이성과 다큐멘터리적 카메라의 미학을 안착시킬 수 있었던 것은 이 변이의 연장성에서 해석될 수 있다.

그런데 다시 강조되어야 하는 것은, 1980년대 한국 민주화운동의 문화적 텍스트로 기념화되었던 연극/영화 〈칠수와 만수〉가 1980년대 초반 민중주의와 밀착되어 진행되었던 연극/영화운동의 모색이 도달했던 '(현장의) 마당'과 '행상' 혹은 '노점상'이 아닌 극장이라는 기존 예술계 내로의 안착 속에 공유된 텍스트라는 점이다. 또 도시의 거리 광고판을 칠하는, 조직화와 투쟁의 기미조차 보이지 않는 두 하층 청년 '민중'의 서사는 대항 서사의 역사에서 결코 새로운 것이 아니었고 당대의 급진적으로 제기되었던 노동자 서사를 대표할 수 있는 것이 아니었다. 그럼에도 불구하고, 혹은 그렇기 때문에 한국 사회에서 민주화의 훈풍이 불고 반체제 변혁운동이 '대중화'되었던 1980년대 후반이라는 시간성 속에 크게 주목을 받는 텍스트가 되었다. 따라서 이 진입이 1980년대 초반과는 또 달라진 중후반의 운동적 조건과 민중주의 및 미학적 모더니티의 탐색과 어떠한 방식으로 타협/불화하는지 보다 섬세히 살펴볼 필요가 있다.

소극과 청춘멜로: 통속적 세부항목의 첨가와 스타일의 선택

〈두 페인트공〉은 사회의 하층 인물들이 우발적인 사건으로 인해 정신의학 전문가와 사법, 언론 등 근대적 권력 기관들에 의해 주목을 받게 되고 자신들의 의도와는 전혀 다른 방식으로 이해당하면서 극한 소외를 겪게 되는 상황 설정은 특히 사회의 하위 계층이 겪는 부조리한 상황을 집약적으로 보여준다. 〈칠수와 만수〉의 각색에 관한 선행연구는 인물 형상화와 결말의 차이점을 각 작품별로, 그리고 각국의 시대적 특수성에 따라 분석했다.[16]

우선 원작에서 연극·영화로의 전환 과정에서 스타일의 변경에 주목할 필요가 있다. 각색의 차원으로 볼 때, 연극·영화 〈칠수와 만수〉과 원작 소설 간의 서사적 공유만큼이나 장르와 스타일의 변화가 두드러졌다. 〈두 페인트공〉은 광고 도색 작업 노동의 실상을 르포식으로 구체적으로 묘사한다는 점, 두 인물의 대화가 서술의 중심을 이룬다는 점, 그리고 비극적 아이러니를 돋보이게 하는 극적 사건을 배치했다는 서

---

16 왕캉닝, 앞의 글, 461면.

술적 특징을 지닌다. 이 점에서 소설과 연극/영화가 차이를 보이는 것
은 아니다. 소설과 연극/영화는 특히 고층으로부터 깡통이 떨어지는
우발적인 사건이 일어난 후 사회의 소통 불능 상황을 보여주는 서사의
후반부보다 서사의 전반부에서 양식적 차이를 두드러지게 보여준다.
특히 원작 소설과 달리 연극/영화는 통속적인 미감을 창출한다는 점에
서 차이를 보인다.

〈표: 우발적 사건이 일어나기 전까지 소설-연극-영화의 내러티브〉

〈두 페인트공〉	연극 〈칠수와 만수〉	영화 〈칠수와 만수〉
- 24층으로 지어진 인씽호텔 묘사 - 경제적 상황과 도색 작업에 기반한 아리의 고통스러운 내면 - 아리와 원숭이의 오해 - 높은 곳으로 올라가 휴식(도시의 인상, 고향과 관련한 일화)	- 사장의 구호와 작업 설명 - 칠수와 만수의 작업 ('만수모'_편지) - 칠수의 연애담 (칠수와 미영_데이트 해프닝/법원) - 칠수와 만수의 서울살이 (만수와 만수모_서울로 떠나올 때) - 옥상으로 올라가 휴식 (만수모_편지)	- 서울, 도시, 민방공 - 오락실-햄버거집: 칠수와 지나의 만남 - 셋집 창고: 칠수와 만수의 동거 및 둘의 생활 - 칠수와 지나의 데이트 해프닝 - 백화점: 지나와의 이별과 칠수의 좌절 - 동두천: 칠수의 가족사 (양공주) - 시골: 만수의 가족사(소값파동, 비전향장기수)

소설 〈두 페인트공〉은 두 페인트공이 광고를 그리는 벽면의 물리
적 크기가 주는 비인간성을 드러내기 위해 '반사광'에 의해 피해받는
사람들의 이야기로 시작한다. 이후 소설은 전반부에서 아리가 겪는 내
면적인 갈등을 형상화한다. 한편 연극 〈칠수와 만수〉는 칠수와 만수의
재담과 같은 대화 속에 에로, 디스코, 권투 등 1980년대의 다양한 대중

문화적 요소들을 드러낸다. 영화 〈칠수와 만수〉의 경우는 또한 칠수와 지나 사이의 애정 서사를 형상화하는 과정에서 전자오락, 햄버거, 디스코장 등 대중문화적 일상을 재현한다. 다음 장에서 연극/영화 각각의 매체/장르적 장치들을 통하는지 구체적으로 살펴보겠지만, 기본적으로 소설과 달리 연극/영화는 산업화와 경제적 개발 속에 일상 속에 증폭되어 가던 대중문화의 요소들을 보여준다.

　　등 뒤로는 이글거리는 햇볕이 볶아대고 눈앞에서는 페인트에 비친 반사광이 번뜩였다. 물통은 금방 말라 버렸고, 몸의 수분은 땀으로 변해 일부는 줄줄 흐르고 일부는 증발했다. 물을 좀 마시고 싶었으나 어쩔 도리가 없었다. 착색 작업이 시작되고서부터 사흘 동안, 찻물을 마구 마셔댄 것 말고는 하루 세 끼를 꼬박 다 굶었다. 사람은 검게 타들어가고 몸무게도 줄어들었다. 그러나 아리를 가장 고통스럽게 만드는 것은 무엇보다도 당장의 착색 작업이었다. 말이 VV의 유방을 그리는 거지 누가 그런 줄 알겠는가? 한 쪽 젖통이만 해도 거의 몇층에 해당하는 크기였다. 벽에 딱 달라붙어서 쉬지 않고 쓱쓱거리고 칠을 해 나가다 보면, 자신조차도 더러 의혹에 사로잡히게 된다. 도대체 지금 무슨 짓을 하고 있는 건가? (중략)

　　아리는 눈앞이 흐릿해지는 것을 느꼈다. 한 차례식 솔질을 할 때 마다 무척이나 힘이 들었고 더욱이 자기가 지금 제대로 하고 있는지조차 알 수 없었다. 이렇게 쉬지 않고 일하다 보면 꼭 자기 자신을 속이고 있는 것만 같았다. 어떤 때는, 무슨 마법에 걸려서 끝없는 허공에 내던져져 무의미한 몸부림을 치고 있는 게 아닌가 하

는 착각도 들었다.[17]

칠수　에이 씨발. 바람 참…… 근데 저쪽 유방 그리는 치들은 잘
　　　　돼가구 있을까?

만수　우리나 마찬가지겠지. 바람 불지 한층도 더 되는 정애마한
　　　　쪽 젖통에 매달려서 낑낑대겠지.

칠수　크긴 커!

만수　뭐가?

칠수　정애마 유방 말이야.

만수　니가 어떻게 알아, 임마.

칠수　봤지.

만수　넌 숨소리 빼곤 몽땅 구라야.

칠수　누가 진짜를 봤어? 「다리 한 가운데서」, 「깊고 축축한 밤」,
　　　　「아침에 퇴근하는 남자」, 「훔친 배가 더 맛있다」 응…… 그
　　　　리고 아, 맞아. 「어우동」, 「변강쇠」…….

만수　그걸 다 봤니?[18]

위의 인용은 두 인물이 그리는 여배우의 신체에 대한 소설과 연극
의 형상화 방식의 차이를 보여준다. 연극 〈칠수와 만수〉는 여배우의 이
름을 정부의 3S(Screen, Sports, Sex)정책과 함께 1982년 개봉하여 1980년대
에로영화 흥행의 중심에 서 있었던 영화 〈애마부인〉을 연상시키는 '정

17　〈두 페인트공〉, 앞의 책, 201~202면.
18　이상우·오종우, 『칠수와 만수』, 지만지드라마, 2019.

애마'로 지었다. 연극은 '뉴서울 예술공사'의 사장의 발언에서부터 여배우의 가슴을 아이러니한 웃음을 만들어내는 장치로 활용한다. 또한 위의 인용에서와 같이 칠수의 에로영화 관극 체험으로 연결지음으로써 하위문화의 일면을 재현한다. 반면 〈두 페인트공〉는 여배우의 가슴 모티프가 드러나고 있지만 아리의 내면적 고통을 강화시켜 드러내주는 방식으로 서술이 이루어지고 있다. "VV의 유방"은 "하나의 거대한 벽"의 거대함이 주는 비인간적 인상, 열악한 작업 환경에 대한 묘사와 함께 제시되면서 "도대체 지금 무엇을 하고 있는 건가"라는 의식을 자아내는 대상으로 형상화 된다.

특히 대중·상업문화의 통속성을 미적으로 분석하고자 할 때 상세 감각과 스타일이란 두 개념이 유용한데,[19] 연극/영화 〈칠수와 만수〉 경우 1980년대 대중문화의 감수성을 드러내는 세부 항목들과 소극(笑劇)과 연애물이라는 양식적 특성은 "익숙한 분위기의 흐름"을 만들어 내는 주요한 전략이었다. 먼저 상세감각의 차원에서 연극 〈칠수와 만수〉에서는 원작과 달리 에로영화 외에도 권투, 은행강도, 복권, 디스코장과 같은 1980년대 사회문화적 상황과 일상을 환기하는 상세감각들이 추가된다. 영화의 경우도 마찬가지인데 여배우의 가슴 모티프를 전면화시키지 않았지만 칠수와 지나의 연애시퀀스에서 전자오락과 햄버거, 디스코장과 같은 세부적인 대중문화적 요인들을 활용한다. 스타일의 관점에서 차이는 보다 선명한데, 원작 소설이 아리의 내면에 대한 서술을 통해 웃음보다 비장미를 강화하는 것과 달리 연극은 '소극'을, 영화는 연극이 첨가했던 칠수의 연애 서사를 더욱 확장하여 '연애물'을 주요한

---

19 박성봉, 『대중예술의 미학』, 동연, 1995, 262면.

스타일로 채택했다. 만약 연극/영화가 원작의 양식을 그대로 계승하고
자 했다면 통속적인 미감이 아닌 인물들의 노동과 사회적 불평등에 따
른 고통의 비장한 재현에 집중하는 양식이 채택되었을 것이다.

　이처럼 원작 소설과 달리 연극/영화는 통속적 미감을 강화시켰다.
대중예술로부터 체험하는 통속성은 웃음의 해학성, 성의 관능성, 폭력
의 선정성, 몽상의 환상성, 눈물의 감상성을 특징으로 한다.[20] 연극 〈칠
수와 만수〉는 두 인물 간의 대화를 통해 재담의 유희성을 창출하며 성
의 관능성을 더욱 부각하고 비어와 속어를 언어적 표현이 두드러진다.
영화는 칠수의 인물형 변모를 중심으로 실수와 오해의 웃음 창출 관습
을 활용한다. 또 영화의 전반부에서 칠수와 지나의 연애 서사에서 청춘
물의 장르 규약을 공유하는 배우·의상·여가 문화 등 상세 감각들을 통
해 만들어낸 효과를 간과하기 힘들다. 이처럼 연극/영화는 고된 노동
의 육체/정신적 고통과 악화되어 있는 경제적 상황을 비장한 방식으로
보여준 소설과 달리 통속적인 미감의 활용이 중요한 대목을 차지했다.

　각색 과정에서 이루어진 이와 같은 '첨가'와 '집중과 확장', '변화'
에 대한 의미부여는 어떠한 방식으로 이루어져야 할까. 원작 소설에 대
한 훼손이 아닌 창조적인 각색으로서 두 텍스트의 가치를 문제삼을 수
는 없지만,[21] 이와 같은 통속적 미감을 비단 부차적인 것으로, 혹은 자
본주의 문화 논리와 계층적 불평등에 대한 비판 자체로 의미화하기는
어렵다. 압축적 근대화로 인한 하위 주체의 고통을 현시하고 독재 정권

20　박성봉, 『대중예술의 미학』, 동연, 1995, 323면.

21　실제로 〈두 페인트공〉은 대만에서도 영화로 제작되있는데, 황춘명은 이 작품의 경직성
　　을 언급하며 한국 영화 〈칠수와 만수〉를 더욱 고평했다.

에 대한 비판에 기반한 정치적 효과를 강력한 의도로 하면서도 통속적 미감을 활용했다는 점에 대한 면밀한 해석이 필요하다.

이는 좌파 민족주의로 환원론적으로 서술된 1980년대식 진보 지식인 예술가가 예술이자 대중-산업의 산물로서 연극과 영화의 장과 부딪치며 만들어냈던 잔여들이기도 하기 때문이다. 즉 이 통속적 미감들은 1980년대 문화운동의 맥락에서 생산된 작품들이 민중적 엄숙주의와 변혁에 대한 갈망의 반영과 자본의 매혹에 대한 편승의 욕망 사이, 문화적 식민성의 반성과 자조적 예술의 수립과 미달한 미적 모더니티에 대한 숙련과 전유에 대한 욕망 사이를 유동하고 있었음을 증명한다. 특히 관객-대중을 실연(live art)의 형식으로 마주했던 1987년의 연극 〈칠수와 만수〉와 1987년 6월 항쟁 이후 오히려 사회 전반의 민주화의 열망이 터져 나오던 1989년의 영화 〈칠수와 만수〉가 1980년대 초중반 운동적 탐색의 연장선과 각 시기의 특수성 속에 대중-관객과 예술의 성취도에 대한 태도, 한국의 신식민적 상황에 대한 인식을 각자의 매체적 언어를 통해 대응해 나간 방식은 상이한 의미를 만들어낸다.

연극 고유의 매체성과 소극적 의례의 시간성

1986년의 상황에서 장기 공연되고 큰 화제를 불러 일으켰던 연극 〈칠수와 만수〉와 "날카로운 현실 풍자" 속에 "소외된 계층의 삶"을 그리며[22] 베를린 영화제 비경영부분에 '사극'이 아닌 "구체적인 사회 상황을 묘사한 첫 현대물"로서 소개될 수 있었던 영화 〈칠수와 만수〉의 '진

---

22 「"88 좋은 영화" 「칠수와 만수」 곧 개봉」, 『매일경제』, 1988.11.12.

민중과 통속

보성'의 내용과 가치는 어떻게 평가될 수 있을까.

실제 연극 〈칠수와 만수〉가 기지촌과 농촌 소재로 반미와 이촌향도의 복합적인 정서를 만들어내고, 이것이 체제 저항적 이미지를 산출했을 것으로 추정하기 쉽지만 당대의 공연 맥락을 살펴보면 그렇게 단순하지 않다는 것을 알 수 있다. "설정으로 보아 메시지가 강력한 전단 같은 연극인 줄로 생각했는데 시종 재미있고 우습다.", "'칠수'의 노는 짓이 재미있어 시종 웃기만 하게 되는 연극이다"와[23] 같은 연극평에서 확인할 수 있듯 연극 〈칠수와 만수〉에 대한 동시대 관객의 반응은 현실 반영성·정치성·사회성과 연극성·풍자적 웃음·소극적 웃음 사이에서 유동하고 있었다.

먼저 연극 〈칠수와 만수〉가 위치한 극장 밖 상황, 1987년 6월 항쟁 직전의 가열되고 있었던 사회적 분위기를 이해할 필요가 있다. 1986년 5월 14일이라는 〈칠수와 만수〉 초연 시점은 숨기고 누르려는 통치성에 대한 대항이 본격적으로 가시화되었던 학원자율화 이후부터 1987년 6월 항쟁 직전까지의 시간적 단위 안에, 구체적으로는 학생들의 반미 투쟁과 인천 5.3노동자투쟁이라는 극장 밖 현실과 연결되었다.

> 1986년 5월 5일 어린이날 동아일보 사회면 기사 제목들…(눈가는대로)…어린이날 만세…가족동반인파 백만…인천시위 격렬 큰 혼란…학생 5천 경찰만이명 일진일퇴…분신 김세진군 숨져…돌에 맞은 전경 중태…시위 주동학생 14명 수배…아깝다 낭비되는 비타민 C…

23　송정숙, 「〈칠수와 만수〉를 보고」, 『춤』, 1986 6월호, 124호.

박불똥의 「포토꼴라쥬」 도시에서 걸어다니는 홍순모의 「사람
조각」들—

"파리 여러분! 이 향기에서 살기에 유의하시압!" 황지우의 시
「에프킬라를 뿌리며」 (이상 괄호 밖은 신문기사) ─〈칠수와 만수〉(1986) 공
연 팜플렛

연극 〈칠수와 만수〉는 1986년 5월 14일에서 26일 사이에 문예회관
소극장에서 공연된 이후 신촌 연우소극장에서 같은 해 6월부터 이듬해
1987년 4월까지, 그리고 혜화동 연우소극장에서 5월 개관기념 공연으
로 공연된다. 공연 팜플렛에 공연 사진과 함께 배치된 글들은 공연 직
전의 시사적인 상황들을 짜깁기하여 제시하여 이 공연이 1980년대 중
반의 시간성 위에서 만들어졌음을 시사한다. 팜플렛에는 1970년대 농
촌 정책의 모순, 관료제의 병폐에 대한 풍자적 글귀, 서울대학교 졸업
식에 "삶의 아름다움"을 아는 음미대 학생들만 남았다는 한 민정당 의

민중과 통속

원의 발언을 수업 유인물에서 활용하며 비판한 숙명여자대학교 음대 이만방 교수의 사례가 인용되었다.[24] 또 다른 한 켠에는 공연 직전의 시기인 『동아일보』 1986년 5월 5일의 사회면 기사가 요약 제시된다. 이 기사의 한 면에는 1986년 인천 5.3 민주항쟁의 상황과 4월 28일 반미 전방입소훈련 반대시위에서 분신한 김세진 열사의 죽음, 그리고 어린이날 기념으로 TV어린이 프로에 출연한 대통령의 기사가 함께 실려 있었다.

연우무대의 〈칠수와 만수〉에 대한 대중적 호응은 이 같은 1986년도의 상승된 시대 기운 속에 '극장'이 유사 집회의 공간으로 탈바꿈한 과정으로 이해될 수 있다. 칠수와 만수의 옥상에서의 행각이 자살 시도 사건으로 이해되는 순간 구조대원이 던진 "무슨 대학"이냐는 질문은 인접하여 발생했던 분신 사망 사건과 격화되던 대학생의 시위를 배경으로 했다. 그럼에도 연극 〈칠수와 만수〉를 1980년대 중반의 한국연극이 탐색했던 민중적 현실의 연극적 반영의 최전선으로 평가하기는 어렵다. 유사 집회의 공간이 실제 1980년대 초반보다 '대중화'된 연우무대의 위상 속에 관객 구성은 당대 '불특정 다수 관객'으로 지칭된 이들로 확산되기도 했다. 이는 앞서 살펴본 1980년대 초반과는 달라진 1980년대 중반 당시의 극단 연우무대의 상황과 연극계에서의 위치와도 관련된다. 〈칠수와 만수〉가 공연된 1986년은 연우무대 극단사에서 앞선 2기에 이은 3기로 논의되는 시기이며 이 시기 연우무대의 인적 구성이 완전히 탈바꿈된 것은 아니지만, 1980년대 초반 마당극운동과 연계되었던 활동의 국면이 정리되고 보다 전문화된 연극 극단으로서의 성격

---

24 동아일보, 「횡설수설」, 『동아일보』, 1986.4.21.

이 강화된 시기였다.[25] 따라서 연극 〈칠수와 만수〉의 장기공연과 호황, 웃음은 당대 문화정치의 최전선이 아니라 제5공화국의 적실성에 대한 질문이 더 이상 억눌릴 수 없는 정도로 대중화되었음을 보여주는 현상이었다.

칠수　(아래를 보고 다시 위를 보고) 야! 올라가서 싸자.

만수　뭐?

칠수　우리 꼭대기 올라가서 시원하게 오줌이나 깔기구 가자.

만수　그러다가 잔소리 듣는다. 장난 말구 내려가.

칠수　야! 일 끝난 다음엔 우리 마음이야. 올라가.

만수　미친 놈……. 좋아, 곤도라 올려라 그럼.

　　　(칠수, 캘린더를 넘긴다. 15, 16, 17, 18, 19, 20, 옥상이 나온다)

만수　높긴 높구나. 바람두 세구.

칠수　야, 이왕이면 저 철탑 꼭대기까지 올라가자.

만수　너 정말 장난 그만해.

칠수　이왕 올라왔는데 마저 올라가자 금방이야.

만수　그만 둬, 위험해.

칠수　야, 맨날 꼭대기에서 일하는 애가 왜 그러냐? 무섭냐?

25　김미도는 연극 〈한씨연대기〉부터 연극 운동집단이기보다는 '프로패셔널한 연극'을 하는 극단으로 인식되기 시작하였다 평가했다. 〈한씨연대기〉(1985년 4월26일~5월 6일)는 1985년도의 "최대의 문제작이자 히트작"으로 여겨졌고, 22회 동아연극상(작품상)과 22회 백상예술대상(신인연출상, 연기상)을 받았다. 〈칠수와 만수〉는 다음 해에 공연되었는데, 23회 동아연극상(연출상)과 23회 백상예술대상(작품상, 연출상)을 수상했다.(김미도, 「창작극의 산실-「연우무대」의 발자취를 돌아보며」, 〈칠수와 만수〉 공연팜플렛(1997.6.4.~6.15, 예술의 전당 공연), 한국예술디지털아카이브 소장본, https://www.daarts.or.kr/handle/11080/177090

| 만수 | …….

| 칠수 | 내가 먼저 올라갈테니까 따라와.

| 만수 | 칠수야…….

(칠수, 다시 캘린더를 넘긴다. 천천히 어렵게 조심조심, 항공 표지등 철탑 위로 올라가듯이 캘린더 '항공 표지탑' 넘긴다)

| 만수 | 칠수야, 조심해!

| 칠수 | 괜찮아, 너도 빨리 올라와. 여기서 보니까 경치 끝내준다. 아 주 죽여주는데. (만수, 뺑끼통을 들고 조심스럽게 올라간다) 야, 다 올라왔지? 여기가 꼭대기야. 야, 싸자 싸! (오줌 싼다) 시원하 다. 저 밑에 있는 애들도 시원할 꺼야. 우리 좀 쉬었다 가자. (조명 어두어진 상태. 노을이 진다) 야, 저 해 좀 봐라.

| 만수 | **꼭 빨간 고추 널어논 멍석 꽃 같구나.**

| 칠수 | 좋다.

| 만수 | 수부리에서 조금만 더 들어가면 바로 서해 바다야. 바다라 기보다는 뻘이지. 저녁때 집 뒤 언덕에 올라가 보면 노을이 대단했지. 근데 저렇게 빨갛지는 않았던거 같애.(강조-인용자 주)[26]

앞서 살펴본 〈장사의 꿈〉의 경우와 같이 간소화된 무대에서 배우 들의 대사와 몇 가지 조명 및 음향으로 장소 및 상황 설정을 드러내는 방식을 이어가고 있고 연극 〈칠수와 만수〉에 관객들이 느낀 '재미'의 한 요소인 연극적 놀이성을 견인했다. 연극 〈칠수와 만수〉는 20층 건물

---

26 〈칠수와 만수〉, 14면.

에 초대형 간판을 그린다는 설정을 제시하는 '뉴서울 예술공사'의 직원회의로 시작한다. 이후 작업용 곤돌라 위에 있는 것으로 상정되는 두 인물이 작업 도중에 대화를 나누는 장면과 회상에 해당하는 장면이 교차한다. 만수의 회상 장면은 서울에 있는 만수에게 보내는 어머니의 편지와 그가 서울로 떠나올 때의 장면으로 구성되고, 칠수의 회상 장면은 디스코텍에서 만난 여자 대학생을 쫓아다니다가 법원에 가게 되는 상황으로 구성된다.

연출의 차원에서 두 인물의 극적 행위는 곤돌라 위라 상정되는 철골 위에서 이루어지고, 회상 장면 및 페인트통이 건물 아래로 떨어지고 난 뒤에 기자·구조요원 등이 설전을 벌이는 상황은 철골 아래 무대 공간에서 이루어지게 된다. 인물들의 수직적 이동은 층수가 적힌 종이 캘린더를 넘기는 것으로 표현되고, 간단한 조명이나 음향 전환 속에 회상 장면이 표현된다. 또 〈장사의 꿈〉이 주변 인물의 희화화된 표현을 통해 익살과 해학성을 진작시켰듯이 연극 〈칠수와 만수〉 또한 권투선수 흉내, 사투리 대사가 주는 언어적 입체감, 유행가의 삽입 등을 통해 웃음을 만들어낸다. 즉 1997년 재연 당시 연출 이상우가 말한 바, "숨막힐 듯한 긴 호흡, 빠른 변화와 순발력, 폭발 직전의 에너지, 굳지 않고 유연한 배우들의 앙상블"이라는[27] 연극의 매체적 고유성을 살린 리듬감과 관객과의 긴밀한 연극적 약속을 이끌어가는 장치들, 희극성의 코드들이 연극 〈칠수와 만수〉의 흥행을 이끈 연극적 요소였다.

물론 이와 같은 연극적 놀이성과 희극성의 코드들 사이 사이로 "우

---

27 이상우, 〈「칠수와 만수」 1997〉, 〈칠수와 만수〉 공연 팜플렛 (혜화동 연우소극장, 1997.7.11.~
8.17.), 한국예술디지털아카이브 소장본. https://www.daarts.or.kr/handle/11080/
177661

민중과 통속

리가 하고 싶은 이야기"로서 사회적 현실의 이야기가 배치되어 있다. 만수 어머니는 자기 땅을 갖지 못하고 빈한한 상태로 농사를 이어가고, 만수의 여동생은 도시로 나갔다가 임신하여 돌아오며, 칠수는 신체적 폭력이 만연하며 돌봄이 부재했던 38 따라지 집안에서 자랐다. 칠수의 대사를 통해 전해지는, 도시로 유입되어 하층 노동을 담당하는 이들의 벌이와 계층 상승이 막힌 구조적 상황, 불량배로 낙인찍힐 수밖에 없는 조건, 이와 같은 굴레에서 벗어날 수 없기에 꾸게 되는 한탕 하는 꿈의 허망함이 제시된다. 또 원작소설에서 주인공인 원숭이와 아리가 고향과 관련한 정동을 떠올리게 매개로 삽입되는 노래 "두꺼비·지네·뱀"은 관객들이 도시의 노을을 고향의 생활 감각을 반영한 표현인 "빨간 고추 널어논 멍석꽃"을 중첩하여 상상할 수 있도록 하는 창의적인 방식으로 문화번역 되었다. 이 '사이의 현실성'과 해석 공동체의 스펙트럼은 1980년대 초중반의 엄혹한 정치적 상황과 실질적인 위압으로 작동했던 연극 검열의 영향 아래 있었던 제도권 극장 안에서 만들어졌다. 정한룡이 〈칠수와 만수〉의 1997년 기념공연에서 언급한 바, "우리가 하고 싶은 이야기를 하면서 들키지 않고 우회적으로 잘 표현해 내는가 하는 숙제를 안고"있었던 연우무대가 "알게 모르게 승화되어" 온 결정이[28] 〈칠수와 만수〉인 것이다.

연극 〈칠수와 만수〉는 1980년대 당시 한국 연극이 역사와 우화를 통해서만 권위주의적 정권의 문제와 압축 근대화의 고통이라는 '현실'을 우회적으로 담아낼 수 밖에 없었음에 비해 "연극 속의 현실투영"이

---

28 정한룡, 〈두 편의 연극을 올리며〉, 〈칠수와 만수〉 공연 팜플렛 (1997.6.4.~6.15. 예술의전당 자유소극장), 한국예술디지털아카이브 소장본. https://www.daarts.or.kr/viewer/document/786101

기성 연극 극장 내에서도 가능해지고 있음을 보여주는 작품이었다. 그러나 이 '승화'는 위 팜플렛에 담겼던 바, 권위주의 독재 정권에 대한 대항과 함께 급속한 발전주의의 폐해에 대한 비판적 인식이 터져나오던 1980년대 중반의 극장 밖의 사회와 연결되어 있었고, 흥행으로 인정받았지만 그 효과에 있어서 의심의 대상이 되기도 했다. 즉 당대에도 〈칠수와 만수〉에서의 웃음 뒤의 자리에 대해서 질문이 있었다. "극장을 나와 집으로 돌아가는 길쯤에 이르러서야 스스로 비정한 방관자 임을 깨닫고 고소(苦笑)를 머금게 된다"는 평가와 "훈훈한 유머와 폭소"에 그치고 "그 다음 삶의 차원"까지 가지는 못했다는 평가가 그러했다.[29] 웃음의 공격성과 소박한 연극적 놀이의 약속이 정권에 대한 풍자를 가능하게 하는 유사 의례적 공동체의 공간을 열어 주었지만 동시대 당시 한국 사회 곳곳에서 일어났던, 삶에서 죽음으로 건너간 자기 헌신과 비타협적 투쟁은 그 웃음의 윤리를 질문하게 했기 때문이다.

연극 〈칠수와 만수〉는 황지우의 시를 모티프로 하여 광주항쟁을 극화한 연극 〈새들도 세상을 뜨는구나〉와 함께 "사회비판 화제작"으로 소개되며 1997년 연우무대 20주년을 기념하는 공연으로 다시 무대에 올랐다. 조르주 디디-위베르만은 산업화와 소비주의가 독재하는 시대에 반딧불이가 소멸했다고 진단한 피에르 파올로 파솔리니에 대한 주석을 붙인 바 있다.[30] 파솔리니는 민중의 실천이자 아방가르드의 실천

---

29 송정숙, 앞의 글.

30 파솔리니는 "'구시대'의 다원성"과 "산업사회의 평준화" 간의 충돌로 인한 정신적 외상을 언급하며 시민적 존엄성을 무한정 환금 가능한 스펙터클과 맞바꾸는 방식에서 모두가 벗어날 수 없다 진단했다. 조르주 디디-위베르만, 김홍기 역, 『반딧불의 잔존-이미지의 정치학』, 도서출판 길, 2020, 37면.

으로서 '저항'의 실천을 확인하던 장소였던 '문화'는 스스로 "전체주의적인 야만의 도구"가 되었음을 논했다.[31] 물론 1997년 공연을 "야만의 도구"로 의미화할 수는 없다. 다만, 1986년 초연에서 권위주의 정권의 폭력성을 조롱하는 한편 그 웃음의 윤리를 사유했던 '문화를 통한 저항'의 꿈이 예술의전당 자유소극장에서 "화려한 성년식"으로[32] 등장했을 때 같은 방식으로 유지될 수 없었음은 분명했다. 그 꿈이 저항의 순간에 대한 회고에 귀착되거나 혁명적 생성의 도구로서 기능을 상실하였을 때 남는 것은 유미주의적 형식이기 때문이다.

대중적 장르 관습 및 영화 언어의 숙련성의 교차와 "진중한 표정"의 조형

영화 〈칠수와 만수〉는 연극 〈칠수와 만수〉와 다르다. 연극의 폭발적인 흥행에 힘입어 영화로 만들어졌지만, 박광수 감독은 극본을 자기식으로 크게 뜯어고쳤다. 연극이 만들어진 시점(86년)과 영화가 제작된 시점(88년)의 차이 때문만은 아니다. 그 차이는 사실 미미하다 5공말기의 암울한 상황과 군부독재 종식 실패 뒤의 절망감이 둘 다 잿빛이긴 마찬가지다. 진정한 차이는 현실을 대하는 연출가의 태도에서 나온다. 연극은 더러운 세상에 침 뱉고, 그 세상을 조롱하고 비꼼으로써 '웃어넘으려' 하지만, 영화는 좀더 진중한 표정으로 현실의 모순에 다가서려 한다. 그 결과 배꼽을 쥐게 하는 말장난과

31 조르주 디디-위베르만, 위의 책, 40면.

32 「「연우무대」 화려한 성년식」, 『조선일보』, 1997.03.24.

풍자는 줄어들고, 밑바닥 인생의 실상이 부각된다.[33]

한 신문 기사는 유사한 시기에 만들어졌던 연극과 영화 〈칠수와 만수〉가 각각 '말장난과 풍자'와 '밑바닥 인생의 실상'에 집중해 있다는 분석을 내놓았다. 연극과 영화 각각이 만들어 냈던 가장 핵심적인 정동적 효과를 정확히 짚어낸 것으로 볼 수 있다. 특히 영화의 경우 밑바닥 인생의 '실상'은 비전향장기수로 복역하고 있는 만수의 아버지와 기지촌 성노동을 생계의 기반으로 하고 살아갔던 칠수의 가정사로 집약되는 분단모순과 계급모순의 형상화가 갖는 가치와 연관되어 해석되었다.[34]

그러나 분단모순과 계급모순을 담지한 존재로서 민중을 충무로 영화에서 보여주었다는 사실 만으로 이 영화의 비판적 리얼리즘의 의미를 설명하기는 어렵다. 특히 영화에서 통속적인 요소들이 수행하는 기능과 영화적인 방법으로 인물의 내면을 보여주는 방식의 특유함에 주목할 필요가 있다. 즉 영화 〈칠수와 만수〉의 "진중한 표정"은 대중 장르의 클리셰와 영화 언어에 대한 숙련성에 기반한 미적 모더니티를 경유해 만들어졌다는 점에 집중할 필요가 있다.

원작소설과 희곡을 참조하여 각색된 초창기 각색본인 오리지널 시나리오와 심의대본 시나리오 사이의 차이는 비단 검열에 대한 내재화된 인식의 지평 혹은 검열의 통제권과의 역학에서만 기인하지 않았

---

33 「영화 '칠수와 만수' 어떻게 다른가 밑바닥 인생 애환 부각 풍자 넘은 리얼리즘」, 『한겨레』, 1997.06.06.

34 박명진, 「희곡의 영화화에 나타난 의미 구조 변화 – 희곡 〈칠수와 만수〉, 〈돌아서서 떠나라〉와 영화 〈칠수와 만수〉, 〈약속〉을 중심으로」, 『한국극예술연구』 제13집, 한국극예술학회, 2001.

다.[35] 또 오리지널에서 심의대본으로, 즉 검열을 거쳐 영화화되는 대본으로의 수정 및 전환 과정에서 대사에 기반하여 상황을 설명하는 부분을 영화적 재현을 고려한 리듬감의 고려하며 전반적인 압축과 재조정이 일어나는 것은 일반적이다. 흥미로운 지점은 정치적인 것을 기입하고자 할 때 오리지널 시나리오에서 나타났던 근본주의적인 형상이 영화적인 방식으로 변형되며 주제를 심화하는 과정이다.

영화 〈칠수와 만수〉의 경우 오리지널 시나리오와 비교할 때 심의대본 시나리오에서 상당히 많은 변형이 이루어졌다. 먼저 인물의 차원에서 만수가 뒷바라지를 하며 함께 살고 있는 것으로 설정되었던 동생 만호가 영화화된 대본에서는 삭제되었다. 지나, 칠수, 만수의 인물형도 변형이 이루어졌다. 만수의 경우 부인이 가난을 못 이기고 도망갔던 전사와 소값파동으로 인해 어려움을 겪고 있는 고향집의 서사가 연좌제로 인해 겪었던 좌절과 그로 인한 만수의 억압된 울분으로 변형되었다. 또 오리지널 시나리오의 경우 문화적인 요소들의 정치성에 대한 근본주의적인 해석을 적용한 표상들이 두드러지게 존재했다. 민방공 거리, 전자오락실과 같은 동시대적 상세 감각들을 활성화할 요소들은 오리지널 시나리오에 내재되어 있었다. 하지만 미국발 소비 자본주의 문화의 표상으로서 헤비메탈 음악을 즐기는 칠수와 판소리를 즐기는 만수를, "뚱보 여자"가 "햄버거를 아귀아귀 입에 쑤셔 넣는"(7면) 햄버거집과 "삶의 생동감이 넘치는"(13면) 시장을 대비했던 것은 심의 대본 시나리오에서 삭제되고 변형되었다.

---

35 영화 〈칠수와 만수〉의 시나리오는 한국영상자료원 영상 도서관에서 '오리지널 시나리오(각색 최인석/윤색 지상학)'와 '심의대본 시나리오(각색 최인석/윤색 지상학, 이상우)'로 확인 가능하다. 이후 인용에서는 시나리오의 형태와 면수만 기록한다.

특히 플롯과 연동되어 지나의 인물 형상화를 변형하고 칠수의 좌절을 형상화하는 방식의 변화가 주목할만하다. 이 장의 초반에서 살폈던, 영화의 '연애물'로서의 스타일 전환은 오리지널 시나리오에서 심의 대본 시나리오로의 변환에서 중요한 대목을 차지했는데 이것이 주제적 심화를 기여한 지점에 특히 주목해야 한다. 영화는 동시대 대중 장르로서 청춘물의 장르 관습을 차용함으로써 극작술 차원에서 성취를 높였을 뿐 아니라 자본의 매혹·애정의 성취에 대한 바람·신분 상승의 가능성에 대한 예견과 좌절이 켜켜이 중첩되어 있는 대중 감정의 리얼리티에 도달할 수 있었기 때문이다.

우선 앞서 간단히 살펴 보았던 것처럼 오리지널 시나리오에서 칠수와 지나는 근본주의적인 민중적 위치에 결박되어 있었다. 오리지널 시나리오에서도 칠수의 구애와 데이트 시퀀스가 제시되지만, 지나가 칠수와 만수의 창고 살림방에 방문하며 만수까지 함께 바닷가에 여행을 가는 것으로 설정되어 있다. 이 두 사람의 누추한 살림방에 찾아가 밥상을 차리고 청소를 해주던 지나는 "노동력으로는 하루하루 살아

　　　　　　　　　　　　　　　　　　　민중과 통속

가는 일만도 벅찬"(34면), "야간 산업체 학교에 나가 공부를 해서" "겨우 혼자 대학에 들어간 지독한 여자애"로(45면) 중년의 남성과 데이트를 하게 되고, 칠수가 이를 목격하게 된다. 이처럼 오리지널 시나리오는 가지지 못한 자들의 삶의 누추함, 대학생 동생 만호의 데모, "밥 잘하고 음식 잘하는 여자치고 나쁜 여자 없다는"(27면) 순종적인 여성상, "장칠수 화백"이 되겠다는 성실한 꿈에 결박되어 있는 모습을 보였다.

반면 심의대본 시나리오는 지나에 대한 평면적인 형상화 방식을 탈피하여 서사적 긴장을 회복한다. 변형된 시나리오는 칠수가 패스트푸드 가게에서 지나에게 구애를 하는 장면과 카페, 영화관 데이트 장면을 청춘물의 클리셰와 익살스런 인물 형상화에 입각하여 감각적으로 구현한다. 연극 〈칠수와 만수〉에서 칠수의 연애 서사가 극중극의 형식으로 미영에 대한 스토킹의 수준의 관계 끝에 법원에 가게되는 것으로 기입되어 있었다면, 영화는 칠수가 향유할 수 없는 도시 상층의 문화자본을 맛볼 수 있는 영화적 장치를 마련했다. 칠수가 만수를 '박만수 화백'으로 소개하며 지나의 친구들을 불러 디스코텍을 방문한 시퀀스는 당대적인 소비문화의 차원을 담아내며 영화의 일상적인 오락적 재미를 높인다.

씬 35 만수집 앞

   1   (2인승 자전거를 몰고 출근하는 칠수와 만수)

   2   (자전거를 타고 포장마차 앞을 지나는 칠수와 만수)

씬 36 자전거 달리기 몽타쥬

   (경쾌한 음악과 함께 시작되는 출근길 자전거 달리기)

1 (아파트를 배경으로 언덕길을 올라오는 칠수와 만수의 자전거)

2 (언덕을 내려와 신나게 달려간다)

3 (피스톤처럼 발을 맞추며 자전거를 타고 가는 칠수와 만수)

4 (도심을 신나게 달린다)

5 (복잡한 자동차의 숲을 헤쳐나가는 자전거)

6 (구령을 붙이며 호흡을 맞추고 있다)

7 (신나게 달려오는 자전거)

8 (피스톤처럼 움직이는 발)

9 (힘겹게 언덕을 오르는 자전거)

10 (시원하게 언덕을 내려간다)

11 (빠르게 언덕을 미끄러져 내려오는 자전거. 자전거 지나치면 서울의 웅장
   한 건물들이 나타난다)

(중략)

씬 38 화장실 안 밖 (백화점)

(화장실에서 나오다가 갑자기 멈칫하며 몸을 숨기는 칠수)

씬 39 에스컬레이터 (백화점)

1 (지나를 따라 에스카레이터를 오르는 칠수)

2 (뒤따르는 칠수)

3 (에스카레이터에서 사라지는 칠수의 발)

4 (의류매장을 돌아보는 지나와 지나모)

5 (의류 사이로 고개를 내밀었다 사라지는 칠수)

씬 40 보석상(백화점)

1 (보석상으로 들어서는 지나와 지나모)

2 (귀걸이를 달아보다 거울속에서 칠수를 발견하고 뒤돌아보는 지나)

3 (귀공자처럼 멋있게 차려입은 칠수를 지나가 소개한다)

지나 엄마!

칠수 안녕하세요?

지나모 이 청년이 칠수라는 청년이냐?

지나 네.

지나모 그래…아유 잘생겼구만.

4 (지나와 칠수 무척 즐거운 표정이다)

5 (황홀한 표정의 칠수, 무슨 소리에 깜짝 놀란다)

관리인 (소리) 여보세요.

관리인 여기서 뭐하십니까?

(자신의 행색을 살펴보고, 에스컬레이터를 뛰어 내려가는 칠수)[36]

눌본 지나와의 에피소드로 대변되는 청춘물의 시퀀스는 칠수와 만

---

36 영화 〈칠수와 만수〉, 심의대본 시나리오, 15면.

수의 거주지의 어두움과 옹색함과 시각적인 대비를 이루며 디스코텍과 청춘-애정 서사가 칠수와 만수의 것이 될 수 없다는 아이러니를 강화한다. 그럼에도 영화는 대중 장르의 클리셰를 전유하여 서발턴의 안간힘에 대한 애정을 드러내거나 생활 감각의 계급적 아비투스를 영화적으로 현시하는 장면을 삽입하는 혼종적인 방식을 통해 환원적인 재현의 방식을 벗어난다. 칠수와 만수가 자전거를 타고 경쾌하게 출근하는 시퀀스에서 작업을 하던 칠수가 인근의 백화점 화장실에 가서 우연히 지나를 마주하게 되며 자신의 처지를 자각하게 되는 시퀀스로 이어지는 씬 35~40은 영화 〈칠수와 만수〉가 대중 감정의 리얼리티를 어떠한 방식으로 영화적으로 견인하는가를 드러낸다. 자전거를 타고 자동차로 가득한 서울 도심을 달리는 시퀀스는 역동적인 카메라 워크와 랩 비트를 활용한 김수철의 영화음악 그리고 활기차게 움직이며 웃는 두 인물의 얼굴을 통해 형상화된다. 자전거 달리기 몽타주는 자동차의 무감함·속도와 자전거의 삐그덕거림·활력의 대비 속에 이 인물들의 자리를 긍정하게 했다. 그런데 이 시퀀스는 잠시 후 중산층의 생활방식을 표상하는 백화점 속에 존재하는 칠수의 거친 작업복과 낡은 운동화라는 사회적 현실로 대체되며 계급적 좌절의 정동으로 관객들을 유도한다.

계급 격차의 현시를 통해 칠수의 꿈이 좌절되는 것을 보여 주었던 영화는 이후 칠수와 만수의 '진짜' 상황을 보여주는 시퀀스들을 통해 급격히 영화의 리듬을 변형해 간다. 칠수가 지나에 대한 애정을 접어야 했던 좌절의 순간 이후 영화는 만수의 과거와 칠수의 과거를 보여주고, 각각이 서울로 오기 전 삶의 근거지로 돌아가게 한다.

　　필름의 특성으로 가장 우선하는 것이 복제기능, 즉 현실재현이
란 기록성에 있다고 봅니다. 다큐멘터리는 말 그대로 기록영화인
데, 영화의 근본이라 할 수 있는 기록영화의 기능 회복을 전제로 하
지 않고 있는 우리의 현상은 자칫 모래 위에 집을 짓는 격이 되어버
릴 우려를 배제할 수가 없습니다.

　　(중략)

　　기록영화는 가공하지 않은 현실을 보여줌으로써 사실을 알리
는데 그 일차적인 의미를 부여할 수 있겠지만, 평범한 생활인의 삶
을 보여주고 그들의 문제와 고통을 필름을 통하여 관객과 함께 제
기하고 그 물음에 해결점을 찾아준다는 부분에 이르러서는 오히려

'목적'이라는 단어가 어울릴 것입니다.[37]

영화는 청춘물의 클리셰·로케이션의 기록성을 병치하여 칠수의 비극적 위치를 부각하고 관객들이 칠수의 내면으로 초점화 되도록 한다. 유원지와 지하철 시퀀스에서 영화는 칠수가 지나에게 갖는 미련의 아련함은 빛의 노출을 통해 조율한 미묘하고 부드러운 화면의 질감으로 표현된다. 그리고 칠수는 좌절의 순간 동두천으로 향한다. 즉 청춘물의 클리셰를 칠수의 현실과 접합함으로써 칠수의 비극적 페이소스를 강화한다. 아울러 달동네와 아파트가 혼재된 서울의 거주지와 동두천 기지촌을 걷는 칠수의 모습은 롱숏으로 포착되어 인물의 소외감을 표현한다.

1980년대 도시 영상 아카이브를 가능하게 했던 영화 〈칠수와 만수〉의 로케이션 촬영의 리얼리티는 필름의 '복제기능'이 "그들의 문제와 고통"을 보여주는 "가공하지 않은 현실"을 보여주기 위한 도구가 되어야 한다는 영화운동의 믿음이 반영된 것이었다. 또 연극과 달리 영화가 도시의 건물 도색공을 기지촌 출신으로 그림으로써 미국에 대한 군사적 종속성을 "그들의 문제와 고통"의 구조적인 문제로 연결 짓고자 했던 '목적'성은 인물의 정서적 리얼리티를 드러내는 방식으로 기입되었기 때문에 의미 있는 것이었다.

씬 57 동두천 거리

(힘없이 걸어오는 칠수)

---

37 서울영화집단, 「한국 영화의 반성」, 『새로운 영화를 위하여』, 학민사, 1983, 392~394면.

씬 58 양공주 하우스

1 (계단을 올라와 방문을 열어보는 칠수)

2 (문을 닫고 나가려다 밑을 보는 칠수)

3 (양공주 미군을 배웅하고 들어가고, (회상) 칠수 누나 아버지에게 쫓겨
　나온다)

칠수 부 나가! 썩 나가지 못해! 내가 이 꼴 보려구 이렇게 고생하는
지 아느냐? 너까지…너까지… 안된다…안된다…내 눈에
흙이 들어가기 전까지 그 꼴 못본다! 나가, 나가!

　　　　　(칠수부 안으로 들어가고 칠수 누나 칠수를 바라본다)

4 (밑을 내려다 보고 있는 어린 칠수)

5 **계모** (위를 올려다 보며) 아니 이게 누구야! 칠수 아냐? 이제
몇 년 만이지?[38]

　

칠수의 내면적 리얼리티는 누나를 바라보는 칠수의 시점숏의 미학
적 변용을 통해서도 표현되었다. 이 부분에서 영화는 매체 본래의 시공
간의 제약을 관객과의 약속을 통해 독특한 실재와 강렬한 가상을 창출
하는 데 사용하는 연극적인 방식을 차용한다. 양공주 하우스의 마당을
내려다보는 칠수의 시점숏에서 극중현재의 양공주가 사라진 장소-자
리가 변형되지 않은 상황에서 들려오는 아버지의 호통 소리를 통해 과
거와 현재가 연속되는 것임을 탁월한 방식으로 표현한다.

김소연은 한국영화라고 하는 '내셔널 시네마'의 발전에 세계영화
의 농향과 영향이라는 외적 자양분이 한국 사회의 내적 자양분과 구체

38　영화 〈칠수와 만수〉, 심의대본 시나리오, 한국영상자료원, 19면.

적으로 어떻게 작용해왔던가를 질문한 바 있다. 논자는 이념적 급진성으로 이야기되는 80년대 영화담론이 오히려 복잡하고 "기교한 착종과 교착"의 지점을 가지고 있었다 논한다.[39] 1980년대 초중반 영화 담론, 허구적 형식미로 빠지지 않으면서 '롱쇼트, 롱테이크'를 바람직한 것으로 선호하는 경향이 있었다면,[40] 1980년대 후반 독립영화 제작에 주력한 이들이 관습적 영화언어에 상대적으로 더 융통적인 태도를 보여주었음을 지적한다.[41] 양식의 모방으로서 할리우드 영화에 대한 80년대의 대응은 이중적이었고, "적대를 언표하려는 지난한 히스테리적 열정"을 보여주며 영화주의와 영화운동 담론 간의 적대를 이끌었다.[42]

그렇다면 '롱쇼트와 롱테이크'를 강조하는, 1980년대 초중반 영화운동의 모색과 연결되는 영화 〈칠수와 만수〉가 행상과 노점상이 아닌 '백화점'으로서 위치했던 것, 즉 헐리우드 영화적인 것을(관습적 영화언어 및 대중 장르의 클리셰) 배제하지 않으면서 세련된 영화 언어에(유럽영화적인 것) 도달할 수 있었던 미학적 지평은 어떻게 평가할 수 있을까. 감독 박광수가 영화 〈칠수와 만수〉에 대한 대중의 오해에 의아해했다는 것,[43] 이후 감독의 영화에서 헐리우드 영화적인 것의 비중이 줄어들었다는 것을 짚고 넘어갈 수 있겠다. 영화 〈칠수와 만수〉는 김소연이 정확하게 정리한 바, 원본과 이를 문화번역하는 주체 사이에 "주체화를 성공시

---

39 김소연, 「1980년대 영화운동 담론에 나타난 세계영화사와의 전이적 관계 연구」, 『현대 영화연구』 15호, 현대영화연구소, 2013, 149면.

40 김소연, 위의 글, 164면.

41 김소연, 위의 글, 159면.

42 김소연, 위의 글, 169면.

43 삼성영상사업단 편, 이효인·이정하 엮음, 『한국영화 씻김』, 열린책들, 1995, 57면.

키는 소통과 종속을 심화시키는 소통"[44] 중 전자에 가까워진 텍스트로 평가할 수 있다.

진보적 예술운동과 두 가지 문화번역

이 장에서는 한국 민주화운동의 기념적 텍스트로 논해졌던 연극 (1986)·영화(1988) 〈칠수와 만수〉를 각각의 매체적이고 장르적인 차이와 예술문화운동의 시간성에 입각하여 조망하고자 했다. 이에 원작인 황춘명의 소설과 비교하였을 때 두 텍스트에 도드라지게 나타난 통속적 질감을 분석했다. 그 다음 1987년의 연극 〈칠수와 만수〉와 1989년의 영화 〈칠수와 만수〉가 1980년대 초중반 운동적 탐색에서 공유했던 바를 살폈다.

각 텍스트의 공연/개봉 시점인 1986년과 1988년이라는 각 시기의 특수성 속에 대중-관객과 예술의 성취도에 대한 태도, 한국의 신식민적 상황에 대한 인식을 각자의 매체적 언어를 통해 대응해 나간 방식은 상이한 의미를 만들어냈다. 연극 〈칠수와 만수〉는 1986, 87년이라는 특수한 시공간에서 소극적 의례로서 기능할 수 있었으며, 소극장에서 연극 고유의 매체성을 강화하여 극적 완성도를 높였다. 연극 〈칠수와 만수〉 공연에서 드러났던 '사이의 현실성'과 해석 공동체의 스펙트럼은 1980년대 초중반의 엄혹한 정치적 상황과 실질적인 위압으로 작동했던 연극 검열의 영향 아래 있었던 제도권 극장 안에서 만들어졌다. 영화 〈칠수와 만수〉의 경우 대중적 장르 관습을 유러하게 활용하면서도 민중영

---

44 김소연, 앞의 글, 173면.

화 담론에서 천착했던 영화 언어와 관습적이며 안정적인 영화 언어 그리고 영화주의의 언어를 혼용함으로써 운동의 언어를 인물의 정서적 리얼리티로 표현할 수 있었다.

제2부

주변의 중심:
극장 안-밖의 연극·
영화와 교육·주거·
반공해 문화운동

제1장
민주교육, 참교육 그리고 행복

—

1980년대 후반~1990년대 초반 한국 연극·영화와 교육 민주화 담론

1980년대 교육민주화운동과 연극·영화

1987년 6월 항쟁 이후 1990년대 초에 이르는 시기까지는 개방화와 민주화의 새로운 분위기가 형성된 시기로 기록된다. 그런데 이 시기는 노동운동, 통일운동, 반공해 운동, 여성운동 등이 민족민주운동이라는 범운동 연합활동뿐 아니라 각 분과의 문제성에 대한 구체화 된 성찰과 제도 개선 방안의 고민 및 실천 속에 실질적인 투쟁과 경합이 이루어진 시기이기도 하다. 따라서 1987년 이후의 극예술을 논한다는 것은 1980년 5월 광주와 신군부라는 정치적 상황 속에 움텄던 학생·노동·농민운동의 연대가 1987년 6월 항쟁로 결실 맺었던 특정한 연대 '직후'의 시기를 역사화하는 것과 관련될 것이다. 특히 '1970-80년대 민주화운동'이라는 역사적 시퀀스의 종결이 1987년 6월이 아닌 1991년 5월 투쟁을 전후한 시기라는 점,[1] 이 시기의 변혁적 대중운동에 대한 충분한 해석과 이해가 필요하다는 점을 강조할 필요가 있다. 1989년 농구권 몰락과

---

1   한국예술종합학교 한국예술연구소, 『한국현대예술사대계 6』, 시공사, 2006.

그 이후의 1990년대 '환멸의 문학', 386 세대의 "상처받은 애착",[2] 그리고 1991년의 5월 혁명의 '실패'라는 서사적 틀에 국한시키는 것에서 벗어나 개발연대기와 신군부기 통치성에 움츠려 있던 다양한 목소리들이 분출되었던 시기이자 이후의 '계속되는' 운동을 위해 현재에 역참조해야 하는 시기로 재조정할 필요가 있다.

이 장은 변혁적 대중 운동기라는 맥락에서 1987년 이후 민주화운동의 주요한 한 매듭인 전국교직원노동조합운동을 전후로 한 교육민주화운동의 흐름이 연극 및 영화 운동과 조우하며 만들어낸 풍경을 조망한다. 이 특정한 연대에 교육 관련 문제를 다룬 텍스트가 떠오른 것은 먼저는 동시대 교육운동이 보여준 열기와 변혁운동에서 차지했던 대표성이 반영된 것이다. 1989년 전교조 결성으로 대표되는 교육 민주화 운동은 1985년 『민중교육』지 사건, 1986년 5월 교육민주화선언이라는 교육 민주화운동을 전사로 한다. 그리고 1987년 9월 27일 민주교육추진 전국교사협의회에 이은 1989년 5월 28일 전국교직원노동조합 결성으로 가시화된 교육운동은 노동운동·통일운동과 함께 변혁기 대중운동의 중요한 한 활동이었다. 1988년 제1회 민족극한마당의 주요 주제가 '노동'이거나 주민들의 생존권 투쟁·억압되었던 정치적 사건과 역사적 기억과 연관된 공연이었던 것과 달리 1989년 하반기 제주·대구·광주·안양·서울·부산 민족극운동 진영에서 학생들의 고민과 교육계의 현실에 대한 비판 및 교사의 내적·투쟁적 갈등을 담은 일련의 공연이 제작된다. 그리고 유사한 화소를 담은 극영화와 작은 영화가 작은

---

2 이소영, 「1990년대 문학과 망각된 정동: 1991년 5월 유서대필 조작사건과 김영현의 소설을 중심으로」, 『민족문학사연구』 제70집, 민족문학사학회, 2020, 478면.

시차를 두고 제작되기도 했다.

　교육은 주요한 이데올로기 장치인 동시에 변혁의 지평과 의지를 가늠할 수 있는 주요한 영역이다. 1983년 말 유화국면 이후 교육 현장의 입장에서의 문제제기가 가시화되면서 기획된 『민중교육』이 좌경용공의 프레임 안에서 이데올로기적 공세의 대상이 된 것은 학교 교육 현장의 담론 통제의 중요성을 보여준 상징적인 사건이었다. 에티엔 발리바르는 교육 이데올로기에 관한 글에서 자본주의 체제 하 개발국가들에서 학교 교육의 일반화가 계급 차이를 재생산할 뿐 아니라 사회적 분업을 기술적이고 과학적인 방식으로 '자연화'함을 논했다. 그는 개발주의 국가 하에서 학교 교육이 실행과 지휘, 육체노동과 지적노동 사이의 분업을 자연화함을 강조한다.[3] 1980년대 교육 민주화 운동은 교사의 노동권과 교사운동에 대한 시민권 획득이라는 투쟁의 장면으로 환원되지 않고, 이 자연화의 규율에 저항하는 것으로 나아갔다. 학교의 지배기구로서의 성격을 비판적으로 성찰하고 '참교육' 혹은 '인간화교육'으로 명명된 대항 교육 담론 및 실천으로 확산되었다. 이 시기 교육 민주화 운동의 기치는 "민족·민주·인간화교육"으로 교육계 내 폭력과 위계질서에 대한 교정·학교 비리의 근절·성적과 물질적 척도에 따른 가치평가에 대한 도전·교육 주체인 학생의 자주성에 대한 성찰·차별과 경쟁이 아닌 평등과 협동에 입각한 교육내용 및 과정에 대한 고민 등을 중심으로 제도적 개선과 교사 내 자정작용으로[4] 가시화되었기 때문이다.

3　에티엔 발리바르·이매뉴얼 월러스틴, 김상운 옮김, 『인종, 국민, 계급-모호한 정체성들』, 두번째테제, 2022, 60면.

4　전국교직원노동조합 기획, 『다시 닫힌 교문을 열며』, 양철북, 2016, 26면.

그러나 노동조합 운동이 5공화국과 6공화국에 의해 불온한 것으로 판정되고 용공의 프레임에 의해 탄압받았듯, 교사 노동조합 운동도 극심한 탄압을 받았다. '노동운동=좌경, 용공'의 프레임이 유사한 방식으로 전이된 것이기도 했지만, 교육 현장이 사회의 지배 체제를 공고히 해주는 영역이면서 양적 영향력을 갖고 있기 때문에 '민중교육지 사건'으로 대변되는 교육민주화운동은 유화국면 속에 강한 통제를 받으며 시작되었다. '교육'이라는 경쟁식 교육환경 속에 교육 주체로서 학생들의 비-행복에 대한 자각을 계기로 교육 현장의 행위자로서 교사의 '반성'이 가시화된 1980년대 교육민주화운동은 당국의 '불온생산체계'에 의해[5] 제재받았다. 본문에서 살펴보겠지만 실제 교육민주화운동은 1980년대 초 독재정권이라는 체제의 불합리성과 발전주의 근대화 방식에 대한 민중운동의 문제 제기와 맞물려 있었다. 하지만 사회변혁의 단계와 방법에 대한 대학-지식인 사회의 이념논쟁과 거리가 멀었는데, 오히려 교육은 학교라는 현장이 만들어내고 재생산할 수 있는 '자율화의 규율'을 근본적으로 성찰할 수 있는 영역이기도 했다.

실제 교육운동은 '전교조운동'이라는 교사운동과 지식인-(대)학생 운동의 민중운동 진영 간의 단일한 연대로만 기억하기 쉽지만 운동의 이념성·목적·방향성·참여도에 따라 다양한 행위자성의 경합과 연결이 상존하기도 했다. 우선 짧은 순간이지만 불특정 대중에게 큰 호응을 얻었음은 교육의 문제가 사회 구성원들의 일상과 긴밀이 연결된 영역이

---

5 '불온생산체계'는 임유경의 저서(『불온의 시대—1960년대 한국의 문학과 정치』(소명출판, 2017))에서 유래한 개념이며, 이철호가 서평에서 정리한 내용에 착안하여 재인용하였다.(이철호, 「불온과 통치, 그 오염된 기술: 임유경, 『불온의 시대—1960년대 한국의 문학과 정치』(소명출판, 2017)」, 『상허학보』 제51집, 상허학회, 2017, 412면.)

기 때문이다. 이 과정에서 '참교육을 위한 학부모회'가 결성되기도 하였고, 전교조 탄압저지 지원 과정에서 고등학생운동이 조직화되기도 했다. 그런데 운동에 대한 동의는 학생과 교사들의 불행에 대한 공감에서부터 학생인권·교사에 대한 처우와 교수 환경에 대한 개선의 요구, 경쟁식 교육 과정과 군사주의 교육 환경에 대한 성찰에 이르기까지 다양한 층위에 위치했다.

특히 일군의 중·고등학생들이 교사운동과 (대)학생운동에 영향을 받으며 집단적이고 조직적인 차원의 집합적 정체성을 형성했던[6] 고등학생운동이라 명해진 일련의 흐름은 1980년대 중후반 가시화되었던 교육운동의 가치에 보다 섬세하게 접근할 것을 요청한다. 고등학생운동은 목적의식적으로 진행된 것이 아니라 폭언·강제·차별의 비교육적 행위와 다른 접근을 보여주었던 교사들에 대한 학생들의 심정적 지지에서 출발했지만 당국의 탄압에 대응하는 과정에서 폭발적으로 성장했다. 투쟁과정에서 고등학생운동은 학생들의 요구를 의제화하였고, 점차 정치적 고등학생 조직운동 및 학내 민주화투쟁 교육운동으로 성격이 발전하기도 했다.[7] 이들은 전교조와 수동적이거나 수직적인 관계를 맺지 않았지만, 당시 성장했던 교사운동과 (대)학생운동의 정치적 가치와 태도를 내재화하고 재생하여 세대 간 연계의 특징을 보여주기도 했

---

6 전누리, 「고등학생운동 참여자의 사회진출에 관한 연구-고등학생운동이 집합적 정체성 형성과 그 영향」, 『기억과전망』 2019 겨울호, 한국민주화운동기념사업회 한국민주주의연구소, 276면.

7 양돌규, 「민주주의 이행기 고등학생운동의 전개과정과 성격에 관한 연구」, 성공회대학교 일반대학원 석사학위 청구논문, 2006, 101면.

다.[8] 이에 당시 "나이 어린 학생들에 대한 의식화 시도를 차단"해야 한다며 고등학생운동을 공안 사건이 발생하기도 했다.[9]

　이처럼 이 시기 교육운동은 지식인-(대)학생운동(민중운동)과 교사운동 그리고 고등학생운동이 대체로 결합하며 때로는 경합을 벌이는 과정 속에서 이루어졌다. "나는 인간인데 나는 기계가 아닌데"를 유서로 남긴 한 중학생의 죽음은 입시와 경쟁식 교육의 문제를 가시화하였는데,[10] 여기에서 착상된 창작춤판 〈행복은 성적순이 아니잖아요〉(1987.12)와 동명의 영화(1989)는 그 출발점에 놓인 텍스트이다. 1989년 후반부 민족극 단체들을 중심으로 제작·공연되었던 〈선새얘요〉(1989), 〈마지막 수업〉(1989), 〈선생님 힘내세요〉(1989)은 학교 및 학생 문제를 무대화하거나 전교조 투쟁의 시간성을 반영한다. 1990년대 초반 극단 연우무대 〈최선생〉(1990)와 극단 여인극장 〈불임의 계절〉(1990)과 같이 기성연극계에서 교육문제를 다룬 작품들이 공연된 것은 교육현장의 문제가 가시화되었던 맥락을 보여준다. 영화운동 집단 장산곶매의 〈닫힌 교문을 열며〉(1992)와 대구 극단 함께하는세상의 〈해직일지〉(1992), 교사 극단 징검다리의 〈김선생님, 지금 뭐하세요〉(1995)는 전교조 결성 이후의 지속된 투쟁과 모색의 시간성이 담긴 텍스트이다.

　이번 장에서는 위의 텍스트들의 경향을 시기별 운동의 시간성 속에 고찰하고, 각 경향을 통해 대항 서사가 어떠한 담론과의 경합 혹은 반영 속에 구성되었는지 성찰한다. 구체적으로는 어떠한 사례와 사건

8　전누리, 앞의 글, 292면.

9　양돌규, 앞의 글, 104면.

10　「강박관념」, 『경향신문』 1986.5.13.

을 참조하는지, 학교 현장의 문제와 교육 주체의 권리문제를 어떠한 방식으로 다루는지, 연극 공연과 영화 상연의 맥락은 어떠한지, 특정한 운동적 목적에 의해 환원론적이며 관념적인 차원으로 국한된 경우는 없는지를 살핀다. 이를 통해 독재정권의 통치성과 개발주의에 포획된 근대화에 대한 적응 속에 나타난 교육 현장의 풍경과 고민이 담긴 이 극텍스트들의 문제의식이 여전히 문제적이라면 어떤 점에서 그러한지 결론에 이를 수 있기를 기대한다.

창작춤판(1987)·영화(1989) 〈행복은 성적순이 아니잖아요〉, 그리고 『민중교육』 및 전교협

1989년 개봉한 영화 〈행복은 성적순이 아니잖아요〉(1989)는 그해 여름 십대 관객들에게 큰 인기를 끌었던 영화다. 한 신문 기사는 같은 시기 개봉한 〈굿모닝대통령〉(1989)이 지명도가 더욱 높은 곳에서 개봉을 하였음에도 흥행에 실패했음을 지적한다. 이처럼 모든 청소년 영화가 성공한 것은 아니었음에도 "청소년들의 현실적 관심사"를 다루며 빈부 갈등, 가난과 차별, 시험비리 등을 "우스개를 섞어가"고 "가볍게" 제시하다가 주인공의 죽음이라는 결말로 생각할 거리를 남긴 이 영화는 홍콩·미국 영화에 쏠리는 관객층을 우리 영화로 견인할 수 있다는 기대를 안긴 작품이었다.[11]

영화의 제목이 된 "행복이 성적순이 아니잖아요"는 1986년 초 한

---

11 「청소년 영화 상영 극장 '희비 쌍곡선'」, 『한겨레』, 1989.8.18.

여중생이 '친구H에게' 남긴 유서의 한 대목이었다.[12] 1980년대 들어 성적비관 및 압박으로 인한 학생들의 자살이 종종 언론에 보도되었다. 당시 문교부 통계에 따르면 1983년부터 1988년까지 해마다 100여명의 학생들이 자살을 택하였으며, 1989년 당시 전교조는 학생들의 글과 사건을 추적하면서 그 원인을 성적비관으로 분석했다.[13] 이와 같은 맥락에서 여중생의 글은 경쟁적 교육 현실과 가정내 훈육의 문제로 고통받는 당사자 학생의 삶을 선명한 대비의 언어로 담아내면서 교육의 비인간화 문제에 대한 문화적 상징이 되었다. 이 글은 경쟁과 공부, 대학 중심주의에 대한 강조를 자신의 내적 역동과 대비시키면서 고통을 핍진한 언어로 담아낸다. 글에서는 친구·꿈·계절별 자연의 변화·놀이에 대한 갈망은 경쟁·딱딱한 공부·대학을 강조하는 현실과 대비된다. 또 자신의 삶이 로봇·인형·돌멩이와 같은 "감정이 없는 물건"으로 다루어지는 것에 대한 명백한 자각이 드러난다. "악의 구렁텅이로 자꾸만 빠져들어가는 엄마", "성적순이라는 올가미에 들어가 그 속에서 허우적거리며 살아가는 삶"에 대한 성찰은 이 학생이 자신에게 박탈된 것이 무엇이었는지를 명징하게 자각하고 이를 문제화했음을 보여준다.

그리고 존재 상실에 대한 슬픔이 아닌 "그것보다 더 큰 것을 줄" 것을 자신하고 바란다는 서술이 의미하는 바, 자신의 죽음을 사회적 죽음으로 의미화되길 바라는 당사자 학생의 소망은 현실이 되었다. 이 사건

---

12 이 글은 각주 3에서 제시한 『다시, 닫힌 교문을 열며』에 실려 있으며, 아래 제시할 창작 춤판 〈행복은 성적순이 아니잖아요〉에서 낭독된 바 있다.

13 전국교직원노동조합·참교육을위한전국학부모회, 〈새가 되어 날고 싶어요-자살학생 추모제 자료집〉, 1989.12.21.(민주화운동기념사업회 오픈아카이브, 최종검색일 : 2023.12.05., https://archives.kdemo.or.kr/common/gallery-view2)

은 "성적지상주의의 노예가 된 부모들의 과욕이 자살이라는 현실도피로 몰아넣은 타살이 아닌가"하는 질문을 던졌다.[14] 이 유서의 언어는 대중적인 차원에서도 호소력을 지녔다. 영화가 개봉된 같은 해 현직교사 시인 정영상의 시집 〈행복은 성적순이 아니다〉(1989), 신인 소설가 임정진의 〈행복은 성적순이 아니잖아요〉(1989)가 발간되었다. 작가는 학생의 유서가 창작의 동기가 되었음을 밝히기도 하였는데, 영화가 개봉되기 전에 발간되었던 이 소설은 영화의 인기와 함께 거듭 주목을 받으면서 같은 해 여름 베스트셀러 2위에 오르기도 했다.[15] 영화의 시나리오 작가인 김성홍이 교사로서 교육현장에서 느낀 바를, 작가 임정진이 자신의 여고시절 체험을 각각 시나리오와 소설 창작에 반영했다고 한 것은 누구나 거쳐 가는 학교라는 공간의 문제성에 대한 사유가 동시대 서사적 집합을 가능하게 했음을 드러낸다.

그런데 대중적으로 널리 알려진 영화에 앞서 동명의 공연인 1987년 공연된 청주 강혜숙춤패의 창작 춤판 〈행복은 성적순이 아니잖아요 (부제: 시험풀이)〉가 교육운동 집회 현장에서 90회 이상 공연되었던 것을 상기할 필요가 있다. 교육의 문제가 가시화되기 어려웠던 것은 앞서 밝힌 바 있다. 정규 교육 과정이 교육 기구의 통제와 일률화 속에 운영됨과 동시에 국가 및 자본의 통치성과 연계성 속에 구축되어 있었기 때문에 교육 현장에 대한 비판이 가질 수 있는 효과와 파급력은 분명하다. 창작춤판 〈행복은 성적순이 아니잖아요〉의 초연이 1987년 12월 제

---

14 「강박관념」, 『경향신문』 1986.5.13.
15 「「세계는 넓고…」종합 베스트셀러 1위 초판 15일만에 12판 13만부 찍어」, 『경향신문』, 1989.8.28.

1회 지역간연합무용제전에서 이루어질 수 있었던 것도, 동명의 영화가 1987년 6월 항쟁 이후 "소재제한의 벽이 완화"되고 난 후 교육문제·정치비리·이데올로기적 금기 등이 본격적으로 작품 속에 다루어질 수 있었던 것도 같은 맥락에서 이해된다.

　　지금까지 대다수 춤들이 우리 삶과 동떨어지거나 관념적 내용, 형식과 기능주의에 매몰되어 우리도 모르는 사이 독창적 삶을 박탈하는데 기여해 왔다.

　　이렇게 인간을 교묘하게 굴종적으로 길들여온 지배문화, 식민지 문화로서의 춤을 이 춤패는 거부한다. 민족 대화합을 지향하기 위하여 이땅의 대다수를 차지하는 민중들의 입장에서 그들의 아픔과 염원을 춤으로 담아내는 일, 그들 삶에 희망을 주고 정서적 일체감을 갖도록 하는 춤의 산실이 되고자 한다. 따라서 그 내용에 걸맞는 민족적 춤양식의 개발과 이론적 체계화에 관심을 갖는다. 춤의 대중화를 위해 쉽고도 구체적인 춤, 참 삶의 무기로서의 춤, 이 땅에서 통일을 향한 발걸음을 재촉하는 민족춤의 생산에 주력하고 있다.[16]

창작춤판 〈행복은 성적순이 아니잖아요〉가 1987년 말 초연된 이래 2년 동안 90회 이상 공연되고 8만명 이상의 관객을 만날 수 있었던 것은 교육민주화운동의 전개 및 확산 과정과 밀접하게 연동되었기 때문이다.[17] 즉 창작춤판 〈행복은 성적순이 아니잖아요〉의 창작과 유통은 영화와는 다른, 1987년 6월 혁명 이후 변혁적 대중운동의 한 갈래로서 교육민주화운동의 집회의 맥락 위에 위치했다. 실제 순회 초청공연이 이루어진 시기는 직전인 1987년 9월 27일 전국교사협의회(이하 전교협)가 결성되고 1989년 5월 28일 전국교직원노동조합(이하 전교조)에 이르기까지의 시간과 일치한다. 위의 그림은 전교조 결성 직전 1989년 '마산 교사협의회'의 초청으로 이루어진 공연의 팜플렛 사진이다.

창작 주체로서 강혜숙 춤패의 활동 방식 및 영역은 문화운동의 집단과 맞닿아 있었다. 1980년대 초중반의 시기 '민족·민중' 문화운동의 지향과 함의는 복합적인데, 큰 틀에서는 ①민족적 형식으로서 상정된 탈춤·풍물·민요 등 전통민속연희의 선호와 외래적 문화에 대한 종속성 및 식민주의의 경계 ②예술 및 문화의 형식주의에 대한 반발과 보통 사람들이 즐길 수 있는 형식의 개발과 가치의 발견으로 볼 수 있다. 이 시기 다양한 장르 간의 연합체적 성격 속에 이루어진 민족·민중문화운

---

16 춤패편집부, 『幸福은 성적순이 아니잖아요-강혜숙춤패자료집』, 1989, 4면.(한국예술디지털아카이브, https://www.daarts.or.kr/handle/11080/76105)(최종 검색일: 2023.05.02.)

17 위의 자료집에 따르면 〈행복은 성적순이 아니잖아요〉은 1987년 초연된 이래 2년 간 90여 회 공연되고 8만 명의 관객을 동원한 것으로 기록되어 있다.(위의 자료집, 같은 면.)

동의 인식과 형상화의 지평은 서구적 예술 형식·미학적 복잡성에 관한 극단적이고 협소한 배타성, 그리고 문화민주주의·문화적 자주성에 대한 성찰·다양한 예술적 형식에 대한 개방적 전유 사이에서 유동했다. 춤패의 지향을 설명하는 위의 인용문에서도 굴종적이고 지배적인 문화에 길들여진 '춤'이 아닌 삶에 대한 희망과 "정서적 일체감"을 주는 춤을 만들어 가야 한다는 운동적 지향이 드러났다.

〈행복은 성적순이 아니잖아요〉를 전후한 공연 목록은 문화운동으로서 춤패의 운동적 지향 그리고 이와 연동되었던 미학적 형식을 선명하게 보여준다. 춤패는 창단 공연으로 〈다섯마당 이야기(춤으로 본 세상)〉(1982, 국립극장 실험극장), 2회 공연으로 〈딸의 애사〉(1983, 대한민국무용제)를 창작하는데, 〈딸의 애사〉의 경우 농촌의 노동 동작을 형상화한 일춤, 뿌리뽑힌 농촌의 삶과 도시로 상경한 '딸들의 삶'을 형상화하여 보수적 무용계에 반발을 일으켰다.[18] 〈딸의 애사〉를 통해 강혜숙 춤패는 '시적 영역'에서 대상과 소재를 찾았던 기존 춤의 관심 영역에서 벗어난 "산문적 관심"을 바탕으로, "가난한 춤"이라 명할 수 있는 "가장 단순하고 가장 쉬운 동작들로도 충분히 주제에 접근"할 수 있었음을 인식했다. 또 3회 공연인 〈행복은 성적순이 아니잖아요〉부터 〈통일춤 한마당〉(1988), 〈'우리의 소원'을 위한 한판 살풀이〉, 〈내 사랑 한반도 통일로 꽃 피워라!〉(1990), 〈가자! 사월, 그 가슴으로〉(1990)와 같이 1987년 이후 교육운동과 통일운동이라는 변혁적 대중운동의 맥락에서 대학가와 재야 단체의 집회 공간에서의 활동으로 전환이 이루어졌다.[19]

---

18 춤패편집부, 위의 자료집, 4면.
19 위의 자료집 참조.

오늘날 우리 사회에 요원의 불길로 타오르는 민주화의 열기는 역사의 필연이며 각 부문의 민주화는 누구도 막을 수 없는 대세가 되었다. 교사들이 주체적으로 이루어야 할 교육부문의 민주화는 사회전체의 민주화와 분리해서 생각할 수 없다. 교육의 민주화는 사회의 민주화의 토대이며 완성이기 때문이다.

돌이켜 보건대 해방 이후 우리의 교육은 전 민족의 노예화를 획책하던 일제 군국주의 교육의 잔재를 청산하지 못한 채 시류에 따라 부침한 정치권력의 편의대로 길들여진 충직한 시녀로 전락하였다. 교육의 정치적 중립성은 누더기 같은 헌법 속에 그나마 사문화된 채 보장받지 못했고 식민지 하에서 **구조화된 교육행정의 관료성과 비민주성**은 온존되어 왔다.

그 결과 민족운동의 중요한 몫을 담당하였던 교사들은 국민의 교사가 아니라 극도로 통제된 관료기구의 말단으로 떨어졌고 교직은 성직이란 미명아래 **점수매김과 서열짓기에 급급한 사이비 교육의 굴레** 속에서 무조건적 희생을 강요 당했다. 참다운 교육을 위한 **교사의 주체적이고 창의적인 노력과 자율성**은 배척되고 있다.

힘써 진리를 탐구하고 심신이 건전한, 인간미 넘치는 공동체의 성원으로 자라야 할 **학생들** 이들은 열악한 교육환경 속에서 **비정한 점수경쟁과 물질만능적 상업주의 문화**의 홍수에 시달리며 고통스럽게 방황하고 있다. 비민주적 교육현장은 일방적으로 선정된 **경색된 가치**만을 학생들에게 주입할 뿐 **민주시민의 자질**을 함양할 기회를 제공하지 못한다.

모순에 찬 사회구조와 국민의 요구를 올바르게 충족시킬 수 없는 교육제도로 말미암아 갈피잡지 못하고 있는 학부모들 이들은 문제의 본질을 파악할 여유도 없이 당면한 **과열경쟁** 속에 자신과 사랑하는 자녀의 **인간적 삶**을 저당잡혔다.(강조-인용자 주)

- 교육의 정치적 중립성을 보장하라.
- 교사의 교육권과 시민적 권리, 학생과 학부모의 교육권을 보장하라.
- 비민주적, 관료적 교육행정을 바로잡을 수 있도록 교육의 자율성 확립을 위한 교육자치제를 조속히 실시하라.
- 자주적 교사 단체의 설립과 활동의 자유를 보장하라.
- 비교육적 잡무 제거, 강요된 보충수업과 심야 학습을 철폐하라.

   (윤미애, 민주화운동기념사업회 사료제공)[20]

그렇다면 1980년대 교육에 대한 문제제기가 가시화된 〈행복은 성적순이 아니잖아요〉는 동시대 교육운동과 어떠한 상호작용을 보여주었으며 교육문제에 관한 대항 서사의 지평을 드러내는가. 1986년 5·10 교육민주화선언과 1987년 9월 전교협 결성은 1980년대 초반부터 이루어진 일련의 고민과 모색이[21] 1985년 『민중교육』지에 관한 용공 논란을[22] 거

---

20 한국 YMCA중등교육자협의회, 〈교육 민주화 선언〉, 1986.5.10. (한국민주화운동기념사업회 오픈아카이브, https://archives.kdemo.or.kr/contents/view/264)(확인 일시: 2023. 07.08.)

21 1980년대 초반은 'Y교협'의 활동이 가시화된 시기이며 이 시기 활동을 통해 1980년대 말의 교육운동의 기치가 논의되었다. YMCA의 우산 쓰고 창립된 '한국YMCA중등교육자협의회'는 '역사와 교육'(1983), '교육과 교육권'(1984), '인간화 교육'(1985), '교육의 민주화'(1986)와 같이 해마다 교육 주제 하나 정해 연수회를 진행하며 전국 20여개 지역별 Y교협으로 성장했다.

22 '민중교육지 사건'은 1985년 창간된 무크지 《민중교육》에 글을 쓴 교사 17명이 고문·투옥·파면·강제사직 당한 사건이다. 《민중교육》은 '교육의 민주화', '해방 후 지배 집단

쳐 적극적인 대응을 모색하고 결속력이 강화되었던 과정의 끝에 이루어졌다. 교육민주화선언문은 이 시기 교육운동 주체들의 문제의식이 집약되어있다. 선언문에는 "도도한 역사적 흐름의 방관자"로서 "맹랑한 꼭두각시의 허무한 몸짓"으로서 교사의 행위자성에 대한 반성과 교육행정의 관료성과 비민주성의 역사적 맥락이 제시되어 있으며 교육주체로서 교사·학생·학부모가 과열된 경쟁 구도와 점수 매기기, 상업주의 문화 속에 고통을 겪고 갈피를 못 잡고 있음이 비판된다.

창작춤판/영화 〈행복은 성적순이 아니잖아요〉에서 가시화된 것은 과열된 경쟁과 점수매기기를 행복과 성공의 조건으로 '자연화'하는 교육 현장의 모습이었다. 두 작품 모두 학생이 겪는 정체성 박탈 과정에 대한 초점화가 이루어지며 자기 자식에 대한 '사랑'에서 기인한 부모의 집착에 대한 이야기가 담겼다.

> 내 몸집 보다 무거운 가방을 들고
> 나는 오늘도 집에 간다
> 성한 다리를 절룩거리며
> 무엇이 들었길래 그렇게 무겁니?
> 아주공갈 사회책
> 따지기만 하는 산수책외우기만 하는 자연책
> 부를게 없는 음악책
> 꿈이 없는 국어책

의 성격과 학교교육', '교육 현장 그 민주적 행방', '한국 교육운동의 실천적 고찰', '야학운동의 반성과 전망'과 같은 시론 성격의 글과 교육 현장에 관한 보고 글 그리고 교사와 학생들의 시, 소설 작품 및 학생들의 목소리 등을 담은 무크지였다.

얼마나 더 많이 책가방이 무거워야

얼마나 더 많은 것을 집어 넣어야

나는 어른이 되나

나는 어른이 되나!

성한 다리를 절룩거리며-

얼마나 더 많이 책가방이 무거워져야

얼마나 더 많은 것을 집어 넣어야

난 어른이 되나[23]

전교협 결성 직전에 창작된 창작춤판 〈행복은 성적순이 아니잖아
요〉가 춤과 동작의 상징성과 풍물을 활용한 배경음악 그리고 학생 글
의 낭독에 기반하여 성적 우선주의를 비판하고 있다면 대중 영화로 기

---

23 춤패편집부, 앞의 자료집, 21면.

민중과 통속

획된 동명의 영화는 경제적 격차와 성적의 차이에 따른 교실 내 차이를 보다 구체화하고 당대 카세트테이프·영화문화의 스타성 등 도시의 중산층 학생 문화를 재현한다. 창작춤판은 '우리들의 하루생활'-'경쟁사회'-'현실도피'의 구성으로 되어 있으며, 극 전반의 서사적 전개와 정서를 이끌어가는 음향으로 풍물을 활용한다. 또 교과과정의 도구적 교육 행태를 풍자하는 초등학생의 시와 앞선 학생의 유서에 대한 낭독과 춤 동작을 병치했다. 몸짓과 동작을 통해 제시되는 '춤굿'의 특성한 표현주의적이며 압축적인 방식으로 교육 현장의 핵심 정동을 고통으로 응축화하여 보여준다. 즉 이 민중운동 지향적인 연행은 '춤'을 통한 형상화를 기반으로 하였기에 사실주의적 재현에서 벗어난 방식으로 서술적이지 않은 저항의 정동들을 만들어냈다.

한편 '입시지옥', '참교육' 등의 화소는 1980년대 후반에서 1990년대 초반에 비단 '운동적인 차원'에 한정된 것이 아니라 교육 경험에 대한 대중의 자전적 경험과 공유된 정서, 하이틴 스타, 제한된 성장 및 멜로 서사의 오락성과 맞물리면서 학원 영화들에 출현했다. 주지하듯, 영화 〈행복은 성적순이 아니잖아요〉는 1980년대 후반부터 1990년대 초까지 10, 20대 청소년층 관객들을 상대로 한 영화 제작이 활성화되었던 맥락에 위치한다.[24] '하이틴영화(물)', '청소년영화(물)' 등으로 지칭되던 이 장르는 1980년대 후반 충무로 도제시스템에서 이미례 등 신진 감독의 등장과 맞물려 성행했다.[25] 〈행복은 성적순이 아니잖아요〉를 만든

---

24 정민아, 「이유있는 반항: 1980년대 후반 "학교문제"를 다룬 하이틴영화」, 『영화연구』 49, 한국영화학회, 2011, 355면.

25 「이미례 감독론: 1980년대 충무로 여성 영화감독의 장르성과 대중성」, 『현대영화연구』 42, 2021, 126면.

강우석 감독 또한 신진감독이었는데, 뒤이어 〈열아홉의 절망 끝에 부르는 하나의 사랑노래〉(1991), 〈스무살까지만 살고 싶어요〉(1991)와 같은 학원 기획 영화를 제작하기도 했다.

영화는 김봉구 등 학습 낙오자들의 낙천성을 희극적 요소로 초점화하고, 이은주(이미연 역)에 대한 김봉구(김보성 역)의 애정을 희극적인 필치로 그려낸다. 창작춤판 텍스와 비교할 때, 서사적 확장을 통해 교실 내의 경제적 격차와 학생 간의 갈등을 현시한다는 차이를 보인다. 특히 여학생의 자살이라는 동일한 사건에 대해서 창작춤판에서 학생의 자살이 엄숙하고 성찰적인 비극성 속에 그려지는 것에 반해, 영화에서는 청춘 서사와 결부되면서 보다 감상적인 차원으로 형상화한다는 차이를 보였다. 이와 같은 차이는 창작춤판이 교육민주화운동의 집회성·민중민족문화운동의 맥락 속에, 영화가 학생들의 자살 사건을 통해 교육 문제의 심각성을 대하는 대중의 자각·청소년 관객층의 관객성·도시 중산층의 문화의 맥락 속에 생성되었음을 추론케 한다.

그런데 이 두 작품에서 교육 현실을 바꾸는 주체로서 교사의 행위 자성·교육하기라는 노동의 조건에 대한 성찰·실제 교육현장에서 마주하는 주체들의 미숙성이 만들어내는 갈등과 혼란들 그리고 교육 현장이란 무엇을 배우고 가르치는 곳인가에 대한 대안적 성찰과 질문은 아직 등장하지 않았다. 영화 〈행복은 성적순이 아니잖아요〉의 체육교사 박길호(이덕화 역)가 학생들에 대한 온정적 시선, 은주의 영구차에게 보내는 교사와 학생들의 시선이 대중영화로서 교육문제의 대안에 대해 내릴 수 있는 처방의 임계점일 수 있다. 당국의 강력한 견제를 받으며 성장한 교사들의 집단적 움직임이 전국교직원노동조합 결성으로 결실을 맺고, 교육 문제 및 교사들의 집단적 행동에 관한 여론의 지지를 받게 되는 1989년을 전후한 시기 나타난 일련의 교육극들은 이 남겨진 질문들을 각자의 형식으로 감당하게 된다.

1989년 전교조 운동과 전국의 교육극: 노동운동과의 교차가 의미하는 것

6월항쟁 이후 사회 전반의 민주화 요구가 분출하면서 전국 교사들의 전교조 결성 추진 노력이 시작되었고 1989년 5월 14일 발기인 대회가 문교부의 징계 위협과 경찰의 원천봉쇄 요청 속에 치러진다. 전교협의 전교조로의 전환과 법제화 논의가 이루어진 이래 1989년 1월 당시 "의식화 교사 및 노조 추진 교사를 교단에서 퇴출할 것"이라는 노 대통령의 '특별 지시사항'이 정부 각 부처에 전달되고, 문교부는 5월 1일 의식화 교사 및 노조 교사를 엄중 처리한다는 담화를 발표한다. "참교육은 위장된 민중교육"이라는 문교부 제작 홍보물이 배부되고, "선생님들의 노동조합 결성은 이래서 옳지 않습니다"라는 대국민 호소문이 중앙 일간지 하단에 실렸다.[26] 당일에 한양대학교에서 치루어지기로 한 결성식이 오후 연세대학교로 옮겨 치루어질 만큼 교원노조 운동은 정부의 초강경 탄압을 받았다. 노동운동에 대한 편향된 용공주의 속에 "노동자로 전락한 선생님들", "전교조 교사들은 스승이기를 포기했다"와 같은 언론의 보도가 지속되었다.[27] 문교부는 조합원으로 가입한 교사를 전원 해임한다는 방침을 그해 7월에 발표한다. 반년여가 지난

---

26 전국교직원노동조합 기획, 앞의 책의 2장 「풍랑을 헤치고」 참조.
27 위의 책.

이후인 1990년 1월 8일 당시 문교부 통계에 따르면 전교조 해직자 1519명, 구속자가 84명이었다.

같은 해 6월 17일 '전교조탄압저지와참교육실현을위한공동대책위원회(전교조공대위)'가 범국민 연대기구로 결성되었다. 1989년 7월 9일 이루어진 '전교조 탄압 저지 및 합법성 쟁취를 위한 범국민 대회', 7월 25일 명동성당에서 시작한 대규모 단식 농성에 대한 지지와 연대의 표명은 전교조운동이 해당 시기 대중운동으로서 인정을 받았음을 입증한다. 전교조 교사의 해직에 항의하는 학생과 부모들의 집단행동과 조직 결성이 이어지기도 하였다. 학생들이 서울·광주·부산·마산·창원 등에서 고등학교대표자협의회를 전교조 해직교사를 지키고자 단체를 결성하는 한편, 1989년 전반기 결성되었던 전국 단위의 민주학부모회가 1989년 9월 22일 '참교육을위한전국학부모회'(참교육학부모회)로 결실을 맺기도 한다.

전교조 결성과 그 합법성 쟁취투쟁으로 상징되는 참교육운동이 올 하반기 민족극의 주요한 제재가 되고 있다. 지난 5월 28일 전교조가 결성된지 두 달만인 7월 30일 제주의 광양성당에서 놀이패 '한라산'의 마당극 〈선생님 힘내세요〉가 공연.

교육현장을 배경으로 해서 올하반기에 만들어진 연극은 한라산의 〈선생님 힘내세요〉 외에 목포 문화패 '갯돌'의 노래극 〈선생님 힘내세요〉와 마당극 〈새날이 올 때까지〉, 대구 놀이패 '탈'의 〈선새앰요〉, 부산 극단 '새벽'의 〈수우미양가〉, 부산 교사놀이패 '추임'의 〈다시 일어서는 학교〉, 청주 놀이패 '열림터'의 〈사랑으로 매긴 성적표〉, 광주 놀이패 '신명'의 〈학교야 학교야〉, 안양극단 '큰힘'의 〈선

생님 힘내세요〉그리고 극단 '한강'의 〈마지막 수업〉이다. (중략) 이
연극들은 대개가 마당극 형식을 취하고 있고, 극장 무대가 아니라
해당 지역의 전교조 집회때나 대학교 구내에서 공연되는 것이 특징
이다.[28]

1988년 발족한 전국민족극운동협의회는 전국의 민중·민족문화운
동 진영 연극단체로 구성되었으며 1988년 3월 제1회, 1989년 3월 제2회
전국민족극한마당을 개최하였다.[29] 민족극운동협의회 소속 극단들은
운동으로서의 지향을 공유하며 '마당극 집단'으로 통칭되었는데 탈춤
및 민속 연희·연극을 중심으로 한 극단으로 대별할 수 있다. 민족극운
동협의회 소속 극단들은 1980년대 후반에서 1990년대 초반 노동·농민·
통일운동 등 급변했던 변혁적 대중운동의 현안과 쟁점을 창작의 과정
에 적용하고자 했다. 제 1회 민족극한마당에서는 5.18광주민주화항쟁·
제주 4.3, 형제복지원 사건 등 6월항쟁 이전 독재정권 치하에서 가시화
되지 못했던 학살과 인권유린의 사건들이 주류를 이루었다. 그리고 제
2회 민족극한마당에서는 노동자·농민을 대상으로 한 연극과 반미·통
일을 주제로 한 작품이 주를 이루었다.[30] 또 제1회부터 '극단 현장', '극
단 한강'과 같이 1987년 노동자대투쟁 이후 가열되었던 노동운동에 개

---

28 「'참교육 극화' 민족극 발돋움」, 『한겨레』, 1989.11.17.

29 제1회 민족극한마당, 1988년 3월 3일-4월 30일, 서울 미리내 소극장 개최.; 제2회 민
   족극한마당, 1989년 3월 7일-11일 전국 16개 단체 참가, 서울예술극장한마당, 연우소
   극장 개최.

30 민족극연구회 대본선편집위원회, 「『민족극 대본선 4』를 펴내면서」, 민족극연구회 엮
   음, 『민족극 대본선4: 제 1·2회 민족극한마당 편』, 풀빛, 1991.

입하는 차원에서 노동연극을 창작 및 보급에 주력하는 극단들이 활동의 주축을 이루었다. 위의 기사에서 살펴볼 수 있듯이 1989년 5월 전교조 결성 이후 같은 해 후반기에 교육현실을 다룬 작품들이 전국 단위에서 창작된다. 이는 시기별 운동의 현안을 창작에 반영하고자 민족극운동의 지향과 맞닿아 있었다.[31]

1989년 교육운동 관련 연극들은 앞선 〈행복은 성적순이 아니잖아요〉의 문제의식을 이어가면서도 교육문제를 해결해 나가야 할 주체로서 의지를 다지는 교사 인물을 형상화하고, 학교 내 참교사와 비인간적 교육을 수행하는 교사를 대비하거나, 배경과 전망으로서 전교조 투쟁의 전사를 드러낸다는 점에서 차이를 보였다. 또 당대의 노동연극 활동을 지향한 극단 한강과 안양문화운동연합 큰힘의 경우 교육극과 노동극이 교차된 모습을 보이기도 했다.

역대 독재정권은 자신을 합리화하고 유지하기 위하여 교육을 악용하여 왔다. 그 결과 우리의 **교육**은 학생들을 **공동체적인 삶을 실천하는 주체적인 인간**으로 기르는 것이 아니라 부끄럽게도 이기적이고 순응적인 인간으로 만듦으로써 **민족과 역사** 앞에서 제 구실을 잃어 버렸다. **가혹한 입시경쟁 교육**에 찌들은 학생들은 길 잃은 어린 양처럼 헤매고 있으며, 학부모는 **출세지향적인 교육**으로 인해 자기 자녀만을 생각하는 편협한 가족이기주의를 강요받았다.(중략) 우리가 두려워하는 것은 저들의 협박과 탄압이 아니라 **우리를**

---

31 1989년 후반기 창작·공연된 교육운동 관련 극에 대해서는 위의 기사와 함께 정채철이 발표한 평론 참조(정채철,「교육운동과 연극운동-89년 하반기 교육문제극들을 중심으로」,『창작과 비평』 제67호, 창작과비평사, 1990 봄).

따르는 학생들의 해맑은 웃음과 초롱초롱한 눈빛 바로 그것이기 때문이다. 동지여! 함께 떨쳐 일어선 동지여! **우리의 사랑스런 제자의 해맑은 웃음**을 위해 굳게 뭉쳐 싸워 나가자!(강조-인용자 주)[32]

위의 강령에서 확인할 수 있듯이 전교조는 '민족·민주·인간화 교육'을 지향했고 앞선 전교협의 '민주교육'의 기치를 '참교육'으로 계승했다. 초기 전교조 운동이 교직원이라는 특정 집단의 지위 향상과 권리뿐 아니라 학생의 전인적 성장에 대한 성찰을 기반으로 한 '민주교육'의 가치를 실현한다는 것에 강조점이 실렸음은 주지하는 바다. "공동체적 삶을 실현하는 주체적 인간"으로서 학생의 성장에 대한 고려는 강령의 차원에서 제시된 것이 아닌 각 학교 현장의 문제들에 대한 비판적 성찰 속에 구체화 되었다. 전교조는 행정 업무의 관료화와 교권 내 위계질서의 문제뿐 아니라 체벌·학생 간 계급 격차에 따른 불평등·직업에 관한 편견·과도한 경쟁·성적 우선주의·지식습득의 맹목성과 형식주의를 문제화하였다.

> (적은 인원으로 공연을 할 수 있도록 배우의 역할이 중복될 수 있도록 짜여져 있다. 예를 들면, 학생과장은 재용 아버지, 까페의 주인, 유창한, DJ, 만화방 주인, 경찰 역할을 함께 맡을 수 있으며, 재용 엄마는 순희, 차선도, 윤리 선생을 함께 맡을 수 있고, 민선생은 미정과 사회자를 최선생은 잡상인을 함께 맡을 수 있도록 고려되어 있다.)

---

32 「전국교직원노동조합 결성선언문」, 『전국교직원노동조합결성대회 자료집』, 6면, 1989. 5.28.(한국민주화운동기념사업회 오픈 아카이브, https://archives.kdemo.or.kr/isad/view/00521885) (확인 일시: 2023.10.13.)

무대는 기본적으로 사실적일 필요가 없다. 간단한 소도구를 이용하여 장면의 변화에 따른 특징을 제시하면 되며, 각 장면의 번호 다음에 극중 배경이 지시되어 있다. 이 극은 관객의 적극적인 비판과 개입을 유도해낼 수 있도록 열려진 극형식을 취한다.[33]

사회　요즘 청소년 범죄가 날로 증가하고 있고 앞으로도 줄어들 징조는 보이지 않고 있습니다. 그럼 그 원인에 대해 유창한 박사님께서 한 말씀.

유창한　네, 거기에 대해서는 여러 가지 원인이 있겠지마는 우선 이야기하고 싶은 것은 요즘 청소년들은 책을 읽지 않는다는 것입니다. 책을 읽지 않으니 정서가 메마르고, 정서가 메마르니 토지가 나빠지고 씨앗을 뿌려도 싹이 잘 돋지 않습니다. 그러면 어떻게 해야 싹이 잘 돋아 나느냐? (흥분하며) 우선 좋은 종자를 골라 물에 2-3일 푹 담근 다음에 뿌리되 땅을 깊게 갈아야 합니다.

사회자　네에? 무슨 말씀이신지….

유창한　(놀라서) 아이구 이거, 조금 전에 새마을 강연회에서 말했던 것이 그만… 하여튼 요즘 청소년들 책을 안 읽어요.

차영숙　저도 유박사님 말에 전적으로 동감입니다. 요즘 애들 정말 책 안 읽습니다.[34]

---

33 〈서서 잠드는 아이들〉, 37면.
34 〈서서 잠드는 아이들〉, 57면.

전교조 설립 직전 해에 대구 극단 시인에 의해 창작되고 공연된 〈서서 잠드는 아이들〉은[35] 우등생인 재용과 가난하고 공부를 못하는 학생인 정배라는 유형적 인물을 주인공으로 한 극이다. 재용과 정배는 친구 관계인데, 교내 상징물을 파손했다는 이유로 처분을 당하게 된다. "똑똑한 녀석 몇만 건지면"(43면) 된다는 학생과장의 판단하에 정배만 정학 처분을 받게 되고, 그 후 정배가 비행 청소년의 삶과 접속하게 된다는 설정이다. 〈서서 잠드는 아이들〉은 성적과 부모의 계급 차에 따른 낙인과 배제의 매커니즘을 문제 삼고 있으며 교사 간에 '학생생활지도'에 대한 태도와 관점의 차를 상론한다. 공연을 만든 '극단 시인'의 경우 교육 문제를 3부작으로 만들 기획 속에 앞서 〈전천후 선생님〉에서 한 교장의 모습을 통해 "주체적이지 못한 교육의 역사"를[36] 담아내 공연했다.

후속작인 〈서서 잠드는 아이들〉의 경우 극중 재용-정배와 유사한 연령의 학생관객들을 대상으로 한 공연으로 "그들의 특징 있는 언어와 동작을 사용하여 동질감을 확보"할 것을[37] 고려하여 연출되었다. 극은 건전한 청소년 문화를 일구어 나가지 못하는 원인을 학생 집단의 문제

---

35 〈서서 잠드는 아이들〉의 대본은 『영남의 민족극: 1980-1989』(정지창·김사열 편, 우리, 1989)와 『이땅은 니캉내캉』(태학사, 1996)에 동일한 판본으로 수록되어 있다. 〈서서 잠드는 아이들〉은 1988년 9월 대구가톨릭 근로자회관, 10월 포항문화원 강당, 12월 부산대 문창회관 및 마산 경남대 한마음회관, 1989년 2월 계명대 시청각교육관에서 공연되었다. 자세한 공연 연보는 대구지역의 민족극 선집인 『이땅은 니캉내캉』(태학사, 1996) 36면 참조.

36 김재석, 「대구지역 민족극운동: 1983-1994」, 김재석 최재우 엮음, 『대구지역 민족극 선집-이땅은 니캉내캉』, 태학사, 1996, 389면.

37 김재석, 「〈서서 잠드는 아이들〉 연출노트」, 위의 책, 423면.

로 돌리는 전문가집단과 질문하고 방황하는 학생들의 목소리를 대조시킨다. 위의 인용에서 살펴볼 수 있는 몇 가지 연극적 장치, 역할 유형화에 근간한 일인 다역·적은 소도구를 통한 연기의 기동성 고려·토론하기를 고려한 결말 구성·TV쇼 삽입극·전자음향은 1980년대 마당극 "판의 개방성"을 고려한 극작술로 볼 수 있다. 예컨대 "한국 청소년 독서 연맹 이사이시자 청소년 골프회 회장님이고 새마을 육성회 고문"인 "유창한 박사"의 역을 맡은 배우가 학생과장, 경찰 등의 역을 함께 맡도록 의도하여 학생 집단과 적대하는 집단을 유형화하여 인식하도록 의도했다. 재용과 정배가 겪게 되는 사건의 조작성에도 불구하고 '청소년'을 대상으로 한 이 공연은 "학생 관객들의 열기와 함께 큰 성과"를 거둔 것으로 기록되었다.[38]

〈서서 잠드는 아이들〉에서는 학생의 입장에서 필요한 교육의 역량을 고민하는 교사인 '최선생'의 입장은 "이 학교의 주인인 학생보다는 귀하지 않을 겁니다."(42면)와 같은 대사의 편린으로 드러난 바 있다. 이처럼 전교조 결성 직전에 공연된 〈서서 잠드는 아이들〉는 교사 입장에서의 투쟁을 본격적으로 가시화하지 않았다. 하지만 1989년 5월 전교조 결성 이후 대중운동으로 확산되던 교원 민주화 운동의 반영이자 지원의 일환으로 제작된 극들은 교사의 투쟁 과정을 보다 가시화한다.

1989년 후반부에 만들어진 이 극들은 전교조 투쟁의 당위성과 전교조 가입으로 인해 교단을 떠나야 하는 교사의 투쟁을 주로 했다는 점에서 "전교조연극"으로[39] 명명되기도 했다. 그런데 이 극들은 전교조

---

38 김재석, 앞의 글, 389면.

39 이영미, 「참교육의 그날 까지—연우무대, 〈최선생〉 공연평」, 『민족예술』 제4호, 1990,

운동 자체를 담아내는 것에 그치는 것이 아니라 전교조 운동이 촉발시킬 수 있는 다양한 급진적인 질문과 상상들을 담아내고 있다. 교육 현실을 바꾸는 주체로서 교사의 행위자성과 교육하기라는 노동의 조건에 대한 성찰, 방관자의 입장에 대한 비판 및 교육 현장이란 무엇을 배우고 가르치는 곳인가에 대한 질문이 그것이다.

그 중 주목할 만한 극은 대구 놀이패 탈의 〈선애앰요〉,[40] 안양문화운동연합 큰힘의 〈선생님 힘내세요〉,[41] 서울 극단 한강의 〈마지막 수업〉이다.[42] 세 작품은 교육 현장의 문제들을 가시화하는 한편 교사의 전교조 참여 과정의 진통 혹은 참여함으로 인해 당하게 되는 부당한 조건들을 담아내고 지속적인 교육운동의 필요성을 강조한다는 점에서 공통된다.

〈선새앰요〉의 경우 퀴즈쇼를 통해 관객들을 방청객으로 상정하며

13면.(한국민족예술인총연합, 『민족예술 합본호—민족예술 1988-1992』, 한울, 1993, 111면. 참조)

40 '놀이패 탈'은 대구 경북대학교 민속문화연구회(탈춤반) 출신들을 주축으로 한 조직으로 1983년 12월 결성되었으며 연극 공연·풍물·미술을 아우르는 '연행' 집단으로서의 성격을 보였다. 〈내 차라리 계림의 개돼지가 될지언정〉(1984), 〈통일의 북춤〉, 풍물 및 춤판 〈모둠놀이〉와 전통 탈춤 복원 등의 활동을 개진했다. 1988년 12월 서울을 중심으로 전국을 대상으로 한 민족극운동 협의회가 결성되기에 앞선 1988년 9월 부산과 대구 경남권의 극단들이 영남지역 마당굿운동 협의회를 결성할 때 참여하기도 했다. 구체적인 활동 내용은 김재석, 앞의 글 및 『영남의 민족극』(정지창·김사열 엮음, 도서출판 우리, 1989)의 후면에 실린 「영남지방의 전문연희패」를 참조할 것.

41 안양 극단 큰힘, 〈선생님 힘내세요〉, 엄인희, 『엄인희 작품 모음 1-아동과 청소년을 위한 희곡』(북스토리, 2002) 수록본.

42 극단 한강은 노동연극 극단을 표방하며 〈대결〉(1988)로 창단 공연을 한 후, 울산 현내중공업 노동운동을 그려낸 2인극 〈푸른 옷의 사람들〉(1989), 파업 투쟁을 그린 〈동팔이의 꿈〉(1989)으로 전국 순회공연을 하였고, 1990년대에는 연극교실을 운영하고 〈교실 이데아〉 시리즈와 같은 교육 제재 연극을 만들며 활동을 이어갔다. 공연 대본은 아르코예술기록원 자료실에 보관 중인 〈마지막 수업〉(극단 한강, 1989)을 참조한다.

시작한다. 1988년 이어졌던 대구 영남 지역 학생들의 자살 사건들에 대한 토론회로 판을 열고 교육이란 무엇인가에 대해 질문한 후, "남보다는 자기를, 진리보다는 실리를, 실리 위주의 인간을 만드는 중요한 행위"라 답한다. 이후 자살한 학생들의 네 개의 관 앞에서 이루어지는 무당의 원혼제가 이어진다. 이후 상명하달식의 업무에 시달리거나 학교 간 성적 경쟁을 가시화하는 한편 교사 간 위계가 남아 있는 교무실의 풍경을 드러내는 것에서 시작하여, 점차 학습 내용과 교사의 노동환경 및 경쟁식 교육에서 학생의 위치 및 마음의 상태에 대해 문제 제기하는 장면들을 배치한다. 그리고 최종적으로 전교조 참여 교사에 대한 학교 및 당국의 핍박과 교사의 내적 갈등 및 전교조 결사의 실질적인 연대의 과정을 보여준다.

남아 있는 공연 영상을 통해 확인할 수 있듯이, 해당 극은 몇 개의 상자를 관·의자·교탁 등으로 활용하여 교실·교무실·거리·학생 집 등의 배경을 놀이적으로 제시하는 한편 탈춤과 무굿·토론극·슬라이드·인형극·풍물의 음향 효과 등을 양식적 특징으로 했다. 극은 이 양식들을 입체적으로 활용하여 예의 '민중적 시각'에 대한 강조나 교육 운동에로의 헌신을 규범적으로 강조하기보다는 교사·학생으로 이루어진 교육 현장에서 만들어질 수 있는 질문들을 두텁게 보여준다. 예컨대 주입식 수업을 하는 교사와 학생들의 생각을 열어주는 토론식 수업을 진행하는 교사의 수업 현장을 비장함 속에 재현하는 것이 아니라 풍자 혹은 놀이적 분위기 속에 형상화한다. 또 토론극 형식을 통해 학업 스트레스와 "입시수용소"로서의 학교에 대한 발언과 "느그들 외카노. 공부 열심히 해서 대학가면 되잖아. 그라고 가난한 사람들 공부 열심히 해가지고 대학 가면 사회에서 대접받고 있잖아. 안글나?"와 같은 오늘의 교육 현실에 대한 학생 당사자의 상이한 입장 차이를 발화시키기도 한다. 전교조 사수를 위한 교사들의 단식 농성 사진을 슬라이드로 보여주거나, 깃발춤을 통해 연대와 투쟁·좌절과 재기의 과정을 형상화하는 것, 극 안에서 다양한 의미의 재현체로 활용되었던 나무 상자를 앞에 전교조 상징을 붙여 쌓아 올린 형상으로 활용되는 것, 〈전교조 투쟁가〉로 극을 마무리하는 것은 1989년 전교조 운동의 시간성을 직접적으로 공유했음을 확인할 수 있다.

극단 한강의 〈마지막 수업〉과 극단 새힘의 〈선생님 힘내세요〉는 "노동의 신성함과 고귀함"을 평등에의 요구와 사회 변혁의 열쇠로 여긴 동시대 노동운동을 향한 정동이 반영된 텍스트이다. 두 텍스트 모두 학생-노동자상이 등장하며 '단지' 교육 현장의 문제가 아니라 동시대 변혁운동에서 '노동자' 표상이 상징하는 바, 경쟁주의적 삶·경제적 불평등·계급적대에서 오는 모멸감·노동에서의 인간 소외 등을 반성하는 유토피아적 상상의 중층성을 반영한다는 점에서 공통적이다. 〈마지막 수업〉이 이상화된 노동자-학생의 모습을 경쟁적이며 비인간적인 교실의 현실과 대비하며 교사의 교육운동으로의 결단을 강화하는 모습을 보여주는 한편 〈선생님 힘내세요〉은 실업계 고등학교에서 학생이면서 노동자로 살아가야 하는 인물들이 접하게 되는 불평등한 처사와 직업적 위계와 실질적 모멸감 및 참교육을 실천하려는 교사가 겪어야 하는 외적 내적 갈등을 핍진하게 가시화한다는 점에서 차이가 있다.

오늘날과 같이 사회의 모든 물질적 생산수단을 녹섬하고 있는 세력들이 오로지 그들의 이익만을 위해서 의식적으로 교육을 이용하고 있는 상황에서는 진정 교육의 가치를 발견할 수 없음은 너무도 당연하다. 더더욱이 교육의 궁극적인 목표인 인류역사의 발전을 기대할 수 없고, 모든 **인류의 보편적 염원인 자유와 평등의 세상** 또한 요원하기만 하다. 우리는 좀 더 본질적으로 교육의 문제를 살펴볼 필요가 있다. **입시전쟁으로 인해 생기는 허구적 경쟁**에 지친 어린 학생들이 자살을 하고, **국가권력에 의해 강압적이고 일방적으로 강요되고 있는 허구적 이데올로기교육에 환멸을 느끼고 방황하는 이유를 단순히 학생들의 의지박약이나 부도덕한 현사회환경 탓으로면 돌리려는 것**은 결국 나무는 보고 숲은 보지 못하는 것과 다를 바가 없다. 원래 교육이란, 교육자와 피교육자의 상호충돌의 결과가 변증법적으로 통일되어 새로운 가치를 만들어내는 것이다. 다시 말하면 학생들이 자살을 하고 속임수 선전교육에 대해 거부감을 갖는 것은, **현재 모든 교육의 권한과 수단을 독점하고 있는 세력들에 의해 강요되고 있는 교육 내용의 허구성**과 학생들 스스로가 현사회의 물질운동으로부터 영향을 받은 내용간의 첨예한 갈등의 결과인 것이다.

입시는 무엇인가? 바로 그러한 허구적 교육의 총결산판이다! 노동의 신성함과 평등과 복지를 외치면서 정신노동자와 육체노동자의 차이를 두고 있는 것은 결과적으로 입시를 통하여 권력자들에게 어쩔 수 없이 영합하는 부류를 형성하고, 나머지 대다수의 사람들을 거기에서 낙오한 것처럼 생각하게 함으로써 스스로를 비하하게 만드는 것 외에는 아무 것도 아니다.(강조-인용자 주)[43]

---

43 박제홍, 「연출의 말-"전직교사의 참회록"」, 《〈마지막 수업〉 공연 팜플렛》, 1989.11.17. 12.10, 신선소극장 공연.(한국예술디지털아카이브, https://www.daarts.or.kr/handle/11080/116210)(확인일시: 2023.09.13.)

극단 한강의 〈마지막 수업〉은 단순하게 학생·교사의 권익운동에 그쳐서는 안 된다는 생각에 교육민주화운동에 참여하고 있지는 않았던 '진교사'가 몇 가지 계기로 전교조의 분회결성식에 참여하게 되며 마지막 수업을 하게 되는 변화 과정을 보여준다. 동시대 교육민주화운동을 위한 연극이면서 '노동연극'과 교차 되었던 〈마지막 수업〉은 "현 사회제도의 영향하에 있는 학교교육 자체만의 문제"가 아니라 "가진 자와 가지지 못한 자로 나뉘어 있는 사회구조 자체"가 문제라는[44] 계급주의적 관점에 초점화되었다는 점에서 변별적이다. 연출의 말에서 확인할 수 있듯이 이 극은 현재의 교육 문제가 단순하게 학생 개인의 문제나 사회적 부도덕의 차원이 아닌 '구조'의 문제임을 강조한다. "모든 교육의 권한과 수단을 독점하고 있는 세력들"이라는 명백한 적대의 표현은 이와 같은 현실의 모순을 변혁할 집단으로서 이상적인 노동자상과 연결된다.

실제 진선생이 변화하는 계기를 마련한 것은 노동자-학생인 호성이다. 집안은 불우해도 공부를 잘하는 호성이가 "나중에 전 더러운 경쟁에서 낙오하는 게 아니라 그 더러운 경쟁을 없애는 공부를 할거에요."라며 학교를 그만두는 것, '건강함'이라고 표현되었던, 노동조합투쟁의 지난함과 격함을 상쇄시키는 연대의 흥분과 만족감을 논하는 푸른 옷을 입은 호성의 형은 이 극의 지향점을 분명히 보여준다. 이와 같은 계급 적대의 인식과 노동하는 자에 대한 이상화는 먼저는 1987년 6월 항쟁 직후 이루어진 노동자대투쟁이 사회 전반의 변혁으로 이어질 수 있을 것이라는 확신의 반영이었다. 물론 환원론적 계급 적대는 교육

---

44 위의 글, 같은 면.

에 개입된 행위자들의 다양한 행위성과 욕망의 경합을 담아내지 못한다. '푸른 옷을 입은 노동자'에 대한 이상화, 제조업의 노동자에게 초점화된 변혁적 의지와 이상은 (대)학생운동-노동운동의 연대에서 공유되었던 규범적 노동운동의 문화적 형식을 반영한 것이다. 그럼에도 〈마지막 수업〉은 교실에 존재하는 노동자의 형제/아들을 매개로 구조화된 직업적 편견·맹목화된 경쟁주의적 삶의 환경에서 탈피하는 것은 어떻게 가능하며 평등에의 요구를 통해 해방의 감각에 도달할 수 있는지를 보여주었다.

선영 언니 너무 어려워요. 학교에서 못 배운 것이 너무 많아요. 어떻게 해야 좋을지 모르겠어요.

미스최 그래 알아. 나도 이런 수모 받으며 6년째야. 저 앞에 있는 일류대 출신의 사장 조카 말야!

선영 김선희씨요?

미스최 응 걔는 꼭 씨자 부르고 나는 맨날 미스 최야. 월급날 화가 나서 못 먹는 소주만 병째 마시고 펑펑 울었지.

선영 울었어요, 언니두?

미스최 미스 최는 월급 26만원, 김선희씨는 32만원. 과장이 뭐라는 줄 아니? 빨리 시집가래. 노처녀 되면 누가 좋아하냐구. 헌데 김선희씨한테는 뭐라는 줄 아니?

선영 저도 들었어요. 아까운 능력 결혼해서 썩히지 말고 계속 직장 다니라구요.

미스최 (파이트 치는 시늉) 이걸 하루종일 툭툭 치면서 내 눈물이, 내 설움이 톡톡 튀겨져서 서류 속으로 꼬나 박히는 걸 매일 본다 선영아!

선영　언니 나 학교생활 11년 만에 처음 존경하는 선생님이 생겼
　　　거든요. 그분 앞에서 큰소리 땅땅 치고 직장생활을 하겠다
　　　고 했는데… 자신이 없어요. 무서워요. 학교보다 더 사람대
　　　접을 못 받아요. 정말 싫어.

미스최　그렇다고 졸업 안하고 할머니 될 때까지 학교에 있을래?

선영　학교는 감옥이에요. 공장은 자기가 맡은 일이 따로따로 있
　　　기나 하지. 정말 이런 심부름이나 하는 생활은 싫어.(335면.)

박선생　선생님! 인문계 애들한테는 대학이라도 가라고 갈 길이나
　　　제시할 수 있죠. 저는요, 기껏 얘기할 수 있는 게 어떻게 하
　　　든 고졸 사무직으로 취직해라. 그래야 나중이라도 야간대
　　　학 갈 수 있다. 안 그러면 공순이 밖에 안 된다. 이럴 수는
　　　없어요. 소위 선생이라는 작자가 이런 말 밖에는 할 수 없어
　　　요?

주임　뭐가 어때서요, 당연한 거 아닙니까? 자본주의 경쟁사회에
　　　서 못나고 못 배우면 당연히 그렇게 살아야죠. 정부가 해결
　　　할 일을 왜 선생이 고민합니까? 직업에 귀천은 없다고 가르
　　　치면 되잖습니까? 다만 월급만 다르게 받는다구요.

박선생　선생님 결국 노동하는 것이 가치가 있다고 가르치지 않으
　　　면요…

주임　이 사람이!(아래위로 훑어보며) 이제 봤더니 순빨갱이 아냐, 누
　　　굴 의식화시키려고 그래. 이거 보통 일이 아니야.

주임 퇴장, 박선생도 함께 퇴장.

체육선생은 늑장을 부리는 아이들을 기합을 주면서 돼지 몰 듯이 몰고 퇴장.[45]

진교사에게 변화의 동기와 자각을 제공하는 것이 남성 노동자였으며 그는 변혁을 상상하게 하고 실천하는 흔들리지 않는 주체로 형상화된다.[46] 〈마지막 수업〉과 비교할 때, 안양문화운동연합 새힘의 〈선생님 힘내세요〉는 노동해방과 참교육을 실현이 이상적으로 교차하는 모습을 보여주기보다 여성-학생-노동자가 겪어야 하는 현실을 핍진하게 제시한다. 또 기업으로 실습을 나가는 실업계 고등학교 학생 노동자는 앞선 전교조 연극이 학교와 교실 내의 문제에 초점화했던 것, 풍자와 인물 유형화의 양식적 특성을 보였던 것과 차별된다.

〈선생님 힘내세요〉는 노동자인 아버지와 노점상을 하는 어머니를 가정환경 조사서에 사실대로 기록한 선영에 대한 교사의 질책으로 시작한다. 이 극에서 대학에 갈 학생을 중심으로 짜여진 "거짓과 위선에 찬 연구수업", 이후에 실업계 학생들에게도 폭넓은 교육의 경험을 하게 하려는 '박선생'의 노력, 문집발간과 같은 교과과정 외적인 참교육의 실천들은 앞선 교육 운동극과 연속되는 특성이다. 〈선생님 힘내세

---

45 엄인희, 〈선생님 힘내세요〉, 엄인희, 『아동과 청소년을 위한 희곡』, 북스토리, 2002, 339면.

46 민주노조가 정치양식으로서 기능하던 시기를 1970-1987년까지의 민주노조 운동기와 1987년부터 1990년대 중반까지의 노동 체제를 분절하고 시효소멸된 민주노조의 정치양식이 지속되는 과정에서 나타났던 가족주의·가상으로서의 파업·엘리트주의·남성 가부장주의 등의 문제를 비판적으로 성찰하는 『사라진 정치의 장소들』(김원·신병현·심성보·이황현아·이희랑, 천권의 책, 2008.)의 논의를 참조할 것.

요>가 당대 사실성의 지평에서 나아가는 지점은 경제적 불평등과 젠더차별이 중첩된 현실을 그린 지점이다. 선영의 지도교사는 깨끗한 사무실과 공돌이 공순이의 대비하면서 대기업 실습생 추천의뢰서를 보여주며 선영을 회유한다. 또 학교 내에서 실업계 학생 및 '여' 학생이기 때문에 받아야 하는 신체규율에 대한 차별적 언행이 두드러진다. 위의 인용문에서 확인할 수 있듯이, 실습생으로서 선영은 여성-학생-노동자가 학교와 직장 모두에서 호칭·임금·처우의 차원에서 '사람대접'을 받지 못하는 상황을 겪게 된다.

박교사와의 언쟁에서 주임의 발언은 교육에 관해 자연화되어 있는 능력주의의 심급을 명시한다. 황병주가 한국에서 능력주의의 문제를 개발연대기 자본주의의 "맹목과 저돌성"이[47] 생산성·노동분업·기업 운영·통치성·교육 및 지능 담론 등에서 발현된 사례를 통해 서술한 글에서 언급하였듯이, 자본주의 근대의 자유·평등·무한경쟁 시장은 능력주의가 번성할 최적의 조건이다.[48] 교육은 기업의 운영·공론장과 함께 능력주의를 가치이자 관습·제도적 실천으로서 구조화하는 대표적인 영역이다. 〈선생님 힘내세요〉에서 직업에는 귀천이 없지만 못 배우면 "당연히 그렇게 살"아야 한다는 주임의 언급은 자본주의 근대를 지탱하는 이념적 토대인 자유와 평등이 능력별 위계 서열의 내면화와 모순적으로 연결되는 지점을 적시한다. 거기에 더해 '노동자'라는 언표는 "순빨갱이", "의식화"라는 불온의 언어로 손쉽게 판단 받았다. 박선생이 지향하고자 하는, '노동하는 것이 가치가 있다'는 가르침은 직업적 불평

---

47 황병주, 「개별연대와 능력주의」, 『역사비평』 140, 역사문제연구소, 2022 가을, 90면.
48 위의 글, 71면.

등에 대한 개선의 언어 혹은 엘리트주의에 대한 대항의 언어이기도 했지만, 학교라는 한정된 공간 바깥에서 직접 마주하고 살아가는 삶과의 연속성에 시선을 확장한 가장 현실적인 교육의 언어이기도 했다. 따라서 이때 제기된 질문은 지속되어야 했지만 강력한 불온의 생산체계와 개별 행위자에게 내면화된 능력주의 욕망의 심급 앞에서 가로막혔던 것은 아닐까.

> L -사랑 자유 노동
> 노동은 힘들다. 하지만 그래서 가치있고 그래서 아름답다고 생각한다.
> 노동이 없으면 사랑과 자유도
> 노동자는 무언가를 새롭게 만들어내는 사람.
> 그런데 왜 노동을 천시할까.[49]

독립영화 집단 장산곶매가 제작한 영화 〈닫힌 교문을 열며〉(1992)는 1989년의 쟁점화된 교육운동에서 시차를 두고 있지만 노동운동과 교육운동의 교차를 보여준다는 점, 각성한 교사에 연대하는 학생 집단의 모습을 극적으로 형상화한다는 점에서 1980년대 말의 교육운동극의 인식의 지평을 이어 받은 문화적 재현물로 볼 수 있다. 영화는 인문계 고등학교 내 취업반 학생들의 서사를 담고 있다. 앞서 극단 새힘의 〈선생님 힘내세요〉가 실업계 고등학생들을 대상으로 하고 있는 것과 같이 노동하는 학생들이 겪는 모욕과 열패감을 다룬다. 이 영화에서도 남자 교사

---

49 〈닫힌 교문을 열며〉 심의대본 시나리오, 1992, 한국영상자료원 소장본.

송대진, 여자 교사 이혜정은 각기 가정의 경제적 환경에 의해 결정된, 공부하는 학생과 일하는 학생 사이에 학교가 갈라 놓은 내부의 위계를 넘어선 '참교육'을 수행하는 교사로 그려진다. 취업계 학생들은 "벌써부터 공돌이 공순이 티 내고 있어."라는 언어적 차별 속에 살아간다.

송대진과 이혜정의 교육은 육체노동과 교육열로 표상된 정신노동 사이의 자연화된 격차에 의문을 제기한다. 송대진은 영어 수업에서 좁게는 학교 내, 보다 본질적으로는 사회적으로 '천대'의 언어로 받아들여진 '노동Labor'을 인간이 삶에서 귀하다 여기는 요소인 사랑Love과 자유Liberty라는 말과 동급에 놓고 사유할 것을 유도한다. 이때의 노동은 학생들이 졸업 이후 교육과정을 이어가는 것이 아니라 바로 수행할 것으로 전제된 다양한 형태의 노동이다. 이혜정은 학생들에게 "기쁜 날 슬픈 날 그래프"를 만들게 하여 "푸른 세상은 서로 나누어 가질 수 있"기 때문에 하늘색을 가장 좋아한다 답한다. 이혜정이 이끌어가는 교지편집부에서 학생들은 '선배 인터뷰'로 "분위기가 자신감 있는" 서울대로 진학한 선배 인터뷰가 자연스럽게 채택되는 것을 의문시하며 '공장 선배 인터뷰'를 추가로 진행하게 된다.

연극 〈마지막 수업〉에서 제시되었던 푸른 옷을 입은 노동자의 표상은 영화 〈닫힌 교문을 열며〉에서는 '전국노동자대회'의 포스터와 1991년 강경대 장례 투쟁의 기록 영상들, 〈사랑도 명예도 빛도 없이〉와 같은 투쟁가들을 통해 서사적으로 확장되었다. 1992년 제작 당시 당국은 "현상소, 녹음실 등 관계 업체에 계약 취소 압력"을 넣는 방식으로 제작에 탄압을 가하였고, 상연에는 더욱 적극적인 제재를 가했다.[50] 사

---

50 「장산곶매 16mm영화 '닫힌 교문을 열며'문화부 봉쇄로 제작 중단」, 『한겨레』,

전제작 신고를 하지 않았다는 이유로 이루어진 이 제재는 영화운동가 협의체 '장산곶매'의 영화 〈오! 꿈의 나라〉(1989)와 〈파업전야〉(1990)의 영화법 위반 판정과 그로 인한 법적 제재의 연장선에서 이루어진 것이다. 녹음과 보정이 되지 않아 같은 해 3월 6일과 7일 한양대학교 대강당에서 무성영화의 상영 방식을 활용한 '공연'이 이루어지기도 하였고,[51] 영화가 완성된 이후에는 전교조 보급으로 대학가에 순회상영 되었다. 같은 해 7월 충북 옥천군 소재 천주교회 강당에서 상영 예정되었는데, 당일에 학생들에게 돌린 영화 홍보 전단지가 문제시되어 교육청과 학교 당국의 제재를 받았다.[52]

이반 일리치는 학교 교육이 산업주의가 낳은 하나의 관념임을 지적하면서 교육제도 밖에서 이루어진 배움이 몰락하고 "잘못된 교육"의 길로 들어설 수밖에 없었는지를 논증했다.[53] 일리치의 논의를 참고하여 한국의 중등 진로 교육을 비판적으로 분석한 한 글은 '시장 의존적'이고 '직업 중심적 교육'이 자율적이고 창조적 일에 대한 접근을 박탈하며 커먼과 공생성에 대한 이해의 결여와 학습자 주도의 자기 배움과 경험의 기회를 제공하지 않는 것의 문제를 제기한다.[54] 30여 년이 지난 시점에서 교육의 제도성에 대한 이반 일리치의 비판은 과히 '이상적'인 것으로 위치 지어진다. 그럼에도 더욱 가혹해진 경쟁식 교육과 교육 불

1992.2.18.

51 「'닫힌 교문을 열며' 영사회」, 『한겨레』, 1992.3.6.

52 「'닫힌 교문'…영화 탄압 유감」, 『한겨레』, 1992.7.19.

53 이반 일리치, 노승영 옮김, 『그림자노동』, 사월의책, 2015.

54 김민채·김영환, 「Ivan Illich의 핵심사상에 기반한 중등 진로교육의 대안적 패러다임 탐색 연구」, 『학습자중심교과교육연구』 제7집, 학습자중심교과교육학회, 2023.

평등, 교육의 가치와 의미에 관한 집단적이고 성찰적인 합의를 논하는 것이 무색해진 '자본주의 리얼리즘'의 시대에 1980년대 중반 시작되어 1989년을 전후로 집결된 목소리로 등장했던 교육운동과, 이에 연대한 교육운동극이 던진 질문들은 여전히 유효하다. 이때 질문은 전교조라는 하나의 조직으로 환원되지 않으며, 교육 현장에서의 행위자들이 자살·배제와 차별·폭력에 높은 감수성으로 응답하고 문제를 개별적 책임으로 돌리지 않고, 국가의 독재적 통치성과 불온의 생산체계·능력주의의 내면화와 같은 사회문화적 기원을 추적하며 교육의 쓰임과 가치를 재정의하려는 책임감 있는 역동에서 비롯했기 때문이다.

이처럼 1989년 당시 가시화되었던 전교조 운동은 교육 현장의 행위자로서 교사와 학생의 권리를 성찰하며 경쟁주의 교육에서 탈피하여 '참교육'이 가능하다면, 그 교과의 내용과 방법은 어떠한 것일지, 그리고 학교를 매개로 이루어져야 할 교육의 의미와 가치는 무엇인지에 대해서 질문을 던졌던 사건이었다. 이 전교조연극은 1989년 당시의 전교조 결성 과정을 극화하여 참여의 당위성과 투쟁의 현황을 극화했다. 또 기존의 경쟁주의적 삶과 시험 편향적 교과 과정, 교육계의 위계질서와 비합리적 관행들에 질문을 던졌다. 동시기 민중운동에서 가장 집중된 분야로서 노동운동와 접합됨으로써 노동운동에서 제기되었던 평등에의 요구가 학교 내에 가혹한 방식으로 재생산되던 사회적이고 경제적인 자본과 직업에 따른 위계와 차별에 대한 성찰로 계승되었다. 경쟁에서의 승리를 위한 자발성과 적극성이 아닌 '다른 주권 의식', 자본의 욕망이 아닌 '다른 욕망', 정신노동과 육체노동에 대한 일방적 차별이 아닌 '분업에 대한 다른 앎'에 대한 상상을 반영하기도 했다.

지속되는 투쟁과 이후의 참교육극

앞 장에서 살펴본 전교조연극은 1989년 5월 전교조 결성과 이후 정권의 용공 조작과 핍박 속에 교사 1,500여 명이 해직당하는 상황 속에서 문화운동집단의 창작 의도 속에서 제작 공연되었다. 이후의 교육운동은 '교육대투쟁'이라는 의제 하에 합법화투쟁과 해직교사의 원상복직 투쟁을 중심으로 이루어졌다.[55] 앞서 살펴본 〈선생님 힘내세요〉는 전교조 집회에 참여하는 중 박선생이 감찰을 나온 교감과 교장에게 신체적이고 언어적인 폭력을 당하게 되며, 이를 지켜본 아이들이 전경의 제압 속에서도 전교조 집회에 연대 투쟁을 하기 위해 모이고 교문 앞에서 마지막 수업을 하는 것으로 마무리된다. 이와 같은 해직교사의 상은 이후 지속되는 교육운동 극에도 반영된다.

전교조와 해직교사와 관련한 의제는 대중적으로 공론화되는 것이기도 했는데, 이후 1990년대 초반에는 제도권 연극계와 영화운동의 영역에서, 교사극단과 교육문제극의 차원에서 교육운동과 관련된 문제가 재연된 바 있다. 전교조 결성 후 한 해 지난 후, 1990년에 극단 연우무대와 극단 여인극장에 의해 〈최선생〉과 〈불임의 계절〉이 각각 공연된다. 이 두 작품이 1989년도의 교원노조 운동의 상황과 인식의 지평을 반영한 것이라면 대구·영남 지역의 민족극운동의 계열에서 창작 공연한 〈해직일지(아저씨, 어 선새임예!)〉(1992)는 1994년 전교조 해직교사의 복귀가 이루어지기 전의 시간성이 반영된 텍스트이다.

---

55 전교조는 교육개혁의 시작이 해직 교사들의 복직에서부터 시작되어야 한다고 생각하였고 1992년 5월초부터 현직 교사들이 주체가 되어 정치권을 압박하기 위한 방안으로 '교육대개혁과 해직교사 원상복직을 위한 범국민서명'을 전개하여 102만 3,426명이 서명하는 성과를 이루기도 했다.

"교육현실을 다룬" 극단 연우무대의 〈최선생〉과[56] 극단 여인극장의 〈불임의 계절〉은[57] 1990년 9월 유사한 시기에 무대에 오르면서 기사화 된 바 있다. 민중문화운동과 제도권 연극의 접경에 위치한 극단 연우무대가 극화한 〈최선생〉은 1989년 전교조 출범 전후한 시기에 있었던 신방학초등학교 최종순 교사의 교육 사례가 언론 및 정부 당국에 의해 용공 논란 속에 매도되는 상황을 보여주었다. 한편 〈불임의 계절〉을 공연한 극단 여인극장은 민족극운동과 관계가 없는 기성 연극계의 극단이었다. 〈불임의 계절〉은 학생의 행실에 대한 학교 및 교육 집단의 "질서정연"한(171면) 판단과 규정이 진실을 왜곡하고 학생들을 죽음에 빠뜨리게 하는 극적 상황을 연출한다.

〈불임의 계절〉은 교육'운동'극으로 명명하기는 힘들지만, 1980년대 중후반의 교육민주화운동이 던진 질문이 대중에게 지지를 얻었음을 보여주는 텍스트이다. 즉 이들이 연극을 통해 "우리들의 교육이 진정 참된 삶을 배우고 인간적인 가치를 함양하는 실천의 현장인가? 그렇지 않다면 무엇이 문제인가"를[58] 질문하게 된 것은 1980년대 중후반의 교육 민주화 운동의 여론화와 관계된 것이었다. 극은 두 학생이 주변의 오해로 청소년 정화위원회에 소환된 후 이들을 옹호하는 '유영석 교사'의 분투 속에도 끝내 진실이 밝혀지지 못한 상태에서 죽음에 이르는 것으로 구성되어 있다. 극은 청소년 정화위원회·교칙·학생징계회의 등으로 대표되는 학교의 전형적인 비학생중심성과 관료성을 보여

---

56 극단 연우무대 공동창작, 〈최선생〉, 1990, 아르코예술기록원 소장본.

57 배봉기, 『배봉기 희곡집-잔인한 계절』(평민사, 1995.) 수록본.

58 〈불임의 계절〉 팜플렛, https://www.daarts.or.kr/viewer/document/1156492# (확인 일시: 2023.10.15.)

주면서 집단의 차별적이고 일방적인 논리 하에 '희생'되는 학생들을 형상화한다. 실질적인 극적 갈등은 아이들 편에 서 있는 '유영석 교사'와 "시키는대로 하는 것이 편안하고, 유능한 교사의 길"이라는 것을 깨닫고(148면) 길들여진 채로 살아간다는 '윤리주임' 외 대부분의 교사 간의 학생 처벌에 관한 입장 차이에 있다. 〈불임의 계절〉은 학교 교육의 관료성과 권위주의의 현실적 모습을 문제 삼고, 가난으로 인해 유년 시절 누명을 쓰게 되었던 유교사의 전사를 통해 경제적 불평등에 따른 차별과 인정의 문제를 반영한다. 이 점에서 1985년 청소년 관객을 위한 연극을 표방하며 흥행을 했던 동랑청소년극단의 〈방황하는 별들〉(1985)의 재현에서[59] 한 걸음 나아간다. 하지만 교사들에 대한 설득에 실패한 후 유교사가 무단조퇴하고, 학생이 무고하게 죽었음에도 아무 일 없는 듯 "질서정연하게 등장하여 양쪽으로 도열"하는 교사들의 그로테스크한 교무회의 장면의 결말은(171면) 교육현실뿐 아니라 제도적 일방성의 확고부동함을 알레고리화 하면서도 다른 교과 수업 방식과 교사 간·학생 간 연대를 통해 변혁의 꿈을 꾸었던 동시대 교육운동극의 전망에 비해 비관적이라는 점에서 변별적이다.

---

59 앞서 기성 연극계에서 교육 혹은 청소년 문제를 극화하여 대중적으로 큰 호응을 얻기도 하였던, 동랑청소년극단의 〈방황하는 별들〉(1985)이 있었다. 작품을 창작한 극작가 윤대성의 청소년 연극 젠더인식에 천착해 연구했던 김태희가 선행연구에서 밝혔듯이 이 극은 청소년문제에 대해 대중적으로 큰 호응을 얻기도 하였으며 불량 청소년에 대한 계몽이 아니라 어른들의 자각을 이끈다는 점에서 변별되었다. 그러나 중산층 청소년을 재현의 대상으로 삼는다는 점, 청소년 문제의 해결 방법을 가정의 화목과 청소년에 대한 온전한 이해에 국한시킨다는 점, 청소녀들에 대한 제한된 인식이 극에서 전면화 시켰다는 점에서 한계가 있었다. (김태희, 「윤대성의 청소년극에 나타나는 젠더문제 연구」, 『인문사회과학연구』 제19집, 부경대 인문사회과학연구소, 2018. 참조)

조명은 기본적으로 밝다. 조명의 표현적 효과는 가능한 한 배제한다. 그 이유는 오늘날 현실의 교실을 보여주는 것이 중요하기 때문이다. 조명은 기능적으로 쓰이는 것이 중요하고 환상적, 표현주의적 조명은 사용하지 않는다.[60]

최선생은 아이들과 함께 아침 공부를 시작한다. 이 때 관객도 학생으로 보아서 관객의 반응을 자연스럽게 이끌어 낸다.

최선생 안녕하세요.(관객 반응) 오늘은 토요일인데 토요일 하면 제일 먼저 무엇이 생각나지요? 누가 말해 볼까? (최선생은 관객의 반응도 자연스럽게 받아들인다.) 그래요 토요일하면 ………이 생각나지요. 또 다른 사람이 얘기해 볼까? …… 그래요. 토요일하면 또 ………도 생각납니다. 그럼 오늘도 즐거운 놀이를 하면서 공부를 시작하기로 해요.

최선생은 "즐거운 삼총사"의 노랫말과 율동의 동작이 그려진 종이 한 장을 칠판에 붙인다. 최선생은 노래와 함께 율동을 가르쳐 준다.[61]

경미 사회 시간에 뉴스를 가지고 조별로 토론하고 나서 글쓰기를 한거예요.

유교장 뉴스를 가지도 토론을 시켰단 말이지.

---

60 〈최선생〉, 2면.(아르코예술기록원 소재)
　　〈최선생〉은 극단 연우무대(공동창작, 김석만 연출)에 의해 1990.9.15.-1990.10.21. 연우무대소극장에서 공연되었다.
61 〈최선생〉, 4면.

경미　네

유교장　아침마다 "도깨비 빤스", "돼지 부랄" 이런 노래 부른다면
　　　　서. 응 사실이냐?

아이들　(고개 끄덕끄덕)

유교장　"진달래 꽃 파는 처녀" 이런 노래도 불렀지?

아이들　……..

황주임　너희들, 진달래꽃이 어느 나라 아니 어디 국환지 아니? (사
　　　　이) 그게 이북 공산당 국화야. 샛별 초등학교 소식? 이 샛별
　　　　초등학교도 어디 있는 학곤지 알기나 해?[62]

　　최종순 교사에 대한 이야기는 전교조 결성을 앞두고 긴장이 이어
지던 시기에 기사화되었다. 1989년 5월 14일 MBC 뉴스데스크는 최종
순 교사를 "천방지축조"로 명명하고, 최종순 교사의 담임직 해제를 "젊
은 여교사"로 인한 "혼란의 소용돌이"로 사건화한다. MBC는 교사가
"어떤 고상하고 진취적인 그런 것"을 교육하지 않고 노조운동·방북으
로 대표되는 통일운동·대통령 비판 등의 "특정목적"의 교육내용을 학
생들에게 가르친다고 왜곡 보도했다.[63] 이 보도를 둘러싸고 문공부 정
책질의에서 여야 의원의 공방이 벌어지기도 했다.[64] 최종순 교사는 방
송 전 담임 자리를 박탈당했고, 같은 해 6월 5일 직위해제 당하면서 해

62　〈최선생〉, 35면.

63　〈도봉구 신방학국민학교 최종순 교사의 특수 교육 방식 고발〉, 《뉴스데스크》, MBC,
　　1989.05.14. (확인일시: 2023.09.13.) https://imnews.imbc.com/replay/1989/
　　nwdesk/article/1822132_30389.html

64　「'최종순 교사' MBC보도 싸고 공방」, 『한겨레』, 1989.05.19.

직교사가 된다. 최종순 교사가 해임당한 사건이 해결되지 않은 상황에서 연극 〈최선생〉은 사건고발극의 목적으로 제작된 것이다. "현실의 교실을 보여주"기 위해 "표현적 조명"을 배제한 것, 최종순 교사의 교육 내용에서 불온한 것으로 해석된 지점들의 오류를 사실관계 속에 지적한 것은 연극의 목적을 명시한다. 극단 연우무대의 〈최선생〉은 같은 해 서울연극제 출품을 거절당하며, 1992년 부산의 현직 교사들은 워크숍으로 동일 작품을 공연하고자 하였을 때 부산시교육청의 강한 제재를 받았다.[65] 기본적인 교사의 인권과 학생의 교육권에 대한 내용을 담은 교육민주화운동의 영역을 불온 생산체제로 의미화하였음을 여실히 드러냈다.

연극 〈최선생〉은 율동과 노래·옛이야기 새로 쓰기 등 학생의 참여와 활기를 도모하는 최교사의 새로운 수업 방식을 재연한다.[66] 교육민주화운동 과정에서 학교 교육 현장에 대한 회의가 교과별 교육방법론을 연구모임의 활성화와 같은 집단적인 새로운 교육 방법에 대한 모색으로 연결되었음은 주지의 사실이다. 정권에 의해 불온하고 천방지축한 것으로 판정되었던 최종순 교사의 수업 사례는 '전교조 교사'의 새로운 수업 방식을 대표하는 것이기도 했다. 〈최선생〉에도 삽입된 바, 당시 학교에 유포되었던 "전교조 교사 식별법"에는 생활한복·탈춤·민요·연극 등의 당대 민중문화 '운동'이 공유하던 대항문화를 학교에 도입한 교사라는 표층적인 것에서부터 "교무회의에서 원리원칙을 따지는 교사"라는 가시적인 저항성뿐 아니라 "지나치게 열심히 가르치"거

---

65 「현직교사 연극공연 막아」, 『한겨레』, 1992.9.19.
66 최종순교사탄압대책위, 『교사 최종순은 이렇게 가르쳤다』, 사계절, 1989.

나 학생들에게 "자율성, 창의성을 높이려 하는 교사"라는 상식적으로 생각할 수 있는 좋은 교사상을 불온의 시선으로 판단하는 역설적인 조항이 들어 있었다.[67] 연극 〈최선생〉에서도 재연된 새로운 수업 방식은 '강제적'인 혹은 '과도한' 숙제와 학업 부담 그리고 주입식 교육에 관한 교사의 자각에서 비롯한 것이다. 풍금 노래과 율동과 놀이를 하면서 수업을 시작하거나, 조별 토론과 자율적 글쓰기 방식을 활용하는 소통적인 교육 방식은 연극 내에서 "관객의 자연스러운 반응을 이끄는" 극적인 전략으로 전유되기도 했다.

이영미는 연극 〈최선생〉에 대한 평에서 한 해 지나 "전교조 사건의 흥분"이 가라앉은 상황에서 만들어진 전교조연극이 내용적이고 기능적인 차원에서 새로운 방향으로 개진되어야 한다고 주장했다.[68] 내용적으로 참교육의 보다 구체적인 내용으로서 "학생과 교사 간의 관계, 부모와의 관계, 전교조 조직사업과 그 향방, 과거 교육운동사"가 기능적으로는 "학생, 교사, 학부모를 위한 연극"이 분화되어야 함을 강조한다. 대구 극단 함께사는 세상의 〈해직일지(아저씨, 어 선새임예!)〉(1993)와[69] 교사 극단 징검다리의 〈김선생님 뭐하세요〉(1995)는 이와 같은 전교조 사건 이후의 시간성을 반영한 텍스트이다. 두 텍스트는 변혁기의 일원화된 연대와 긍정적인 전망 그리고 신념이 이후의 지속되는 투쟁 속에서 어떻게 다양한 행위자성이 출현하는 가운데 '참교육'에 대한 의지가 굴절되거나 갈등을 만들어 내는지를 보여준다.

앞서 1989년 공연된 일련의 교육운동극과 〈닫힌 교문을 열며〉, 그

---

67 전국교직원노동조합 기획, 앞의 책, 61면.

68 이영미, 앞의 글.

69 김재석 최재우 엮음, 『대구지역 민족극 선집-이 땅은 니캉내캉』(태학사, 1996) 수록본.

리고 〈최선생〉에 이르기까지의 극이 전교조 교사의 해직 직전까지의 상황과 이상적인 교사상을 그리는 형태였다면, 〈해직일지〉는 해직과 해직 투쟁기의 상황을 그린다. "참교육을 실천하는" 김교사는 형사에게 끌려가 전교조 탈퇴를 종용받지만 거절하고, 결국 제주 4·3을 '항쟁'이라 가르친 이유로 국가보안법위반으로 연행된다. 〈해직일지〉가 창작되고 공연된 시기는 1989년 전교조가 해직당하고 1994년 복직이 이루어지기 전의 시간으로, 자료조사와 창작에 이르기까지 해직 교사들의 실질적인 생활상과 갈등을 담아내고 있다.

> **해설자** 세월은 때로는 상처를 아물게하는 고마운 약이 되기도 하지만 때로는 우리 모두를 망각의 늪이라는 몹쓸 곳에 빠뜨리기도 합니다. 생계의 방편으로 족발집을 내신 분, 학원강사로 나가시는 분, 또 몇이서 식당을 내신 분, 그러나 교사에게 제일 즐거운 것은 학교에서 아이들을 가르치는 것이 아니겠습니까. 그럼 그날 이후 거리로 나오신 아저씨 아줌마들은 어떻게 지내고 계시는지 한번 보실까요.[70]
>
> **소리** 참교육 3년, 해직 3년 참으로 많은 일이 있었고 많은 일들이 지금 이순간에도 만들어지고 있습니다. 학교는 다시 5공으로 돌아갔고 탈퇴서의 올가미에 걸려 교육이란 이름으로 저질러진 온갖 모순들을 쓰라린 가슴으로 묵묵히 지켜볼 수밖에 없었던 우리 현장 선생님들, 우리 현장 선생님들은 어떤 모습일까요.[71]

---

70 〈해직일지〉, 김재석·최재우 엮음, 『이땅은 니캉 내캉』, 태학사, 237면.
71 〈해직일지〉, 위의 책, 250면.

〈해직일기〉는 생활극·서사적 장치·다큐멘터리적 요소 등을 활용해 해직 이후의 시간성을 '변혁기의 형식'에 머무르게 하는 것이 아니라 고발극과 심화된 성찰성의 형식으로 이끈다. 해직 이후 개별 행위자로서 교사의 직업 바깥의 삶, 생활극적 재현의 방법을 통해 생계를 위해 다른 노동을 하고, 현장에 남은 교사와 해직교사 사이의 관계를 저울질하기도 하는 모습을 그려 해직된 교사들을 정의와 신념의 주체로만 그리지 않고 그들의 상처와 모순된 감정들을 담아낸다. 또 극에서 서사적 장치는 '인사발령통지서'의 차가운 언어를 다큐멘터리적으로 삽입하여 고발극으로서 성격을 강화하거나 관중에게 말걸기를 통해 서사적 거리를 좁히는데 사용한다. 여전한, 혹은 "5공때부러" 돌아간 듯한 줄 세우는 성적우선주의와 열악한 교육환경은 교육현장에서의 평등과 자율의 꿈이 가능할 것으로 생각되었던 교육운동기의 이상과 멀어져 있다.

〈해직일지〉극 창작을 위한 해직교사 모임과의 만남에서 교사집단에서 확인 되었던 무기력과 환멸의 감정을 이해하기 위해서는 해직경험을 해직교사의 기억 연구를 통해 밝힌 손준종의 연구를 주목할 필요가 있다.[72] 손준종은 정부나 전교조의 표준화된 기록과 교사들의 기억이 반드시 일치하는 것은 아님을 밝힌 바 있다. 해직교사에게 해직의 경험은 성공이 아니라 희생으로 기억된다. 해직 사유에 대한 공식적 기록은 집단 행위 금지 위반, 명령 불복종, 품위 손상, 학습지도 부실, 국가보안법 위반 등이었지만 징계절차는 형식적인 것이었다. 손준종은

72　손준종, 「전교조 해직교사의 해직경험에 관한 기억 연구」, 『교육사회학연구』, 제 28권 1호, 2018, 66면.

해직은 "감정적으로 상당한 내적 긴장과 갈등"을 수반한 것이었으며, 가족을 동반한 협박이나 여성 교사에게 가해진 이중적 모욕에서 오는 고통 그리고 '빨갱이'라는 오명을 쓰게 된 문화적 트라우마가 강력한 것임을 밝혔다. 해직 기간은 〈해직일지〉에 그려진 것처럼, 연대의 장면과 신념의 추동으로 넘어간 부분도 있었지만, 해직교사에게 경제적이고 심리적인 위기가 되었다.

학기 누가 알아줘? 자네는 왜 교육방송으로 튀나? 그래도 요즘은 시세가 있지. 지존파가 날뛰니까. 나만 나타나면 인간성 교육이 어떻고 떠든다고.

기석 아이구, 오해 마세요. 선생질이 싫다기 보다 교육제도에 정나미 떨어져서 결심한 거니까. 이건 뭐 창의적인 수업 한 번 할 수 있나. 잡부금이나 걷고… 너무 교과내용이 많으니까 진도 나가기 바쁘고 차라리 학원 선생이 진짜 선생일지도 모른다는 생각을 했어요. 강의 시간에는 철저히 공부에 열을 쏟고… 수업 받는 학생들은 개길 생각 안하고… 똑같은 아이들이 인간 만든다는 학교에서 더 개판이구. 요즘 일 이등 하는 애들 봐요. 학교는 침실이잖아요. 출석이 내신에 걸리니까 온다는 태도 아녜요?

학기 그게 그 말이네. 자부심으로 선생질한다는 사람은 사라졌네.[73]

---

73 〈김 선생님 지금 뭐 하세요〉, 『엄인희 작품 모음 1-아동과 청소년을 위한 희곡』, 북스토리, 2002, 215면.

그리고 1995년 결성한 서울 지역 교사 극단 징검다리의 〈김선생님, 지금 뭐하세요〉(1995)는 변하지 않은 교육 현실 속에 한 교사의 녹록치 않은 삶을 다룬다.[74] 즉 〈해직일지〉와 〈김선생님 지금 뭐하세요〉는 교육개혁의 가능성에 대한 열망이 사그라들고 난 이후, 여전한 학교의 현실을 보여주면서 동시에 운동 이후 갈라진 삶의 길들 혹은 참교육을 지속한다는 것의 의미를 더 이상 확정하기 어려운 시기의 머뭇거림과 환멸을 담아내는 텍스트이다. 이 텍스트는 조직적인 차원 혹은 집단적 정동의 차원에서 세워졌던 참교육에 대한 '신념'이 어떻게 운동 이후의 시간 속에서 학생과의 관계 혹은 교사 집단 내의 입장 차에 따라 다층적인 분열과 갈등 속에 굴절되는지를 확인시킨다.

즉 당시의 교육 현장은 교사의 진심을 외면하는 학생, 공문처리 과정의 비효율성과 참교육을 실현하기 어려운 여전한 교육 현장의 구조, 그리고 "EBS행"으로 상징화된, '교사'라는 직업에 부여된 상대적으로 낮은 경제적이고 사회적인 처우에 대한 자괴감으로 그려진다. 그럼에도 이 극에서도 여전히 특별활동 사진반은 "저는요. 무너지지 않는 다리를 만들 거예요. 그리고 집 없는 사람들한테도 집을 많이 지어서 하나씩 나눠줄 거예요."(227면)와 같은 "올바른 사람"(226면)이 되는 꿈을 꾸는 공간으로 기능한다. 교사극단 징검다리는 교사와 학생이 볼 수 있는 연극을 하고자 1993년 극단을 창단하였으며, 안양문화운동연합 큰힘에서 극작을 맡았던 엄인희가 연출을 맡았다. 이처럼 "선생이란 직업은 도대체 어떤 의미가 있는가 하는 질문에 대한 꼬리를 무는 대답"으로

---

74 〈김선생님 지금 뭐하세요〉는 1995년 2월 15-21일 서울 예술극장 한마당에서 공연되었으며 현재 확인할 수 있는 대본은 엄인희 작품집인 위의 책에 수록된 대본이다.

민중과 통속

서 극은,[75] 머뭇거리며 떠나는 교사와 회한 속에 스스로를 초라하게 여기는 교사, 다시 일어서는 교사를[76] 형상화한다.

이처럼 교육운동의 질문은 교사의 교육 환경과 학생의 주체화에 대한 질문이라는 개별 행위자의 인권의 문제에서부터 산업적 근대화 프로젝트와 능력주의라는 사회의 구조적 문제에 대한 수정의 촉구라는 문제에 이르기까지 다층적이었다. 짧지만 강렬했던 전교조 결성과 국가로부터의 강력한 치안 통제를 받게 된 1989년부터 1990년대 초반에 이르는 시간적 단위에 이루어진 교육운동은 변혁적 민중운동과 인적 구성, 인식적이고 문화적인 틀의 차원에서 같은 장 위에 있었다. 하지만 바로 그 점 때문에 운동의 조직화와 수행과정에서의 민주적 합의, 노선의 결정에서는 균열을 내포하고 있기도 했다.

1995년의 시점에서 〈김선생님 뭐하세요〉에서 드러난 교육 공간의 황폐화는 구조적 모순을 뚫고 나가는 것의 어려움을 직시하게 함과 동시에 교육 행위자들의 다양한 욕망에 대한 자기-상호 검토가 본격화되어야 했음을 환기한다. 정치적 불온 시비와 공안 사건화가 표면적으로 끝난 시대에 근대적인 교육을 둘러싼 허구적 이데올로기교육에 대한 질문은 오히려 대중화되고 본격화되어야 했다.

1990년대 초, 전교조 교사 해직과 해직 투쟁으로 이어지는 다른 운동의 조건 속에서 교육이라는 현장에서 미분시킨 근대적 비인간화 과정에 대한 혁명의 구체적인 꿈은 급격히 '현실'로 명명된 자리로 돌아

---

75 엄인희, 「연출을 하면서」, 〈김선생님, 지금 뭐하세요〉(교사극단 징검다리) 공연 팜플렛, 1995.2.15.-21.(한국예술디지털아카이브, https://www.daarts.or.kr/viewer/document/1059602)(확인 일시: 2023.11.06.)

76 「작품해설」, 위의 팜플렛.

간다. 극중 교사들의 머뭇거림과 환멸의 정동은 한국사회가 4.19 이후 대중봉기와 투쟁이 장기간에 걸쳐 지속되어 '성찰의 경험'을 만들기보다 간헐적 전개 양상을 보임으로써 "혁명의 에너지와 배반되는 경험"을 하게 되었다는 한 분석을 상기시킨다. 한국 사회에서 혁명의 기억은 트라우마로 쉽게 역전이 되었다.[77] 앞서 밝힌 해직교사의 해직 경험에 대한 기억 투쟁 또한 같은 맥락에서 이해할 수 있다. 따라서 부문별 운동을 '기념'하는 문화적 양식 자체를 창안하는 문제만이 아니라 투쟁과 봉기에 얽혀 떠올랐던 질문들에 대한 지속적인 성찰이 필요했고 여전히 요청되는 것은 아닐까.[78] 그런 점에서 〈김선생님, 뭐하세요〉에서 변혁기 이후에 여전히 교육환경과 일반화되어 있는 편견 속에 중층적으로 응고되어 있었던 강고한 능력주의의 심급과 무기력한 학생들 앞에서 주인공인 김선생님이 겪었던 좌절과 고립, 그럼에도 여전히 부여잡고 있는 질문은 의미심장하다. 노동에 대한 여전한 질문이 암시하는 학력 차별과 강하게 연관되어 있던 직업에의 차별을 벗어난 평등에의 요구, 학생의 개별 인권과 역량을 존중하며 서로 성장하는 관계가 된다는 교육이란 무엇인가에 대한 본질적인 질문을 여전히 가지고 있는 교육주체의 잔여적 형상을 보여주기 때문이다.

---

77 편집위원회(심광현 대표집필), 「세대의 정치학과 한국현대사의 재해석」, 『문화과학』 제62집, 문화과학사, 2010, 25면.

78 손준종이 해직교사에 대한 기억 연구를 통해 밝혔듯, 조직운동에서 구성원 내부의 관심과 조직의 이해는 늘 일치하는 것이 아니다. 전교조 운동은 전교협 활동 당시부터 정치적 투쟁과 교육적 투쟁 사이에서 당파적인 갈등이 내재되어 있었다. 변혁기에 잠재되어 있지만 가시화되지 못했던, 노선 간 갈등·조직의 결정과 개인 행위자 간의 시각차와 업무 분담 및 개인이 감당해야 하는 희생의 몫 등에 대한 기억 투쟁 또한 주요한 논점이 된다.

교육운동 연극과 영화의 정치가 의미하는 것

이 장에서는 1980년대 중후반 한국의 교육운동과 맞물려 창작된 극들을 통시적으로 조명함으로써 변혁기의 문화적 형식과 이 시기 떠오른 교육에 대한 질문을 추적하고자 했다. 1980년대 중반 경쟁식 교육 환경 속에서 연달아 일어났던 학생들의 자살에 관한 깊은 정서적 동요와 진정한 '교육'에 대한 교육 현장의 질문들은 한국 사회의 변혁기와 맞물려 1989년 전교조 결성이라는 굴곡점을 만들어냈다. 교사운동으로 부각되었지만 기실 이 흐름은 민중운동의 흐름과 접합되어 있었고, 당사자인 학생·학부모의 연대와 대중적인 호응 속에 떠올랐다. 앞서 살펴본 교육운동극은 지식인 및 (대)학생운동 그리고 1980년대 후반의 노동운동과 접합되어 있었던 맥락 위에서 출현했다.

학생들의 연이은 자살과 관련하여 교육민주화운동의 집회성·민중민족문화운동의 맥락 속에 창작춤판 〈행복은 성적순이 아니잖아요〉(1987.12)가, 교육문제의 심각성을 대하는 대중의 자각·청소년 관객층의 관객성·도시 중산층의 문화의 맥락 속 동명의 영화(1989)가 창작되었다. 〈선새앰요〉(1989), 〈마지막 수업〉(1989), 〈선생님 힘내세요〉(1989)에서는 1987년 6월 항쟁 이후 1989년 전교조 결성에 이르는 변혁운동기, 교육 현실을 바꾸는 주체로서 교사의 행위자성·교육하기라는 노동의 조건에 대한 성찰·실제 교육현장에서 마주하는 주체들의 미숙성이 만들어내는 갈등과 혼란들 그리고 교육 현장이란 무엇을 배우고 가르치는 곳인가에 대한 대안적 성찰과 질문이 구체화 된다 〈해직일지〉(1992)는 해직 이후의 시간성을 '변혁기의 형식'에 머무르게 하는 것이 아니라 고발극과 심화된 성찰성의 형식으로 담아내고, 〈김선생님, 지금 뭐하세요〉(1995)는 교육개혁의 가능성에 대한 열망이 사그라들고 난 이후, 여전한 학교의 현실을 보여주면서 동시에 운동 이후 갈라진 삶의 길들 혹은 참교육을 지속한다는 것의 의미를 더 이상 확정하기 어려운 시기의 머뭇거림과 환멸을 담아냈다.

〈마지막 수업〉의 진교사가 말하였듯, 변혁기 교육운동은 "실제로는 아무것도 못하면서", "세상이 조금 달라졌다고 큰 소리 한 번 쳐본", "소리만 질러대는" 일이었을 수 있다. 하지만 해당 시기 교육운동 극에는 "아이들이 보여주는 그런 모습"을 교육적이라는 이름 아래 계도적인 시선과 폭력으로 다스리거나 단순하게 개인의 몫으로 돌리지 않는 개입의 순간들이 생생하게 담겨 있다. 또 교육 현장의 문제가 단지 교육계의 문제가 아니라 불온의 사상체제로 가능한 질문들을 굴절시키고, 강력한 발전주의 이데올로기가 작동되던 "우리가 사는 세상"(〈마지막 수업〉)의 구조적 취약성과 연결하는 사고가 반영되어 있다.

이 시기 교사들의 노조 운동으로서의 집단 행동과 학생운동에서 파생된 반체제 민중운동의 문화적 기호들에 의해 정치적인 것이자 불온한 것으로 판단되었다. 하지만 여러 교육운동의 맥락에서 제출되었던 연극 및 영화에서 제기된 '정치적인 것'은, 공교육에서 공유해야 할 교과의 내용과 교육의 방법·사회의 직업적이고 문화적인 위계·개인의 역량·놀이와 공부의 본질·좋은 사회와 행복한 삶에 대한 사회적 합의에 있어서의 몫과 의견들의 질문과 조율 과정이라는 한국의 근대화 교육에 대한 질문과 모색에 있었다. 이 점은 30여 년이 지나 더욱 강고해진 '능력주의' 교육환경과 여러 방식으로 출몰하는 교육 현장의 비극들에 대한 성찰과 적극적으로 연결되어야 한다.

제2장
민달팽이와 신명, 흥성거림

—

1980년대 한국 연극·영화에 나타난 주거권 운동의 문화적 형상

1980년대 주거권 운동과 문화운동

한국 사회에서 집은 어떤 의미를 지니는가. 조문영이 지적하였듯, 2020년 이래 팬데믹과 기후 위기의 각종 경고를 경유하며 대가를 지불하지 않고 사용하여 온 비인간 자연과의 연결성과 그 존재성에 대한 전환적 사유가 필요한 시기가 되었음에도 불구하고 한국 공론장의 중심에 있었던 것은 "공정과 부동산"이었다.(조문영, 2023) "부동산·주식 '영끌'과 '빚투', 집값 등락"은 집과 주거에 관한 현실적인 인식 지평을 현시한다. 주거할 수 있는 공간에 대한 극단적인 교환 가치화와 부의 편중, 대중의 금융화가 통념이 되어버린 시대에 재점유해야 하는 주거의 가치와 조건은 무엇일까.

한국 현대사에서 주거의 문제가 사회문제화 되어 투쟁과 대항 서사의 한 국면으로 두드러지게 부각 되었던 순간은 1970~80년대 서울 도시개발의 시기일 것이다. 판자촌 철거와 도시개발의 시간으로부터 40여 년이 지난 지금 여전히 "대한민국 철거민들의 시간과 공간은 박제"되어 있다는(이원호, 2018) 점, 그리고 이 시기의 사회운동이 통치 권

력에 대한 도덕적 우위성을 인정받으며 대중화될 수 있었던 특수성을 고려할 필요가 있다. 개발연대기 부의 축적과 빈곤의 역학, 도시개발과 철거 문제를 다룬『난장이가 쏘아올린 작은 공』(1975~1978), 1970년대 박태순, 조해일의 소설, 1980년대 도시하층민소설이 판자촌 주민과 철거민의 난민화 과정과 투쟁의 의미를 다룬 연구가 이루어진 바 있다.[1]

〈상계동 올림픽〉(1988)은 1988년 서울올림픽이라는 스포츠 국가행사의 이면에서 이루어진 도시개발과 정화사업의 폭력성을 드러낸 다큐멘터리로 잘 알려져 있다. 〈상계동 올림픽〉은 감독 김동원과 이후의 다큐멘터리 운동과 연결되기도 하지만, 무엇보다 1970년대 후반부터 시작된, 철거민들의 이야기를 가시화하고자 한 대학 문화운동 집단과 철거 반대 운동 및 종교계의 빈민운동의 연대 그리고 그 속에서 만들어졌던 일련의 문화적 생산물들과 같은 맥락에 위치 지을 수 있다. 1977년 광주 운림동 덕산골에서 일어났던 박흥숙 사건에 대한 구명운동을 목적으로 공연되었던 〈덕산골 이야기〉(1978), 1980년대 대학 운동의 대중운동으로의 확산 과정에서 철거민 연대 투쟁의 활성화, 〈상계동 올림픽〉(1988)에 이르기까지는 하나의 시퀀스로 파악된다.

1　김예림, 「빈민의 생계윤리 혹은 탁월성에 관하여」, 『한국학연구』 제36집, 2015.; 안화영, 「[추천석사논문] 1980년대 도시하층민소설 연구-'내부의 난민'형상과 '난민-시민'을 향한 상상을 중심으로」, 『상허학보』 제66집, 2022.; 정주아, 「개발독재 시대의 윤리와 부: 광주대단지사건의 텍스트들과 '이웃사랑'의 문제」, 『민족문학사연구』 제61집, 2016.; 정주아, 「조세희의 '은강'연작과 1970년대 한국의 산업선교-『난장이가 쏘아올린 작은 공』, 「천사의 달」을 중심으로」, 『한국현대소설연구』 제92집, 한국현대소설학회, 2023.

작품	장르	창작 주체·출처	공연 및 상영	관련 사건 및 지역
〈덕산골 이야기〉(1978)	연극	극단 한두레	1978.3/ 서울 76 소극장	광주 박흥숙 구명운동
〈한 줌의 흙〉(1979)	연극	극단 연우무대	1979.10.17.~ 18/서울 삼일로 창고극장	광주 박흥숙 사건 고발
〈민달팽이〉(1983)	연극	극단 연우무대	1982.3.30.~ 4.12/ 문예회관 소극장	거주권
〈집을 짓세〉(1982)	생활극	야학 차돌멩이 졸업생	1982.2.	거주권
〈어디로 갈꺼나〉(1984)	생활극	한국 민중교육연구소	-	이주와 서울의 주거 문제
〈떠 다니냐?〉 (1984)	생활극	한국 민중교육연구소	-	이주와 서울의 주거 문제
〈0번지〉(1988)	대학 연극	숙명여자대학교 경제학과 연극반	1986.9.10., 11/ 숙명여자대학 교 숙연당	목동 철거
〈달동네 사람들〉(1988)	현장 사례극	민족극패 울력	1989.6.2.~4/ 서울 삼일로 창고극장	사당 2동 철거
〈벼랑에 선 도시 빈민〉(1990)	다큐	김동원	-	상계동 철거
〈상계동 올림픽〉(1988)	다큐	김동원	-	상계동 철거

위의 텍스트들은 일정한 운동적 목적과 맥락 속에서 창작되고 공연되었다. 텍스트별로 마주한 시기적 조건과 전문 창작인의 개입의 정도가 상이함에도 당대 운동의 인식적 지평과 현장의 목소리가 교차한다는 점에서 공통된다. '민중 봉기'로의 의미화가 강조되는가, 통치성에 대한 풍자가 두드러지는가, 특정한 철거 사건에 대한 고발을 목적으로 하는가, 이주의 비극적 정동 혹은 노조운동의 집단적 정동을 강조하는가 등의 차이를 그 예로 들 수 있다. 따라서 이 장에서는 상계동 철거민 투쟁을 다룬 상징적인 다큐멘터리인 〈상계동 올림픽〉(1988)을 그 전후에 철거민 연대 투쟁과 연동되어 창작되었던 연극·노래·탈춤 등의 일련의 연행과 함께 위치 짓고, 주거 정의에 대한 당대의 탐색과 고민의 과정과 미학적 변이를 살펴본다.

박흥숙 구명 운동, 다각적 극적 표현, 집 짓는 자의 형상
― 〈덕산골 이야기〉(1978), 〈한 줌의 흙〉(1979),
〈민 달팽이〉(1980)

〈덕산골 이야기〉(1978)는 광주 덕산골 철거 현장에서 일어났던 박흥숙 사건과 구명운동을 목적으로 창작되었다. 주지하듯 박흥숙 사건은 언론에 의해 사이비 종교 집단의 괴력의 남자가 부린 난동으로 왜곡 보도되었고, 이에 반발하여 사건의 정황을 조사해 작성한 르포가 김현장의 이름으로 1977년 4월 《대화》에 실렸다.[2] 한재섭은 이 르포의 작성이 1970년대 말 전남대학교와 조선대학교 문화패와 광주 YMCA 기독교

---

2   〈무등산 타잔과 인간 박흥숙〉, 《월간 대화》, 1977년 8월호.

민중과 통속

계 등 광주 지역 문화운동의 일원의 인적 네트워크 속에 공동 작업으로 이루어진 것임을 밝힌 바 있다.[3] 르포가 박흥숙 사건에 대한 대리언론으로서 하였듯이, 1978년 2월 한두레에 의해 공연된 연극 〈덕산골 이야기〉 또한 대리언론과 고발의 도구로서 연극을 사용하며 시의적인 사건을 연행의 형식으로 만들었던 맥락 속에 위치한다. 실제 공연에서, 공연 직후 시위로 이어가려 한 시도는 이루어지지 못했고 공연을 본 황석영은 "소리만 질러 댄다"며 평하기도 했다.[4] 그럼에도 이 텍스트는 박흥순의 형이 결정된 이듬해 1979년도에 극단 연우무대의 창작연구발표 〈한 줌의 흙〉으로, 1982년 문예회관 소극장에서 극단 연우무대의 9 정기공연 〈민달팽이〉(1982)로 화소와 표현 양식을 일부 전달하며 변용되어 공연되었다. 박흥순 사건이 거주지를 떠나 유민화된 삶·계급모순·행정적 모순을 잘 드러내 보여주고, 또 광주대단지 사건에서부터 연결되는 민중 봉기의 상상력과 연결되는 측면이 있었기 때문이었다.

---

3 한재섭은 추후 광주전남 최초 여성민주단체인 송백회(1978년 12월 창립)에서 중심적인 역할을 담당했던 임영희를 비롯 김은경, 김상집 등과 함께 박흥숙 사건에 대한 현지조사와 르포 작성이 이루어졌고, 이것이 김현장의 이름으로 《대화》에 실린 것임을 밝힌 바 있다. 이 논문은 극단 '광대'에 초점화되어 있었던 이 시기 광주문화운동 활동을 구술 인터뷰와 기존의 자료를 기반으로 문화패 송백회와 갈릴리, YMCA 활동 등 구체적인 인적 구성과 실제적인 활동 내역으로 다각화하여 제시한다. 또 1970년대 말 문화패로 활동하던 이들은 1980년 항쟁기간 문화선전대로 참여하고 이후에 수배, 도피, 구속 등을 거친 후 광주문화운동의 재건에 참여했다. 한재섭, 「광주문화운동 초기 형성과정 연구: 〈님을 위한 행진곡〉을 중심으로」, 『민주주의와 인권』제24권, 5.18연구소, 2024, 114면.

4 「박우섭 구술채록문」, 이영미 편저, 『구술로 만나는 마당극①』, 고려대학교민족문화연구원, 2011, 372면.

무당   (전략)

걱정마라 걱정마라

한나라 한백성에 어진 귀신 뉘시며

악독한 귀신이 누구신지 모르는 인간이 어딨더냐.

걱정마라 너희 정성 들어놓고 곰곰이 생각할 제

사장족과 노동귀족 메뚜기도 한철이라.

지까짓 게 욕심내면 얼마나 낼 것이며

살아보면 얼마나 살 것이냐.

어용노조 노동귀족 욕심많은 사장족들

내 대신이 그냥 놓고 보겠느냐.

이리 몰고 저리 벗겨 알몸으로 낱낱이 들어낼 제

얼렁뚱땅 빼앗아간 특근수당 토해내고

은근슬쩍 먹어치운 시간수당 챙겨내고

슬렁슬렁 집어삼킨 밀린 임금 돌려내고

배짱 튕겨 침묵하는 임금착취 못하도록

노동자들 힘을 모아 자기 권익 되찾을 제

도와주실 전태일님 아니시냐.

(춤을 춘다)

흥숙   저는 지난 4월 무등산에서 사람을 셋씩이나 죽인 살인잡니다. 이젠 자수하여 벌을 받고 있는 마당에 제 개인적인 원망은 없으나 이대로 죽는다면 덕산골 주민은 물론 이 나라 서민네들의 말로 다 못할 한을 무얼로 풀지. 고향에서도 쫓겨나고 도시 주변에서 품팔이, 막노동, 뜨내기 장사로 연명하다 못해 길거리에서 동냥질에 심지어 도둑질, 강도질까지

하는 이들은 없는지. 이 추운 겨울 어느 거리서 얼어죽지는 않는지. 우리 덕산골 주민을 지켜주던 무등산 산신령께 빕니다.[5]

〈덕산골 이야기〉는 소원풀이를 할 사람들인 남자노동자, 여자노동자, 박흥숙의 대사와와 무당의 소원풀으로 구성된 '굿'으로 시작한다.[6] 1970년대 말은 문화운동권이 "노조 쪽이나 노동운동에 가서 거기 하고 같이 뭐를 하는 분위기가 굉장히 고조되어 있는 상황"이었다.[7] 이 시기 서울 지역 연극반 및 탈춤반을 중심으로 한 문화패 소속 일원들이 노동조합 운동에 대한 지원과 농촌 순회 활동을 진행하게 되며, 〈덕산골 이야기〉의 창작과 공연을 담당한 박우섭과 김봉준은 같은 시기 〈농촌마을 탈춤〉(1977, 1978, 1979), 〈동일방직 문제를 해결하라〉(1978), 〈공장의 불빛〉(1978)의 창작 및 공연에 함께 하기도 했다. 무당이 남자 노동자와 여자 노동자, 그리고 박흥숙의 억울한 사연을 들어주는 신으로 '전태일 님'을 청한 것은 이와 같은 맥락에서 이루어진 것이다.

연극의 첫째마당은 기자들이 박흥숙 사건을 '무당골', '흉기와 낫'을 중심으로 왜곡시켜 특종화 하는 과정을 우스꽝스럽게 보여준 후, 기독교계 원로인 '박목사님', '주부', '지게꾼'을 인터뷰하는 내용으로 구성되었다. 둘째 마당은 해설자가 나와 박흥숙 사건이 언론에 의해 매도

---

5 〈덕산골 이야기〉, 채희완·임진택 편, 『한국의 민중극』, 창작과비평사, 1985, 244면.

6 〈덕산골 이야기〉는 '한두레'가 1978년 2월 서울 76소극장에서 대본검열을 받지 않은 비정기공연의 형태로 공연하였다.

7 「박우섭 구술채록문」, 『구술로 만나는 마당극①』, 고려대학교민족문화연구원, 2011, 374면.

되는 상황을 비판하며 "우리 시대의 잘못이, 우리 사회의 죄악이 착하고 아름다운 한 젊은이를 어떻게 죽여가고 있는가 하는 것"을 보여주겠다는 극중극의 시작을 알린다. 둘째마당은 사건이 일어나기 전의 전사로서 박흥숙과 그의 어머니, 여동생의 빈한한 농촌의 소작 생활이 아버지의 죽음 이후 더욱 어려워지는 상황을 도시에서 온 '유한마담'들에 대한 풍자 속에 드러내고 세 사람이 각각 흩어져 일을 하다가 흥숙이 마련한 토방에 모이는 과정을 극화했다. 셋째 마당은 사건이 일어나게 된 날의 배경으로서 행정적 상황을 구청장, 김과장, 오계장, 이서기 간의 대화와 빈한한 중에 이어가는 박흥숙 가정의 일상을 각각 보여주고, 박흥숙이 사건이 일어난 상황을 보여준다. 넷째 마당은 '박흥숙 사건의 2심 공판'이 끝난 이후 검사와 시장이 칵테일 파티를 여는 중 "쿵쿵"하는 소리와 함께 판자촌민들의 피켓 시위가 이루어지고 그 웅성거림이 잦아들 때 박흥숙의 최후진술이 이루어지며 막이 내린다. 즉 연극은 르포에 담긴 박흥숙의 생애사와 일기 등을 참조하여 극을 구성하되 도시의 자본이 농촌 지역을 수탈하는 구조적 모순을 보여줄 수 있는 '유한마담' 거리와 언론 및 행정 당국의 행정기계의 면모와 몰이해성을 전형화시킨 '기자' 거리 등을 추가했다. 또 판자촌민의 시위와 연결지음으로써 박흥숙 개인의 범죄성을 부각하는 것이 아닌 구조적 모순과 잠재된 민중 봉기의 차원으로 연결한다.

〈덕산골 이야기〉는 지배층과 피지배층이라는 이분법적 구도와 고통받는 민중이라는 전형화된 민중 형상과 정동이 오롯이 드러난 극 텍스트이다. 박흥숙은 "착하고 아름다운 한 청년"(252면)이고 이 연극의 해설자와 그가 말을 건네는 관객 모두는 "이 사건의 공범자"로(252면) 명명된다. 그럼에도 풍자와 희화화·3중창 코러스·해설자를 통한 전환과 반주와 시낭송·극중 장소의 놀이적 전환·편지·일기 등 낭송 장치와 같이 극 안에 풍자적 웃음과 감정적 전이를 일으키는 장치들을 다채롭게 활용함이 특징적이다. 박흥숙 사건을 사이비 종교 집단 사건으로 왜곡하려는 언론과 도시개발이라는 명목하에 이루어지는 통치의 가학성을 드러내는 행정인과 사법인을 풍자의 대상으로 삼는 한편 김지하의 〈황톳길〉 시가 낭송되는 가운데 박흥숙과 모녀가 각각 흩어져 생활하는 모습을 보여주어 가난한 소농, 도시 유민으로서의 삶을 전형화하여 보여줄 수 있는 극적 전략들을 채택한 것이다.

그림 연극 〈민달팽이〉 팜플렛(출처: 한국예술디지털아카이브)

민달팽이와 집없는 사람들. 이 두 가지 묘한 비유를 놓고서 우리들은 오랫동안 입씨름을 해왔다.

그것은 민달팽이가 초목의 잎이나 채서류의 줄기를 갉아먹는 해충이기 때문이었다. 그래서 우리들은 해충이라는 부분을 삭제하고 민달팽이가 집이 없다는 부분만을 강조하기로 입을 모았으나 우리는 다시 곰곰이 생각한 결과 구태여 그럴 필요가 없다는 결론을 내렸다.

민달팽이가 해충 대접을 받듯이 집없이 떠돌아 다니는 사람들 역시 해충의 대접밖에 받지 못하고 있지 않은가? 그들이 사는 집을 불결하고 더럽고 지저분하고 보기에 따라서는 도시의 아름다움을 해친다고 해서 철거의 대상이 되고, 날품팔이, 행상, 창녀, 술집종업원 이런 직업을 전전하는 그들의 삶은 폭력과 범죄의 단속 대상이 되고 있지 않은가? 이런 점에서 볼 때 그들이 이 사회에서 해충 대접을 받고 있다고 단언해도 그다지 심한 말이 되지는 않을 듯하다.

(중략)

그러면서도 한편으로 우리는 심각한 갈등에 빠졌다. 그런대로 허가받은 집에서 살고, 또 그중에서는 아파트에 살기도 하는-비록 전세일망정-우리들이 집없는 사람들의 얘기를 그들의 감정을 잘 표현할 수 있을까?

-김수동, 「연출의 말」, 연극 〈민달팽이〉
팜플렛(문예회관 소극장, 1982.3.30.~4.12)

〈덕산골 이야기〉를 저본으로 하여 재판놀이적인 요소를 강화하여 이듬해 공연한 〈한 줌의 흙〉은 재판정 내에서 당시의 상황을 극중극으로 재연하는 것으로 구성에 변화를 주었다. 이 과정에서 철거반원과 부인의 대화 장면이 삽입되어 임시직 수준의 노동 환경에서 일해 가던 철거반원과 그 가정의 사정을 보여주기도 했다. 그리고 실제 상황과 연극, 실제 삶에서의 역할과 연기하기 간의 메타적 성찰을 대사에 반영하기도 했다. 또 무등산 중턱의 판자촌이 철거된 것의 직접적인 요인이었던, 전국체전을 앞둔 도시 환경미화정책을 고발했다. 마지막 장면에서는 "이 사회가 갖고 있는 모순점"과 "도덕성의 문제점"을 강조하는 변호사의 언어와 "사실과 법의 정신"에 입각해 "형평한 처벌"을 내린다는 검사의 언어를 대치시킨다.[8] 1982년에 공연된 〈민달팽이〉의 경우 1980년대 본격화된 도시개발의 전사를 밝히며 극을 시작한다. 〈민달팽이〉는 농촌 땅을 관리하는 도시인의 서사와 행정 관료 서사를 공유하고 있지만 개작 과정을 거쳤던 앞의 두 텍스트에 비해 대사 언어의 비중이 줄고 춤·노래·장단 등을 통해 농촌에서 도시로의 유입을 과정을 보여줄 때 그 표현을 전형화시키고 처량함의 정동을 강화한다는 점에서 차별화된다. 철거의 현장을 "갑자기 장단이 꽝하는 소리", ""부셔"하는 소리"에 배우들이 "놀란 듯 도망치는 반응하는 춤"을 추는 것으로 형상화한 것이 대표적이다.[9]

극단 연우무대에게 1980년 5월 광주항쟁 직후의 시간은 민에 대한 거리의 인식과 재현의 강박이 상존했던 시기였다.[10] 〈민달팽이〉는 이철용의 르포소설을 각색하여 공연한 연극 〈어둠의 자식들〉과 주민생존권의 문제를 공해 문제와 신식민주의적 개발주의에 대한 비판과 연동했던 공해풀이 마당굿 〈나의 살던 고향은〉의 사이에 위치한 연극이었다. 한 평론가는 이 연극을 "의식"을, "서민들의 선량함만 강조"하고 "불우한 처지를 나타내는 극단적인 사례들만 열거"하는 연극으로 평하기도 했다.[11] 그의 평대로 "서민들의 실황을 과학적으로 파혜쳐 현실 고발적

---

8 〈한 줌의 흙〉, 민족극연구회 편, 『민족극 대본선 1; 전문연행집단 편』, 풀빛, 1988, 41~43면.

9 〈민달팽이〉(이영미 소장본), 14면.

10 박상은, 박상은, 「한국 연행예술운동의 현장성 연구」, 서울대학교 국어국어국문학과 박사학위 논문, 2020, 3장 참조.

11 정진수, 「지나친 연극의식 강조-연우무대의 「민달팽이」를 보고」, 『동아일보』, 1982.4.6.

차원으로" 가져가는 작업이 철거민의 고통에 대한 상투적인 접근을 피해 가는 길이었을 수 있다. 그러나 상존했던 대본검열과 공연금지 제도 속에 연극은 "육성을 지닌 공감대의 확대와 강한 선동성"으로 통제가 엄격한 분야였음을[12] 생각한다면 유효하지 않은 평이었다. 비단 정치권력의 폭력성뿐 아니라 군대에 대한 부정적인 이미지·사회 분위기의 희화화·한국 현실의 어두운 묘사·사회 비리의 우화적 풍자·사회에 팽배한 물신주의 등은 공연금지의 이유가 되었다.[13] 그렇다면 무대에서 그릴 수 있는 '현실'이란 무엇이 될 수 있었을까. 이에 〈덕산골 이야기〉의 문제의식을 이어가며 도시미관을 해친다는 점에서 해충 취급을 당하고 집이 없는 자의 상징으로 '민달팽이'를 발견하고, 낙인과 치안의 정당성을 질문한 것, 서발턴과 자신의 차이를 자각하고 재현의 가능성과 윤리를 고민했던 거친 단면은 "의식"과 "예술적 재능의 창작물"을 분리해서 사유했던 당대 예술의 말끔한 비정치성의 한계를 벗어난 정직한 모색으로 평가할 수 있다. 그리고 문화패 일원들은 극단 연우무대를 매개로 기성연극계와 활동을 이어가며 도시빈민선교회, 야학 활동 등을 통해 농촌에서 도시로의 이주와 그 과정에서 도시빈민화되고, 빈곤과 주거의 곤란은 겪어야 했던 공통적인 목소리를 듣는 과정에서 '생활극'이라 칭해진 〈집을 짓세〉(1982), 〈어디로 갈꺼나〉(1984), 〈떠 다니냐〉

---

12 임헌영, 「막을 올리자! 사실을 알리기 위하여…70·80년대 공연금지 희곡선집 발간에 부쳐」, 『70·80년대 공연금지 희곡선집』, 황토, 1990, 9면. 1987년 6월 항쟁 이후 '유신 이후 공연금지가 되었던 희곡 모음집'이라는 부제로 1988년 『70·80년대 공연희곡집』이 나온 바 있고, 1990년 2권이 출간되었다.

13 임헌영, 위의 글, 10면.

(1984)가 창작에 개입하는 것으로 활동의 저변을 이동했다.[14]

1974년 12월 31일

고요한 적막 속에 새로운 생명 하나가 꿈틀거린다. 이제 괴롭고 어둡던 갑인년은 나에게 많은 시련을 안겨주고 영원히 사라져갔다. 젊어 고생은 사서도 한다지만 어둡고 쓸쓸했고 고독했던 12개월 모두가 무정했고 한편 보람 있는 시간들이었다. 나는 울었고, 쓰러져서 울었고, 다시 일어났다. 그리고 조그마한 결실을 얻었다. **나도 내 집을 짓기 시작했다.** 먹고 싶은 것 제대로 먹지 못하고 손이 부르터 피가 흘렀으나 약이 없어 바르질 못했다. 아득네의 후원으로 어느 정도 일을 끝냈다. **조그맣고 보잘 것 없는 집**이었으나 어머님을 기쁘게 해드릴 수 있는 유일한 것이었다. 도와준 사람들에게 감사를 드리며 이 집을 어머님에게 바쳤다.

---

14 이 시기 대표적인 연행 텍스트로 〈연희연구자료 10-어디로 갈꺼나〉와 〈연희연구자료 14-떠다니냐〉를 들 수 있다. 이 작품들은 허병섭 목사가 소장으로 있던 한국기독교 민중교육연구소에서 1984년에 발행했던 연희연구자료 시리즈의 일환으로 발간되었다.(자료 출처: 민주화운동기념사업회 오픈 아카이브) 공연의 정확한 공연 연도와 장소는 아직 밝혀지지 않았다. 당시 문화패 일원 내의 한국기독교 민중교육연구소 및 민중문화운동협의회 그리고 현장문화운동과 관련한 활동과 이동의 궤적을 추적하여 후속 연구를 통해 보완되어야 할 부분이다. 민중교육연구소 활동과 관련해서는 김봉준의 자기기록 참조.(김봉준, 「"흥을 모두 포괄하는 '신명'이야말로 아름다움의 본성이다」, 『프레시안』, 2021.9.13., https://www.pressian.com/pages/articles/2021091015492790731)
또 '치돌멩이' 야학 졸업생들이 야학 졸업 4년 후 모여서 1982년 2월 생활극으로 만들어진 연극인 〈집을 짓세-연극 만들기〉 또한 같은 맥락과 인적 구성 속에 조명되어야 할 연행 텍스트이다. 대본과 준비 과정 및 공연 당시의 이야기를 담은 글인 「집단 창작 작업 내용」이 『우리 세대의 문학 2-우리가 있어야 할 자리를 찾아』(문학과지성사, 1983)에 수록되어 있다.

*뽕짝장단이 들리고 집을 짓다 쓰러진 흥숙이가 어머니를 부르면서 힘없이 쓰러진다. 세 번재 부르는 소리를 들은 듯 흥숙 어머니 한쪽 모퉁이에서 일어나 흥숙을 부르고, 동생도 오빠와 어머니를 번갈아 부르며 좌우로 찾다가, 크게 원을 그리며 서로 찾아 헤맨다. 이때 백코러스로 악사들이 '무정천리'를 부른다. 노래가 계속 불려지고 흥숙, 어머니, 정자는 서로 빙빙 돌며 찾는 속도가 빨라진다. 결국 울음과 절규 비슷한 목소리로 외치기도 하고 울음 섞인 기쁨의 소리로 번갈아 부르기도 하다가 판 가운데에서 만나 셋이 끌어안고 운다.

흥숙　어머니 이제 우리 다시는 헤어지지 말아요. 우리 한솥밥 먹고 오순도순 같이 살아요. 자, 보세요. 제가 어머님께 드리려고 지은 집이에요.

　*흥숙, 어머니를 일으켜 집을 구경시킨다. 이때 **덧뵈기장단**이 작게 들리며 흥숙이 어머니와 동생을 데리고 **자기가 파놓은 우물, 텃밭, 시금치 등을 장단을 타면서 구경시킨다.** 그러다가 무대 중앙에 나와 장단에 맞추어 춤을 추고는 집 안으로 퇴장한다.(강조-인용자 주)[15]

　배우들 노래를 부르며 춤을 춘다.
　노래가 끝날 무렵 조명이 밝아지면 배우들 흰천을 펼쳐 집을 만드는 동작을 하며 밝고 **힘찬 목소리로 집짓기 노래를 부른다.**

15　〈덕산골 이야기〉, 260~261면.

노래 집이요   내집이요 집이요   내집이요
집을지어 집을지어 집을지어 집을지어
땅은내땅 아니지만 비까번쩍 솟을대문
저하늘은 내것이요 아무것도 부럽잖소
팔뚝으로 석가래요 팔뚝으로 대문세워.
몸뚱이로 지붕이다 몸뚱이가 주춧돌이다.

(강조-인용자 주)[16]

아울러 주거권과 관련한 초기 문제의식을 보여주는 이 극 텍스트들은 철거로 쫓겨난 이들의 비통함만 담아낸 것이 아니라 집을 짓는 자들의 문화적 형상을 남겼다. 〈덕산골 이야기〉에 담겼듯이 박흥숙은 어머니와 여동생과 모여 살기 위해 직접 무등산 산 중턱에 토굴을 파서 거주 공간을 만들었다. 또 장단과 간단한 동작을 통해 흥숙이 만든 생활의 흔적들을 소개하게 한다. 〈민달팽이〉에도 농촌에서 도시로 이주한 가난한 유민이 집을 짓는 장면을 '집짓기 노래'를 하며 흰 천을 펼치는 소박한 표현의 방법을 통해 형상화했다. 〈덕산골 이야기〉에서 박흥숙이 뿔뿔히 흩어진 어머니와 여동생을 위해 집을 지은 후 그들과 결합하는 장면은 여지없이 신파적이며 강력한 가족주의의 형상을 드러낸다.

그럼에도 상품성을 집이 갖는 우선적인 가치로 여기며 규격화하여 지어진 집에 대다수가 살아가는 현재의 시점에서 이 유민화 된 민중의 형상은 화두를 남긴다. 농(農) 생활과 도시 생활의 경계에서의 호모 파베르(Homo faber)의 역동이 담겨 있기 때문이다. 리처드 세넷이 말한 바,

---

16 〈민달팽이〉(이영미 소장본), 1982, 8면.

도시의 호모 파베르는 최소한의 비용으로 소규모 주택을 개조하거나 거리에 나무를 심는 것, 노인이 앉을 수 있는 의자를 놓는 것과 같은 일을 통해 명예를 얻는다. 세넷은 이를 "소박한 만들기의 윤리"로 명명한다. 또 그는 버나드 루도프스키를 인용하며 장소 만들기에는 의식적 예술성이 필요 없음을, 거주함으로써 장소 만들기가 유발된다는 사실을, 거주민의 정체성과 거주양식과 물리적 환경 사이의 깊은 관계를 강조한다.[17] 물론 도시 유민이 된 박흥숙과 산 중턱에 만든 토굴과 철거촌에서 쫓겨난 유민이 임시로 세운 천막을 낭만화해서는 안 되지만 이들이 누구보다 자치적으로 자신이 살아갈 삶의 물적 조건을 생성했던 역량 있는 이들이었음에 주목할 필요가 있겠다. 극소화된 거주 공간 규모와 열악한 생활환경 속에 살았지만, 이들이 분노하며 일어선 이유는 자신들이 온 신체와 마음을 써서 일궈 놓은 생활의 시간성에 대한 박탈감에 있었다.

1980년대 중반 철거민운동, 하방(下放)의 에토스, 빈자의 문화 형식—연극 〈0번지〉(1988), 다큐멘터리 〈상계동 올림픽〉(1988), 연극 〈달동네 사람들〉(1989)

사회공개기구운동은 때마침 터져나오는 노동대중의 생존권 투쟁도 지원하였다. 블랙리스트대책위를 통한 해고노동자의 복직운동과 청계피복노조 합법성에 관한 15개 노동 민주 청년 단체의 공개토론회를 통한 그 합법성 확인은 노동운동의 활성화뿐만 아니라

---

17 리처드 세넷, 김병화 역, 『짓기와 거주하기』, 김영사, 2020, 26~27면.

민중과 통속

학생운동과 기구운동 자체에도 영향을 주었다.

기층민중의 조직역량과 기구운동의 연대 운동방식의 전형적 시도였다고 볼 수 있다. 이와 대비해 볼 수 있는 것이 전국택시기사 파업시위와 철거민 문제였다. 모금운동, 자료집발간, 전단활동 등으로 지원활동을 해 나갔지만, 기층민중의 조직역량이 지속적으로 전개되지 않는 한 그 지원활동은 일정한 한계에 부딪칠 수밖에 없었다는 것을 보여주었다.(《민주화의 길》제 6호, 1984)

그림 〈살 땅마저 빼앗길 수는 없다(신정·목동 철거문제 자료모음)〉,
민주화운동청년연합 한국교회사회선교협의회
(민주화운동자료관추진위원회, 민주화운동기념사업회 사료제공)

1983, 4년 한국의 사회운동이 공개화되던 시기 주거권 운동으로서 철거 반대 투쟁은 위에 언급된 것처럼 "노동대중의 생존권 투쟁"에 비해 "일정한 한계"를 보이는 것으로 인식되었다. 1980년대 한국의 사회운동에 있어서 노동운동·정치투쟁 중심성을 드러내는 대목이다. 하지

만 대학생들이 목동과 상계동 철거 반대 투쟁에 동참한 순간들이 있었다. 서울시는 1983년 4월 대표적인 미개발지역였던 목동에 신시가지 조성하겠다 발표하였다. 개발이익을 공공이 환수하여 무주택 서민을 위해 사용한다는 계획이었다. 그러나 무허가 판자촌의 가옥주의 절반이 분양권을 받더라도 입주할 능력이 없었고, 세입자들을 위한 별도 보상대책도 마련되어 있지 않았다. 이와 같은 상황에서 1983년 목동 공영개발에 맞선 "조직화된 철거민운동"이 시작된다.[18] 목동 철거민운동은 1983년 5월부터 시작하여 대대적 구속 사태와 철거가 시작되는 1985년 3월 말에 이르는 시기까지, 1970년대 빈민운동가 및 목동 천주교회를 중심으로 한 기독교 운동권, 학생운동권의 활동 지원과 결합 속에 이루어졌다. 약 2년여에 걸쳐 가두점거 농성, 구청 진입, 경찰서 앞 시위 등이 이루어졌다. 일례로 1985년 3월 당산동 성문밖교회에서 열린 "목동주민을 위한 기도회"에 참석하려다가 경찰의 제지를 받은 200여명의 대학생들이 영등포 경원극장 앞 도로를 점거하며 시위를 벌이고 유인물을 뿌렸다.[19]

주디스 버틀러는 2010년 전후부터 이루어진 대중시위와 점령 운동을 성찰하며 이 집회들이 "좀더 살 만한 수준의 경제적·사회적·정치적 조건들"을 요구하는 "복수적이고 수행적인 출현할 권리를 실천"하는 것이라 개념화한 바 있다.[20] 정치의 장 한 가운데 등장한 이 '신체들'은 자신들의 폐기 가능성에 저항한다. 인민은 단지 주장이 아니라 출현 가능한 조건들에 의해서도 만들어진다. 즉 장소성, 시각적이고 음성적인

18 김수현, 『가난이 사는 집: 판자촌의 삶과 죽음』, 오월의봄, 2022, 61면.

19 「10명 연행 즉심에 대학생 2백여명 영등포에서 시위」, 『동아일보』, 1985.3.30

20 주디스 버틀러, 김응산·양효실 역, 『연대하는 신체들과 거리의 정치』, 창비, 2020, 20면.

민중과 통속

전달의 기술 등이 공존하는 집회의 '순간'에 만들어진다.[21] 문서와 발언 중심의 의회 바깥에서 잠정적으로 출현한 이 신체 집합의 "복수 형태로 체현된 수행성"에는 공생/연립하는 삶에 대한 인정과 저항이 깃들어 있다.[22] 버틀러의 논의는 전지구적인 신자유주의 경제하의 삶의 불안정성에 분기하여 일어난 집회와 시위에 대한 주석으로써 이루어진 것이다. 그러나 이 신체 정치의 수행성은 '폐기 가능한 삶'을 결정하는 가학성에 반하여 모였던 다재했던 집회들을 환기시킨다.[23]

앞서 살펴본 텍스트가 압축적 근대화 및 도시 산업화에서 비체화된 존재와 거주의 조건에 대한 근본적인 질문들 및 이향민의 정동을 담아내고 재판극/굿/토론극의 형식을 참조하였다면, 〈0번지〉(1986)와 〈달동네 사람들〉(1988)은 철거민 운동이 점화된 이후 극 텍스트로 볼 수 있다. 이에 이 극 텍스트에는 철거민 집회의 장소성·소리·언어가 특유의 방식으로 담기고, 집회와 집단적 투쟁 과정의 정동적인 흐름이 반영되어 있다.

1980년 5월 광주 이후 대학의 연극반 및 탈춤반에서 "정치적인 관심"은 더욱 높아졌고, 대학문화패는 학생운동조직으로 들어가거나 관계가 긴밀해졌다. "문화가 가져왔던 폭발적인 설득력"과 공연 요청에

---

21 주디스 버틀러, 위의 책, 31면.

22 주디스 버틀러, 위의 책, 20면.

23 매끈하게 정비된 도시 속에 빈곤과 가난이 보이지 않게 된, 그리고 더욱 강력한 낙인의 기제가 된 현재, 서울의 철거민 및 주거권을 보장받지 못한 이들의 이야기를 따라가는 활동 및 저작이 있어 주목을 요한다. 서울의 '개발행위'에 밀려 쫓겨난 사람들의 집회와 집회 이후의 삶, 점유했던 공간들에 대한 기록을 담은 『가난한 도시생활자의 서울 산책』(김윤영, 후마니타스, 2022)과 '빈곤사회연대', '민달팽이유니온', '홈리스 주거팀'의 활동 등에서 나타나는 집회와 문화적 형식의 의미와 연결된 사유가 필요한 시점이다.

응해야 했던 조직임에도 불구하고 정치써클에 비할 때 의식적인 단계의 수준이 낮은 것으로 생각이 되기도 했다.[24] 유화국면 이전까지 대학 문화패의 고민은 복합적이었다. 외적인 압박과 광주에 대한 부채감, 정치학습의 강화, 학생운동권으로의 이탈로 인한 기능전수의 어려움과 전문성 위축 등을 이유로 연극반 및 탈춤반의 공연이 많이 이루어지지 못했다.[25] 하지만 유화국면 이후 학생운동권이 대중적 공간을 확보할 수 있게 되자, "공연현장 자체를 모종의 정치적 장소로 받아들"였던 탄압국면 시기에 비해 공연은 더 높은 수준의 형상화를 요구받게 되었다. 이와 같은 상황에서 창작된 〈0번지〉는 특히 연극/탈춤반과 같이 문화패에서 출발한 연극이 아니라 단일 학과의 학회 내 문화부의 창작극이라는 점에서 차별화되었다. 당시 강영희는 "관념적인 민중의 인식이나 파악이 전혀 없"고 철거촌 내의 인간관계가 "따뜻하고 호소력"있게 담긴, 관념성과 구호성에서 비껴나간 극이라 평가했다.[26]

> 동철 (관객을 향해 책을 읽듯) 저는 이 동네 살고 있는 청명초등학교 4
>   학년 2반 37번 김동철입니다. (꾸벅 인사) 우리 동네는 무허가라
>   서 모두들 0번지라고 그래요. 원래는 충청도가 고향이구, 내
>   가 무지 어렸을 때 **서울에 왔는데 작년에 철거당해갖구 일루**
>   **이사를 왔어요. 다 아시죠? 목동 말예요. 사람들이 그러는데**
>   **맨날 쫓겨나야 한 대요. 갑자기 집이 없어지구 허허벌판 땅바**

---

24 문병옥, 강영희, 이영미, 윤종배, 이혜경, 심규환, 나인광, 김태희 좌담, 「좌담: 대학연극의 향방」, 『민족극 대본선 2-대학연극편』, 풀빛, 1988, 289면.

25 위의 좌담, 292~294면 참조.

26 위의 좌담, 308면.

닥에 앉아서 울구, 싸우구……아유, 그때 생각하니까 자꾸 눈물이 날려구 그래요. (팔뚝으로 눈물을 훔친다)

(다시 정리된 표정으로) **우리 아버진 연립주택 공사장에서 일하시구, 엄만 기사식당에서 차 닦는 일을 하세요.** 그리구 누나가 하나 있는데 저를 닮아서 얼굴이 이뻐요. (히히) 공부두 잘해서 아버지가 대학교에 보내줄 거래요. 아버지 소원이 우리집 사는 거 하구, 누나하구 내가 공부 잘하는 거래요. 근데 난 공부 같은 건 딱 질색이에요. 혜순이처럼 학교 가지 않구 맨날 놀았으면 좋겠다구요. 그래서 저녁엔 신문배달을 하는데 이게 더 좋아요. (기분 나쁜 표정이 되어) 오늘 같은 날만 빼구 말예요. 글쎄 말예요, 맨날 주인 없다구 하던 어떤 부잣집에서 글쎄 바캉스를 가면서 일주일 후에 오라구 하잖아요. 수금마감일인데……약이 올라서 " 안 간다, 안 가!"하구 소리치고 왔지만 부장한테 잔소리 들을 게 뻔하구……(부장 흉내를 낸다) "야 임마, 너 그만 할 거야? 계속 이렇게 정신 못차리면 니 월급에서 까는 거 알지? 그리구 이번 달엔 일곱 집이나 끊어졌어. 책임지고 알아서 채워! 계속 넣든가. 알았어, 엉? 짜식아, 난 땅 파서 이거 하는 줄 아냐? 멍청한 녀석!" 늘 이런 식이거든요. 그러면 또 뒤통수 한 방 먹는 거예요.(쭈그리고 앉아 시름에 젖는다)(강조-인용자 주)[27]

〈0번지〉는 철거 대상 지역에서 살아가는 초등학교 4학년 동철이 '아 대한민국'을 부르며 등장하는 것으로 시작한다. 동철은 '작년'에 목

27　숙명여자대학교 경제학과 제4회 정기공연작품, 〈0번지〉(1986), 『민족극 대본선 2-대학 연극 편』, 풀빛, 1988, 222~224면.

동 지역의 거주지가 철거당하면서 이사를 왔다. 1장에서 3장까지는 공터, 노점상, 동철네집에서 무허가 동네인 0번지에 살아가는 어린이들, 시장, 가정집의 일상적 대화 속에 "싹 밀어버리고 커다란 아파트"가 들어선다는 동네의 철거와 아파트 입주권 화제가 등장한다. 도입부에 해당하는 세 장에서 무허가 주거촌에서의 생활이 신문배달일을 하며 겪어야 하는 수모와 단속반을 피해 하는 장사의 어려움, 건축현장에서 동료가 당한 산업재해의 전사 등 무허가 주거촌의 생활이 함께 제시된다. 이후 4장이 동네 가운데 빈터에서 동철네 부부를 중심으로 동네 사람들이 일상적인 대화를 나누던 중 동철이가 철거 계고장을 들고 오자 집단행동을 기획하는 수군거리는 소리 속에 극이 마무리된다. 5장 공터는 1장에서 나왔던 어린이들이 "어제 회관"에서 구청장과 주민들 간에 있었던 대화를 재연하는 것으로 되어 있다. 6장 대책회의장에서는 동네 사람들이 대책을 논하며 함께 노래를 부르며 힘을 모으다가 구청에서 이야기를 하고 돌아온 동철과 형수를 맞이하던 중 갑작스레 들이닥친 철거반 소식을 전해 듣는다. 7장은 철거 후 동철이 아버지가 잡혀간 동철이네를 보여주며 이어진 구명운동을, 8장에서는 어린이들이 등장하여 정직하게 살겠다 다짐하는 것을 보여주며 극을 마무리 한다.

공연의 구성을 통해 짐작할 수 있듯, 〈0번지〉는 무허가 지역 거주민의 생활적 특수성을 핍진한 방식으로 극화하는 언어와 극작술이 돋보인다. 극의 도입부와 결말부를 거주민 어린이들의 이야기 장면으로 구성하되 상황을 우화적으로 만들기보다는 다양한 연령과 세대의 상황을 담아내는 매개로 활용한다. '동철 부'를 주동 인물로 삼기는 하였지만 가정, 시장 그리고 빈터로 대화의 상황을 다각화하여 다양한 인물의 목소리를 담아내는 것이 특징적이다. 집단행동을 결의하는 방식을

민중과 통속

"빈 무대에 혼재되고 격앙된 소리들이 들린다.(사람들의 웅성거림은 그림자 처리로 표현할 수 있다)"(240면)와 같이 소리와 조명의 스펙터클로 처리하고, 암전 이후 바로 어린이들의 연극 놀이를 삽입하는 표현의 다채성을 꾀했다. 즉 4장의 마지막에 주민들이 웅성거리며 일어나 행했던 집단행동을 다음 장에서 아이들의 재연을 통해 보여주는 전략을 취했다.

동네사람 3	그려. 난 이제 여기서 배 깔고 죽으면 죽었지 못 떠나. (팔을 걷어부친다)
동네사람1(형수)	떠나긴 왜 떠나요. 지들이 **시멘트 한 푸대, 벽돌 한 장** 도와준 적 있어? 우리가 **악착같이 벽돌 쌓고 기와 얹은 거** 아냐. 누가 이걸 또 헐어 버린단 말야. 말도 안 돼!
동네사람2	떠나고 안 떠나고가 문제가 아니라 우리가 **살 수 있는 대책**을 마련해 줘야 되지 않겠어요?
동네사람 1	집주인한테만 돈 주면 살 곳 없는 우리는 어떡하란 말이야?
동네사람 3	그래, 기껏 대책을 세웠다는 것이 **시골 양계장**을 개조헌 거여? 우리가 뱅아리여?
동철 모	누가 아니래. 방만 달랑 주면 게서 뭘 해먹구 살어. 우린 **직장도** 여기구. **단골손님**도 생겨서 이제 좀 살 만한데 말야.
동네사람 2	**애들 학교**는 어떡하구요?
동철 모	하지만 이렇게 버텨 봐야 저번처럼 **또 헛수고일 거예요.** 결국은 철거를 당할거구, 에유- 그럴러면

	일찌감치 보따리 챙겨서 적당히 보상금 받고 나가는 게 상책일지도 몰라요. 괜히 사람들이나 다치지…
동네 사람 3	아, 동철 엄마, 사람 다치는 게 문제여? 당장 굶어 죽는 판에.
동네 사람 1	올림픽이니 뭐니 하면서… 뭐 도시미관? 무작정 때려부수면 다냐구요. 우리는 하늘로 솟으란 말이야, 땅으로 꺼지란 말야. 누구를 위한 환경인데.
동철 부	자네 말이 맞네. 이건 우리 0번지만의 문제가 아니야. 숱한 사람들이 우리와 같이 당하고 있어. **이젠 맞서 싸워야 해.**
동네 사람 1	맞습니다. 아저씨. 이젠 절대로 물러설 수 없어요. 만약에 우리의 요구를 들어주지 않으면 우리 0번지 주민 모두가 맞서 싸우겠다는 것도 이야기할 때 확실히 밝힙시다.
동철 부 형수	이제 가세!(강조-인용자 주)[28]

판자촌의 전성기였던 1960~70년대 1965년 추정으로 두 가구 중 한 가구가 넘게 절대빈곤의 상태였는데, 모두가 가난했지만 농촌에서 도시로 유입된 이들의 사정은 더욱 어려웠다. 판자촌은 싼 주거비로 살아갈 수 있는 유일한 공간으로 이농민들이 도시에 적응하고 생계를 꾸리기에 좋은 조건을 갖추고 있었다. 그럼에도 빈곤의 악순환은 실재하는 것

---

28 〈0번지〉, 246면.

이어서 빈농의 자녀가 도시 저임금 노동력으로 살면서 자녀에게 빈곤을 대물림하는 과정이 연속되었다.[29] 벗어날 수 없는 대물림되는 가난, 일용직노동, 어린이들의 교육 손실, 음주, 고함과 소음, 가정내 불화가 실재했던 공간이자, 이렇게 어두운 이미지로 대표된 공간이기도 했다.

그런데 1984년 목동 투쟁에 이은 상계동, 사당동 투쟁이 벌어졌던 대중운동의 상승기에 싸울 목적과 대상을 분명히 한 이들의 웅성거리는 목소리의 활력이 담겼음이 주목된다. 실제 판자촌은 거주의 불안정성과 가난의 대물림, 열악한 생활환경으로 대변되기 쉽지만, 당시에도 돌봄과 노동의 네트워크 및 생활 공동체성이 간과할 수 없는 방식으로 구축되어 있었던 거주 장소였다. 이 점은 재개발사업으로 인해 비자발적 이주를 겪어야 했던 이들이 겪어야 했던 삶의 변화를 통해 더욱 여실히 드러난다. 재개발사업에 따른 비자발적 이주는 인적 네트워크를 기반으로 한 생계 관리 및 노동의 지속, 익숙한 지리적 환경의 존재성, 아이들의 관계와 교육를 고려하여 '주변 동네', 즉 인접한 지역으로 이루어졌다.[30] 판자촌에서 이주를 한 이주민들은 단순히 집을 잃은 것이 아니라 가난한 가운데서의 형성되었던 복합적인 지지망을 소실하는 경험을 하게 되었다.[31] 이주민들은 주거비가 상승한 만큼 소음 및 악취 등에서 개선된 주거 환경으로 유입되었지만, 일을 하기 위한 통근거리가 더 길어지거나, 시장과의 거리나 물가, 인적 네트워크에 기반해서 긴급 돌봄의 인적 네트워크가 소실되는 경험을 했다.[32]

---

29 김수현, 위의 책, 2022, 78면.

30 김수현, 위의 책, 2022, 226면.

31 김수현, 위의 책, 81면.

32 김수현, 위의 책, 227면.

조문영은 집-상품의 강력한 서사에 포획될 경우 생활 공간으로서 집에 대한 고민, 자신이 "귀하다 여긴 존재들"이 "다양하게 얽히면서" 만들어지는 과정을 느낄 감정과 역량이 둔해질 수 있다는 점을 섬세하게 포착한 바 있다.[33] 대책회의장의 토론을 담은 이 장면을 비롯하여 〈0번지〉에서 주거의 문제는 거주의 물적 조건과 다양하게 얽힌 생활성의 감각과 감정이 살아 있는 "생명, 생존, 기본의 자리"로[34] 그려진다. 무엇보다 판자촌의 집들은 앞서 토막을 직접 지었던 박흥숙이 그러했듯, 시멘트와 벽돌을 날라 지은 호모 파베르(Homo faber)의 집이었다. 실제 판자촌의 집들은 단순히 무너져내릴 듯한 집이 아니라 정부가 보조해준 자재들로 좁은 공간과 틈조차도 창의적인 방식으로 구성해냈던 집-거주 장소이기도 했다.[35] 또 인적 네트워크와 시간적 축적을 기반으로 한 생계 네트워크와 교육이 이루어진 장소이자, 가지와 고추를 심은 "우리 땅"(227면)이었던 것이다. 이처럼 철거민투쟁에서 제기되었던 '주민 생존권 투쟁'과 '살 땅'의 의미는 단순하지 않은 형상으로 드러났다.

이는 대상에 대한 연대, 사회 참여적 의식, 협업으로 대표되는 한국 독립다큐멘터리 전통의 원형을 보여준 작품으로 평가되는 다큐멘터리 〈상계동 올림픽〉(1988)에서도 확인할 수 있는 대목이다. 감독 김동원은 1986년 10월 6일, "세간도 꺼내 놓지 않은 채 철거를 해서 막 부수어진 것을 나중에 사유재산 침해, 훼손으로 재판을 걸어야겠다"는 정일우 신부의 생각에 따라 촬영과 인터뷰를 시작했다가 이튿날 우연히 철거 현

---

33 조문영, 『빈곤과정』, 글항아리, 2022, 148면.

34 조문영, 위의 책, 같은 면.

35 김수현, 앞의 책, 49~54면.

장을 마주하게 되고 "본능적으로" 찍기 시작했다. "2시간 짜리 테이프가 50개 정도" 남았고, 1988년 2월 부천에 이사를 가게 되면서 빨리 만들어야겠다는 생각에 이틀 만에 편집을 마치고 나온 다큐멘터리가 〈상계동 올림픽〉이었다. 당시로서는 필름이 아니기에 '영화'를 가능하게 하는 매체로서 인정받지 못했던 비디오카메라를 가지고 찍은 이 영상 이미지의 영화답지 못함은 오히려 상황의 진실성을 강화하여 보여줄 수 있는 계기가 되었다. 재현 대상과의 공동체적 동질성을 확보한다는, 찍는 자의 시선과 태도에 대한 요구와 사회 참여적 전통이라는 한국 독립 다큐멘터리의 특유점이 생성된 순간이었다.

〈상계동 올림픽〉은 1980년대 한국 영화운동사에서 작은영화/독립영화 담론의 작품적 실현으로 여겨지는데, 앞서 살펴보았던 민중운동과 연계된 텍스트와 강력한 하방의 동력을 공유함과 동시에 재현의 대상과 재현자 사이의 거리에 대한 인식의 사례를 제공한다. 감독은 "왠지 철거민들이 우락부락하고 사나운 사람들"일 것이라는 생각을 하기도 했다. 앞서 살펴보았듯이 〈민달팽이〉를 공동창작할 때 극단 연우무대의 일원들은 재현자가 재현 대상의 고통을 알 수 없음에도 이를 형상화하는 것은 가능한가를 질문했다. 〈0번지〉, 〈달동네 투쟁기〉의 경우 빈자의 삶에 대한 접근이 '동정'과 '시혜'의 자리가 아닌 동시대 인간성에 대한 가장 첨예한 질문이 되는 현장이자, 함께 싸우는 숭고한 힘을 보여줄 수 있는 지점이라는 에토스에 근간해 철거민 연대 투쟁 속에 창작되었지만 이를 위한 현지 조사를 거쳤다. 이 시기 학출들의 하방이 한국의 연극/영화 문화사에서 제작자 이념적 지향점 및 각 예술 장르에 대한 숙련도의 차이와 편차를 가로질러 형성되었던 흐름이었음은 주지하는 바이다. 충무로 영화감독 지망생이라는 비의도적인 출발과 우연적 마주침 속에 이루어진 상계동 투쟁 현장에 대한 기록자로서의 존재론적 변이에는 이와 같은 에토스를 견인했던 당대 민중운동의 열기가 가로놓여 있었다.

한편 하방의 움직임이 정태적인 민중 인식에 균열을 가하며 풍부한 각성을 불러오고 리얼리티를 담아낼 수 있는 새로운 미적 형식의 탄생과 맞물려 있었음을 확인할 수 있다. 인물의 움직임을 카메라가 따라가는 팔로우 쇼트(follow shot), 현장을 빠르게 포착하는 핸드헬드(handheld)가 "상호작용적이고 참여적인 접근"을 가능하게 하는데 일반화되기도 했다.[36] 카메라 워크로 대학을 다닐 때 데모를 하지는 않았지만 대자보를 열심히 읽던 축이었던 감독은, 아이를 업고 포클레인 밑에 누워 있는 철거민을 들어 닭장차에 싣는 빨간 모자의 철거 용역을 보고 비로소 "사회의 구조적 모순"을 이해하게 되었다고 말했다. 또 그는 철거 현장에서 함께 생활하며 일종의 기록노동자로서 함께 지내면서 "가난한 사람들에 대해서 환상을 품고 미화시켰기 때문에 내부 갈등을 보는게 고통"스러웠다 고백했다. 가난한 사람들은 착할 것이라는 혹은 피억업자로서 시혜적인 대우를 받아야 한다는 민중적 근본주의가 깨지는 순간이었다.

비록 네 평 단칸 브로크 집이었지만 상계동은 정말 살기 좋은 곳이었다. 혹시 가진 사람들에겐 지저분하고 못 살 곳으로 보였는지 몰라도. 우리에겐 상계동은 **방값** 싸고, **일터**가 있고, **정든 이웃**이

---

36 조혜영, 「노동의 기록과 미학화된 카메라」, 『한국 다큐멘터리 영화의 오늘-장르, 역사, 매체』, 본북스, 2016, 57면.

있는 유일한 생활의 근거지였다.[37](강조-인용자 주)

그런데 이상하게도 맞으면 맞을수록. 당하면 당할수록 새로운 힘이 솟았고 뭉칠 수 있었다. 짐승 취급을 당할수록 물건 취급을 당할수록 더욱 엄연한 인간이 되어갔다. 학생들이 왜 데모를 하고 무엇을 항의하는가를 알 수 있었다.[38]

우리의 꿈은 **커다란 예쁜 집**에서 사는 것이 아니다. 다시는 철거반, 포크레인과 싸우지 않아도 되는 우리 집에서 **오순도순** 사는 것이 우리 꿈이다. 그러므로 우리는 끝까지 싸울 것이다. 아니 싸울 수밖에 없는 것이다. 그리고 싸울 수밖에 없다면 더욱 굳세게, 더욱 올바르게, 한데 뭉쳐 싸워갈 것이다.[39](강조-인용자 주)

주지하듯 〈상계동 올림픽〉은 희망찬 음악 속에 올림픽 88서울올림픽의 공익광고와 상계동 철거 현장을 교차 편집하여 대비적 효과를 주며 시작한다. 〈0번지〉에서 어린이인 동철이 서울올림픽 당시의 유행가였던 '아 대한민국'을 부르며 아이러니함을 강조했던 것과 정확히 겹치는 지점이다. 영화에서 상계동 철거 후 부천 지역에서 투쟁을 하는 것으로 설정된 1988년 당시의 극중 현재는 철거투쟁이 시작된 과거로 넘어가 1986년 상계동 살이 시절과 철거되던 시점의 상황들을 그리고 명

---

37 다큐멘터리 〈상계동 올림픽〉(김동원 감독, 1988)

38 다큐멘터리 〈상계동 올림픽〉(김동원 감독, 1988)

39 다큐멘터리 〈상계동 올림픽〉(김동원 감독, 1988)

동성당으로 옮겨서 투쟁을 해야 했던 시간으로 넘어간다. 한국의 초창기 독립 다큐멘터리의 민중주의는 다소 근본주의적으로 이해되는 바가 있어서 현재 한국 다큐멘터리 신에서 다각화되는 주제와 미학적 실천과는 '다른 것'으로 상정되기 쉽다. 감독 김동원이 당시 철거민들의 목소리와 정일우 신부의 기도회 강론을 기반으로 작성했던 〈상계동 올림픽〉의 힘 있고 단정한 나레이션은 1980년대적인 민중주의의 반영으로 여겨진다. 영화는 상계동에서 명동성당으로 그리고 부천으로 강제 이주당하였을 때, 겨우 세웠던 가건물 구조 조차 성화가 지나간다는 이유로 무너뜨려지는 순간을 담는다. 그때 나레이션이 이야기 한 바, "이 땅 곳곳의 민중들이 이보다도 억울한 일을 당하고 있다는 일"에 대한 자각은 당대로서는 여전했던 민중적 연대를 반영한다. "학생들이 왜 데모를 하고 무엇을 항의하는가를 알 수 있"었다는, "더욱 굳게, 더욱 올바르게, 한데 뭉쳐 싸워" 나가자는 나레이션 또한 마찬가지이다.

하지만 비디오카메라의 기록성을 기반으로 영상 이미지에 함께 담긴 물건과 건물, 풍경의 물성과 주민들의 얼굴들은 빈자의 정치학을 기반으로 한 나레이션과 결합함으로써 영화를 정태적이고 근본주의적인 민중주의로 환원시키지 못하게 한다.[40] 단칸 브로크집이 '살기 좋은 곳'이라는 서술은 옥상에 걸린 빨래와 골목길의 풍경과 같이 일상적인 생

---

40 이와 같은 맥락에서 1989년 만들어진 다큐멘터리 영화 〈깡순이, 슈어프로덕츠 노동자〉를 함께 주목할 필요가 있다. 이 영화는 1974년 미국인 설립된 다국적 기업 슈어 프로덕츠는 1988년 일방적 폐업신고를 하게 되고, 이에 노동자들이 맞서는 이야기를 다큐멘터리이다. 제작을 맡은 이상인과 이창원은 노동자들과 2개월 간 숙식을 함께 하며 농성 노동자 중 막내 노동자를 주인공으로 삼았고, 여성노동자들의 싸움과 내면의 정서를 카메라에 담은바 있다.(성하훈, 『한국영화운동사 1-영화, 변혁운동이 되다』, 푸른사상, 2023, 235~236면, 237면)

활을 보여주는 영상과 함께 제시된다. 즉 물적 열악성을 기반으로 판자촌을 대상화하는 것이 아니라 '방값', '일터', '이웃'라는 판자촌 내에 형성되었던 사회적 네트워크와 일상성이 드러난다. 이를 통해 집, 학교, 삶의 뿌리 즉 기본적인 삶의 조건으로서 안정적인 '정주성'에 대한 구체적인 요구가 강조된다. 또 거주민이 그대로 카메라에 담길 때, 그들이 갖고 있는 신체의 특유성이 함께 담긴다. 거대한 포크레인의 물성, 부서져 내린 건물의 더미들, 철거민들의 작은 몸이 롱 쇼트로 잡힌 장면이 철거민들의 악다구니와 거친 눈물과 결합할 때, 이 객관적인 기록 이미지는 무정한 것으로 의미화될 수 없었다. 이들이 겪어야 했던 모욕과 비통함은 "생전 처음 보는 복부인들"의 등장과 그 후로 형성되었던 마을의 분열, 빨간 모자를 쓰고 무리지어 서 있는 철거 용역들과 전경이 친 방패벽이 전해주는 비정한 가학성, 직접적인 신체적 폭력들로 구체화되었다.

또 〈상계동 올림픽〉은 투쟁의 현장이 비단 지배-피지배의 대립만 존재하는 것이 아니라 밥을 먹고 잠을 자야 하는, '생활'이 상존하는 곳이라는 것을 담아냈다. 동시에 대항하는 자들은 원통해하며 울고 싸우는 자이기도 하지만 맑게 웃으며 함께 춤을 추고 놀며 노래를 부르는 자들임을 그려냈다. 따라서 이들에게 명동시절은 1987년 6월항쟁의 대열에 함께 할 수 있었던 시간이기도 하지만 그 역사적 장엄함보다 사생활이 없고 '동물원의 원숭이'와 같이 대상화되었던 참혹한 기억으로 제시된다.

상계동 투쟁을 비롯하여 1987년 6월 항쟁 이후 철거민들은 7월 '서울시철거민협의회'를 결성, 더욱 체계적인 운동으로 발전한다. 주민운동 조직가나 종교계에 의지하는 것에서 벗어나 주민들 스스로 조직화와 투쟁 지도의 책임을 맡게 되는 방식으로 운동의 성격이 변화했다. 또 1980년대 민중운동 지향 지닌 활동가와 1970년대 주민조직화 사업의 전통이 결합하여 주민공동체로서의 성격이 만들어지기도 했다. 서철협 결성 이후 1988년에 철거 싸움은 더 많은 지역으로 확대되었는데 폭력적인 방식의 제압과 그로 인한 인명사고가 잦아졌다.[41]

그림 민족극패 울력 〈달동네 사람들〉 팜플렛, 1989.6.2.~4
(한국도시연구소, 민주화운동기념사업회 사료제공)

---

41 김수현, 앞의 책, 169~170면.

민중과 통속

사당 2동의 철거 투쟁도 이 맥락에서 이루어진 것이다. 사당 2동 투쟁의 경우도 어린이 2명이 철거 잔해에 깔려 죽었고 주민지원 투쟁에 나선 대학생들도 부상을 당했던 현장이었다.[42] '사당 2동 도시빈민 투쟁기'라는 부제가 붙은 〈달동네 사람들〉는 대학 문화패 출신들이 사회문화패로서 활동을 이행하는 과정에서 창단작으로 공연한 작품이다. 촌락사회에서 보수를 기대하지 않는 협동 노동을 뜻하는 명칭이었던 '울력'을[43] 단체명으로 삼은 것은 '하방(下放)'의 에토스를 반영한다. 공연은 1989년 6월 삼일로 창고극장에서 이루어졌다. 도시빈민연구소가 소장하고 있었던 초대 공문에는 2월부터 회원들의 현장생활과 활동, 정기방문, 주민과의 연대와 학습을 통한 공동창작의 과정이 작품의 창작 방식과 배경이 설명되어 있다.[44] 〈달동네 사람들〉 이후 울력의 활동이 지속되었는지 기록에 남아 있지 않지만, 1980년대 말 당시 대학 문화운동과 민중운동 사이의 연계를 보여주는 주요한 한 지점이다.

〈달동네 사람들〉에는 1988, 1989년 시점의 쟁점이었던 "가옥주하고 세대주하고 알아서 하라"는 합동재개발 방식의 폭력성 고발과 임대주택의 요구가 담겨 있다. 극은 안동댁, 벌교댁, 전주댁이 시장을 보며 나누는 일상적인 대화로 첫째 마당이 시작된다. 〈달동네 사람들〉의 주

---

42 김수현, 위의 책, 170면.

43 『한국민족문화대백과』는 울력은 마을 사람들이 길흉사가 있거나 일손이 모자라 가사가 밀려 있는 집을 위하여 무보수로 노동력을 제공해 주는 협동 관행으로 정의된다. 무보수 봉사 노동이라는 점에서 노동의 교환방식인 '두레'나 '품앗이', 노임 취득을 목적으로 하는 '공굴(公屈)'·'고지'·'돈내기', 협동 노동에 참여하지 않는 사람에게 제재를 가하는 '부역' 등과는 다르다. (https://encykorea.aks.ac.kr/Article/E0040436)

44 「초대합니다-민족극패 '울력' 창단공연」, 1989.06.02.(한국도시연구소 기증, 한국민주화운동기념사업회 오픈아카이브 소장.)

민들은 배운 것이 없어도 "할 말을 해야 사람"임을 자각하며 자신들의 이야기를 진정서로 내기로 합의를 한다. 둘째 마당은 '구청농성마당'으로 구호 선창과 "사당동 빈민가" 노래하기, 구청장과의 만남이 그려진다. 즉 세입자대책위원회를 마련하고, 주민대표를 선출하여 구청장과의 대화 속에 일정한 합의를 이끌어냈던 승리의 경험이 담겨 있다. 이 승리는 구청장 앞에서 "똑소리 나게 유식"했던, '남원아저씨'를 비롯한 주민의 자기주체화로 제시된다. "못배웠어도 옳은 소리 귀에 담아 자기 중심 세우면 고것이 바로 유식"이라고(5면) 판별하게 된 것은 그가 "사당동 세대위에서 총회에 한 번도 안 빠졌다고 개근상"을 받았음에 있었다.

전주댁　　그려, 우리 19통에선 고등학교 문턱 밟아본 사람이 나밖에 더 있어. 나가 통장할라요.

주민대표　(웃으며) 예, 좋습니다. 그러면 여러분들 의견대로 그 사람들이 세입자 대책위원회를 꾸려 나가는 걸로 하겠습니다. (주민들 박수)

(동작을 통해 장면을 전환시켜 준다)

(다시 구청농성장면)

남원아저씨　우리가 요로코롬혀서 세대위도 만들고 시방까지 단결해서 이만큼이라도 된 것 아니겄어.

(주민들 회상에 젖어 있을 때 주민대표 구청장과 면담한 결과 가지고 뛰어 들어 온다.)

　　　　　　　　　　　　　　　　　민중과 통속

주민대표   여러분 구청장과 면담한 결과를 발표해 드리겠습니다.
첫째, 재개발에 관한 모든 사항은 세입자 대표들과 협
의해서 결정하기로 한다. 둘째, 임대주택에 대해 구청
이 노력해 줄것이라는 요구사항에 대해 구청이 시에
꼭 건의하겠다고 했습니다.

주민   (승리를 얻은 흥겨운 분위기가 된다.)

주민들 "대책없이 못나가"노래를 부르며 무대를 한바퀴 돌아 퇴장
한다.[45]

1987년 10월 이후 이주비와 방 한 칸 입주권 지급이 약속되었지만
서울 전역에 '방 한 칸'의 조건으로서 판자촌이 철거되고 있는 상황이
어서 실효성이 없었기에 철거민 운동의 요구는 1988년 후반부터는 공
공임대주택에 대한 요구로 결집되었다.[46] 〈달동네 사람들〉에서 등장한
"강철같이 단결하여 임대주택 쟁취하자."(3면)와 같은 구호는 이와 같은
시간성을 반영한 것이다. 네그리와 하트가 마키아벨리·스피노자·마르
크스를 전유하여 강조했던, "빈자를 활성화하는 저항"이 공통적인 것
의 추구이자 사적 소유에 대한 궁극적인 위협으로 기능할 수 있었던 순
간의 힘을 드러낸다.[47]

45 민속극패 '울력' 창단공연 대본집〈달동네 사람들-사당 2동 도시빈민 투쟁기〉, 7면.
1989.06.02.(한국도시연구소 기증, 한국민주화운동기념사업회 오픈아카이브 소장.)

46 김수현, 앞의 책, 171면.

47 안토니오 네그리·마이클 하트, 『공통체-자본과 국가 너머의 세상』, 사월의책, 2014,

또 〈달동네 사람들〉은 1980년대 말 실질적인 철거민 투쟁에서 가시화되었던 단합된 주민들이 만들어냈던 활력, 공공임대주택이라는 의제와 더불어 무수한 개인적 사정과 결정 속에 분열되고 입장들의 차이가 만들어졌던 지점들을 담아낸다. 이후 재개발 사업체로부터 매수를 당한 '남원댁'이 교통사고 난 아이의 치료비를 걱정하는 '여수아저씨'에게 접근하는 넷째 마당과 주민들의 단결된 투쟁에 경찰서장, 구청장, 건설업자가 대책회의를 여는 것을 보여준 다섯째 마당으로 이어진다. 즉 앞서 〈덕산골 이야기〉에 대한 연극 비평이 논하였던 바, 철거민들의 실상이 다각화된 갈등 구조 속에 비로소 담길 수 있었다.

연극 〈달동네 사람들〉의 결말이 "천막을 불사르는 춤"을 형상화하며 "깡패들을 몰아내고 투쟁하여 임대주택을 쟁취하겠다는 승리적 관점"(16면)을 보여주는 것, 영화 〈상계동 올림픽〉이 기도회에서 미사포를 쓴 주민들이 출정가를 부르며 "억눌린 민중의 해방"을 다짐하는 것으로 끝나는 것은 이 재현물들의 투쟁 도구로서의 위치에서 비롯한다. 이 문화적 형식으로 대변되는 집단적 변혁의 힘에 대한 선언이 현실의 자리에서 굴절되어 현재에 이르렀음은 주지의 사실이다. 인물 다큐멘터리이자 자전적 다큐멘터리이기도 한 〈내 친구 정일우〉(2017)에서 김동원 감독이 밝혔듯 투쟁은 '실패'로 끝났고, 절대적 빈곤은 축소되었지만 가난을 수치스러운 것으로 낙인찍는 현재, 상계동의 기억은 하나로 수렴되지 않는다. 또 그가 스스로 밝혔듯이 정일우 신부의 명망과 영화 〈상계동 올림픽〉의 파급력이 오히려 상계동 주민운동의 분열의 한 요인이 될 수도 있었다.

92~99면.

　　　　　　　　　　　　　　　　　　　　　민중과 통속

포크레인을 둘러싼 주민들 웅성거림

정일우 신부 (나레이션) 포크레인 작업을 하고 있는데 깡패들 완전
히 에워싸웠어요.

포크레인 위를 바라보는 사람들
포크레인에 올라가 서있는 할아버지

정일우 신부 (나레이션) 근데 갑자기 어떤 할아버지 63세 할아버지
갑자기 맨꼭대기 그 올라갔고 그 중단시켰어요. 움직
임 자체를.
주민들 박수

정일우 신부 (나레이션) 그래서 나중에 약 한 1시간 후에. 무슨 힘으
로 올라가셨냐 물어 봤어요. 대답은 정말 너무 너무
너무 멋있었어요. 세 번 얘기했어요.
포클레인에 올라갔던 할어버지

정일우 신부 무슨 힘으로 올라가셨어요. 위험한데
포크레인에 올라갔던 할아버지 (웃으며) 정의. 정의. 정
의가 무섭습니다.(44:13~44:53)

정일우 신부 강론
정일우 신부 높은 자리에 있는 사람 교육 받은 사람 돈 있는 사람

힘 있는 사람 권력있는 사람이 이 나라를 올바르게 잡
아야지. 그런데 안 하기 때문. 절대로 안 하기 때문
에 이 나라의 희망은 가난뱅이 뿐이에요.

전주희   그이네들이 그걸 해석하지는 못하지만 그러니까 우
리가 그렇게 불행한 만은 아니구나. 이런 위로가 되는
거죠.

전주희 인터뷰
그리구 자부심도 생기고. 우리가 이렇게 가난하게 사
는 것이 부끄러운 것이 아니구나. 하는 것을 아마 사
람들이 알아들은 거 같애요.

정일우 신부 강론
정일우 신부 더욱더 억울하겠지만 사실 우리나라 희망은 없는 사
람 뿐이에요.

(46:10~47:15)[48]

그럼에도 이 승리적인 관점을 보여주는 결말을 상투적인 것으로
귀결 짓기는 어렵겠다. 2017년 감독 김동원이 신부 정일우의 삶을 재
조명하여 제작한 다큐멘터리 〈내 친구 정일우〉에서 정일우 신부의 상
계동 시절을 다룬 대목은 다큐멘터리 〈상계동 올림픽〉에 기입 되지 않

---

48 다큐멘터리 〈내 친구 정일우〉(제작 푸른영상, 김동원 감독, 2017)

앉지만 당시에 찍었던 테이프 기록 영상이 포함되어 함께 놓고 해석할 수 있는 메타 텍스트를 풍부하게 제공한다. 네그리와 하트는 사적 소유에 대한 궁극적인 위협을 가하는 빈자의 정치학이 자연적이고 실체적인 본질이 아닌 집단적인 실천으로서 '공통적인 것'을 생성해냄을 강조했다. 지배적 근대성 합리성을 특징짓는 거짓된 보편들을 비판하고 나면 보편적 진리를 고무하는 시도는 의심을 받게 되는데, 그렇다고 진리에 대한 어떤 요구도 없이 단순히 우리 스스로를 특수한 지식들에 가두는 것은 충분치 않다.[49] 이에 메를로퐁티·레비나스·데리다의 현상학에서 '지식비판'은 공존재(Mitsein)의 분석과 결합되어 있다. 나아가 문제는 '공통적임'이 아니라 '공통적인 것 만들기', '앎'에서 '함'으로의 이동이다.[50] 포크레인의 거대한 물성에 도전하며 자신도 모르게 포크레인에 올라선 빈자의 신체, 그리고 그 행위를 '정의'로 규정하는 자부심에 대한 다큐멘터리적 기록은 이 시기 민중주의의 특유함과 실천성을 집약적으로 보여준다. 이들의 투쟁은 억울함과 모멸감에 대한 호소라는 정체성 정치의 차원에 국한되는 것이 아니라 자본과 권력이 결탁되어 나타난 가학성에 대해 집단적 사회적 실천을 통해 생산을, 아래로부터의 진리의 구축을 보여준 순간이었다.[51]

---

49 인토니오 네그리·마이클 하트, 『공통체-자본과 국가 너머의 세상』, 사월의책, 2014, 183면.

50 안토니오 네그리·마이클 하트, 위의 책, 185~186면.

51 안토니오 네그리·마이클 하트, 위의 책, 183면.

철거민 운동의 문화적 형상과 빈자의 정치

지금까지 1970년대 후반부터 시작된, 철거민들의 이야기를 가시화하고자 한 대학 문화운동 집단과 철거 반대 운동 및 종교계의 빈민운동의 연대 그리고 그 속에서 만들어졌던 일련의 문화적 생산물들을 살펴보았다. 1977년 광주 운림동 덕산골에서 일어났던 박흥숙 사건에 대한 구명운동을 목적으로 공연되었던 〈덕산골 이야기〉(1978), 1980년대 대학 운동의 대중운동으로의 확산 과정에서 철거민 연대 투쟁의 활성화, 〈상계동 올림픽〉(1988)에 이르기까지는 하나의 시퀀스로 파악된다. 이에 이 장에서는 상계동 철거민 투쟁을 다룬 상징적인 다큐멘터리인 〈상계동 올림픽〉(1988)에 이르기까지 그 전후에 철거민 연대 투쟁과 연동되어 창작되었던 연극·노래·탈춤 등의 일련의 연행과 함께 위치 짓고, 주거 정의에 대한 당대의 탐색과 고민의 과정과 미학적 변이를 살펴보았다.

'민중 봉기'로의 의미화가 강조되는가, 통치성에 대한 풍자가 두드러지는가, 특정한 철거 사건에 대한 고발을 목적으로 하는가, 이주의 비극적 정동 혹은 노조운동의 집단적 정동을 강조하는가 등의 차이를 보인 이 텍스트에는 철거로 쫓겨난 이들의 비통함만 담아낸 것이 아니라 집을 짓는 자들의 문화적 형상이, 도시미관을 헤친다는 점에서 해충 취급을 당하고 집이 없는 자의 상징으로 '민달팽이'에 대한 발견이, 서발턴과 자신의 차이를 자각하고 재현의 가능성과 윤리를 고민했던 거친 단면이 담겼다. 또 압축적 근대화 및 도시 산업화에서 비체화 된 존재와 거주의 조건에 대한 근본적인 질문들 및 이향민의 정동을 담아내고 재판극/굿/토론극의 형식이 활용되는 한편, 반주와 시낭송·극중 장소의 놀이적 전환·편지·일기 등 낭송 장치와 같이 극 안에 풍자적 웃음과 감정적 전이를 일으키는 장치들을 다채롭게 활용되었다.

또 1980년대적인 민중주의의 반영으로 여겨지는 〈상계동 올림픽〉의 힘 있고 단정한 나레이션은 하지만 비디오카메라의 기록성을 기반으로 영상 이미지에 담긴 함께 담긴 물건과 건물, 풍경의 물성과 주민들의 얼굴들과 결합함으로써 영화를 정태적이고 근본주의적인 민중주의로 환원시키지 못하게 한다. 이처럼 하방의 움직임은 정태적 민중 인식에 균열을 가하며 풍부한 각성을 불러오고 리얼리티를 담아낼 수 있는 새로운 미적 형식의 탄생과 맞물려 있었다.

이 서주권의 문화적 형상들은 거주함으로써 장소 만들기가 유발된다는 사실을, 거주민의 정체성과 거주양식과 물리적 환경 사이의 깊은 관계를 강조했다. 극소화된 거주 공간 규모와 열악한 생활환경 속에 살았지만, 이들이 분노하며 일어선 이유는 자신들이 온 신체와 마음을 써서 일궈 놓은 생활의 시간성에 대한 박탈감에 있었다. 이들의 투쟁은 억울함과 모멸감에 대한 호소라는 정체성 정치의 차원에 국한되는 것이 아니었다. 이 투쟁은 자본과 권력이 결탁되어 나타난 가학성을 문제 제기 한 의미 있는 순간이었다.

1988년말부터 주택 가격 자체가 급등하면서 철거민뿐 아니라 서민들의 주거난이 심각해지는 상황이 발생했다. 오르는 전월세 보증금을 마련하지 못한 빈곤층이 자살하는 사태가 발생했다. 두 달 남짓한 기간 동안 17명이 자살하였는데, 빈곤층의 주거난 문제는 곳곳의 판자촌 재개발사업으로 인한 저렴주택이 줄어든 것이 큰 원인이었다.[52] 이 시

---

52 김수현, 위의 책, 171면.

기 안양문화예술운동연합의 〈하늘 아래 방 한칸〉(1990)의 경우 앞선 노조운동 중심의 재현에서 벗어나 '방 고개'라는 명명으로 주택 임대의 문제를 가시화했다. 또 1990년 들어 "보다 대중의 생활정서와 가까워질 수 있는 내용과 형식의 창작물"을 제작하고자 했던 민족영화연구소는 1989년 5월, 영화 제작에 중심을 둔 '한겨레영화제작소'를 설치해 운영하게 되고 이 시기 동일한 문제를 담은 16mm필름 극영화 〈하늘아래 방한칸〉가 제작되었다.[53] 민중운동 시대의 말미에 제출되었던 이 작품들은 2020년대 풍요로운 한국에서 여전히 열악한 주거권 담론과 가혹한 방식으로 재연되는 유민의 삶과 어떻게 연결될 수 있을까. 거주함과 장소 만들기의 문화적 형식을 다시 돌아보아야 하는 이유이다.

---

53 성하훈, 『한국영화운동사 1-영화, 변혁운동이 되다』, 푸른사상, 2023, 235~236면.

제3장
반공해 마당극과 범장르 문화운동

—

1980년대 중후반 반공해운동의 문화적 형상

근래의 한국 사회와 문학에서의 환경·생태 담론에 대한 연구는[1] 동구권 몰락으로 현상되는 '이념'의 시대 이후 '개인'과 '욕망'의 시대가 출발하면서 이전에 표면화되지 못했던 다양한 주제가 가시화될 수 있는 시기로 1990년대 환경 문학 담론을 조망한다. 그런데 1991년 『녹색평론』을 창간한 김종철이 참여한 창작과 비평 좌담회에서[2] 나타났던 대화의 틈이 상징하는, 생명·생태운동 담론과 민족운동 담론 간의 분투의 의미는 1980년대 민중·민족·민주 운동과 반공해운동, 생명운동 사이에서 만들어졌던 경합의 맥락 속에 이해될 필요가 있다. 물론 1990년대는 환경운동이 대중화된 시기이다. 하지만 한국의 생태·생명운동

---

1 김예리, 「『녹색평론』의 인간중심주의 생태담론과 정치적 상상」, 『상허학보』 53, 상허학회, 2018.; 홍래성, 「1990년대 김종철의 생태(주의)적 사유를 살피려는 하나의 시론」, 『민족문학사연구』 75, 민족문학사학회·민족문학사연구소, 2021.; 김보경, 「1990년대 『녹색평론』의 생태 담론의 형성과 이론적 기반」, 『여성문학연구』 58, 한국여성문학학회, 2022.

2 백낙청·김종철 외, 「생태계의 위기와 민족민주운동의 사상」, 『창작과비평』 18(4), 창작과비평사, 1990.

의 생성과 맥락화가 개발독재기의 통치성과 발전주의에 대한 문제제기라는 1980년대 민족·민주운동의 대항 공적 영역 및 다양한 현장 운동과의 교차와 경합 속에 생성된 것이라는 점에서 1980년대를 보다 면밀히 살필 필요가 있다. 이철호가 원주공동체를 거점으로 확산된 생명운동을 중심으로 한국에서 생태주의 사상과 운동의 '근대 비판'에서 생성되는 어떠한 유사한 반복에 주목하면서 그 사상적 기원으로서 1980년대 김지하의 민중론을 살펴본 것도 이와 같은 맥락에서 이해된다.[3] 또 이상록은 한국에서 탈성장 사상의 한국적 전개를 살피며 더욱 앞선 시기인 1970년대 함석헌의 씨올(민중) 사상을 『녹색평론』에서의 김종철의 사상과 함께 놓고 살핀 바 있다.[4]

이에 본 장에서는 1980년대 초반 반공해 마당극 창작 및 공연에 참여했던 문화운동 및 반공해운동 주체들의 활동을 기반으로 창작된 일련의 연행들이 어떻게 동시대 담시, 동화 등을 참조하면서 1980년대 중후반 한국의 변혁적 사회운동의 맥락 위에서 다각화되었는지를 조망하고자 한다. 이 연행들은 반독재 민주운동이라는 공유된 대항공적영역 위에서 장일순과 김지하를 통해 연결된 생명사상·한살림운동 혹은 1980년대 중후반 이후 반공해운동의 의제 확장과 대중화라는 영역과 연결되어 창작되고 공연되었다. 공연법과 예술적 자유와 관련한 당대 연극계, 연우무대 내부의 반향에서 시선을 확장하여 공해 문제를 중심으로 대항 발전주의 서사가 어떻게 다각화되었는지 마당극운동과 생

---

3   이철호, 「1980년대 김지하의 민중론과 생명사상—장일순, 원주캠프, 동학」, 『상허학보』 60, 상허학회, 2020.

4   이상록, 「탈성장(degrowth) 사상의 한국적 전개와 그 의미」, 『지역과 역사』 51, 지역과역사, 2022.

태주의의 교차 양상을 살피고자 했다. 이를 위해 저본이 되었던 담시, 동화 텍스트와 마당극 연행 텍스트, 반공해운동 팸플렛과 단행본, 구술 자료 등을 중첩하여 읽어 당대의 만남들을 입체적으로 조명한다.

이 질문은 당대 민중운동의 재현의 전략 속에 만들어진 연행에서 추측할 수 있는 생태론적 인식과 의미들은 현재의 우리에게 어떠한 전 망을 제시하는 것인지에 대한 성찰에 맞닿아 있다. 브뤼노 라투르가 언 급하였듯 현재 인류가 직면한 지구온난화에 따른 기후 위기의 상황은 우리가 현재 "근대주의의 폐허에 사는" 것임을 자각시키며, "이산화탄 소 배출량을 줄이고, 생물 다양성의 손실을 막"아야 하는 전환의 시대 임을 강하게 환기시킨다.[5] 라튀르는 인간이 존재하는 물적 기반의 전 례 없는 행위자성과 "80억 명에 이르는 인류의 행위에 대한 지구 시스 템의 반응"에 주목하고, "환상으로 자신을 달래는 법 없이" "오래된 조 리법"과 "예로부터 전해 내려오는 지혜"를 새롭게 볼 것을 강조한다.[6] 라투르는 "글로벌에서 대지쪽으로의 방향 전환"을 논하며[7] "토지에 머 물며 일하기를 바라는, 거기에 기반을 두고자 하는" "토지에 대한 상상 력"을 강조하지만 이 소속감을 로컬이 거기에 추가했던 "민족 동질성, 독점과 세습, 역사주의, 과거에 대한 향수, 진정하지 않은 정통성 등"과 혼동하지 말 것을 요청한다.[8] 이는 레이먼드 윌리엄스가 일찍이 인간적 으로 그리고 자연적으로 근본적인 중요성을 가지는 것으로서 '태생적'

---

5   브뤼노 라투르, 박범순 역, 『지구와 충돌하지 않고 착륙하는 방법(2017)』, 이음, 2021, 13면.
6   브뤼노 라투르, 위의 책, 70면.
7   브뤼노 라투르, 위의 책, 98면.
8   브뤼노 라투르, 위의 책, 81면.

'장소성'의 감정이 작위적인 국민국가의 형태와 '국민'이라는 소외된 정체성으로 투사되었던 것을 경계한 것과도 겹친다.[9]

본 장에서는 김지하의 생명사상과의 보다 전면적인 영향관계를 보여주었던 임진택 연출 〈밥〉이 1985년 가을 학기와 1986년 봄학기에 큰 인기 속에 대학 야외무대의 집회-공연 순회공연의 레퍼토리가 되었다. 그리고 종교적이고 비의적인 서술과 생명사상의 논의 구도를 보였던 김지하의 《밥》은 1985년 대학가라는 새로운 운동적 국면과 접합되면서 풍자의 공격적 웃음과 연극의 매체적 기동성과 놀이성을 강화하는 방식으로 개작되었고, 독재정권에 대한 우롱과 풍자를 가능하게 하는 집단적 문화 형식으로 기능했다. 또 1980년대 중반 윤기현의 동화 〈사랑의 빛〉을 저본으로 기획되었던 김민기와 극단 학전 기획의 생태극 〈개똥이〉가 1995년에 이르러 공연되기도 한다. 이 텍스트들을 생태주의적으로 겹쳐 읽는 것은 반체제 인사들의 조직적 움직임이나 관객들의 저항적 집단성의 차원으로 한정되지 않는 영역들을 재독하기 위함이다. 이를 통해 전지구적인 정치·경제 구조에 대한 비판, 생활과 실존의 차원으로 침습하여 들어오는 근대적 개발주의의 폭력성에 대한 구체화된 성찰을 밝힌다.

생명 사상의 변주, 반체제 풍자의 쾌감, 증여적 관계성 — 〈밥〉(1985)

반공해운동·생명사상과의 공명과 교차 속에 창작된 임진택의 〈밥〉

---

9   레이먼드 윌리엄스, 짐 맥기건 편, 임영호 역, 『문화와 사회를 읽는 키워드』, 컬처룩, 2023, 416면.

(1985)이 1987년 6월 항쟁 직전 열기가 올라가던 시기 대학가에서 큰 인기 속에 순회 공연되고 집회와 연동되었던 국면은 반독재 민주운동과 생명사상 사이의 경합을 가장 잘 적시한다. 선행연구에서 밝혔듯이, 1980년대 초반에는 학생운동권의 필드 확장의 일환으로 공해문제에 대한 현지조사와 반공해운동이 가시화되었다. 극단 연우무대가 1984년 공연한 공해풀이 마당굿 〈나의 살던 고향은〉은 반공해운동과 문화운동이 중첩되었던 1980년대 초반의 한 결산으로서 성격을 지녔다.[10] 〈나의 살던 고향은〉 공연 이후 극단 연우무대에 대해 내려진 '공연중지 처분' 사건을 겪고 임진택은 연희광대패를 결성한다. 그리고 창단 공연으로 생명사상에 강조점을 둔 김지하의 이야기집 《밥》(분도출판사, 1984)을 저본으로 '참선 마당굿' 〈밥〉(1985)을 창작한다. 마당극 〈밥〉은 김지하의 이야기집 제목을 따르고 있고, 주제적이고 화소적인 차원에서 연속되는 차원을 지니고 있으며 임진택은 문화운동 1세대로 1970년대부터 김지하와 긴밀한 인적 교류를 맺어온 인물이다. 또 〈밥〉은 〈부러진 노를 저어저어〉(1983), 〈나의 살던 고향은〉(1984)에 이어 민중운동의 관점이 '공해문제'과 '공해병'을 매개로 순환·관계성의 생태론적 관점으로 다각화되는 맥락 위에 있다.

그는 노동자 및 농민에 대해 양가적 규정을 하고 있다. 노동자의 경우 우리의 일상생활에 필요한 생활용품을 생산한다는 점에서

---

10 〈나의 살던 고향은〉은 정기공연 이후 극단에 대한 6개월 간의 공연정지처분을 받았다. 반생태적 산업 발전주의에 대해서 제기하는 근본적인 문제제기와 노동운동·지역민운동·농민운동 등의 여타 '민중운동'과의 결합으로 인해 만들어질 수 있는 집단성, 양자 모두는 1982, 3년 가시화되던 반공해운동에 대한 당국의 감찰 이유였다.(박상은, 「생태와 불온—1980년대 초중반 마당극과 생태주의」, 『상허학보』 69, 2023.)

는 이로운 존재이지만 핵무기를 비롯한 무기 일반을 생산한다는 점에서는 해로운 존재이기도 하다고 하고, 농민의 경우도 이와 유사하게 농약을 사용하여 다수확을 꾀하려고 할 때 그들은 농약의 피해자이기도 하지만 동시에 공범자이고 가해자라고 하고 있다.[11]

이철호는 『밥』이 김지하에게 있어 "문학과 종교가 단단히 결합되어 가는 과정"을 보여준 텍스트로 독해한 바 있다.[12] 1980년 12월 출옥한 김지하가 귀향하여 "생명사상을 동학사상에 기대어 이론화하는 작업"을 해 나갔으며 1984년과 1985년 각각 출간한 『밥』(1984)과 『남녘땅뱃노래』(1985)는 원주 내 가톨릭농민운동과의 결별과 생명 사상과 동학으로의 이동을 전면화하는 텍스트였다.[13]

앞서 언급하였듯 1987년 6월 항쟁 직전은 1980년대 중반의 시기는 학생운동권의 이념 논쟁이 가열되는 한편 현장 이전이 크게 확대되고, 1985년 6월 구로연대투쟁과 1986년 5.3인천항쟁과 같이 노동자를 중심으로 한 집단 투쟁이 가시화되었던 시기였다. 특히 광주항쟁 이후 1980년대 전반이 반미사상·반식민지론·계급혁명론에 입각한 마르크스주의·레닌주의·스탈린주의·주체사상이 도입된 시기이며, 운동노선에서 극한적 투쟁론이 급격히 분출된 시기임은[14] 다시 강조될 필요가 있다. 이와 같은 맥락에서 노동운동을 중심으로 이루어진 사회 변혁의 상상

---

11 박인성, 「생명의 세계관-김지하 사상의 문제점과 과제에 대해」, 『김지하-그의 문학과 사상』, 세계, 1984, 178면.

12 이철호, 앞의 글, 196면.

13 이철호, 위의 글, 190면.

14 김소남, 「1970~80년대 원주그룹의 생명운동 연구」, 『동방학지』, 동방학회, 2017, 189면.

에서 강조된 적대의 구조에서 생명 사상의 위치는 애매한 것이었다. 김지하의 생명사상이 민족문학론 진영에서 크게 환영받지 못했음은 주지의 사실이다. 위 『밥』에 대한 서평은 이 어긋남을 드러낸다. 실제 김지하의 사유가 질서정연하게 개진되지 못한 측면도 존재했지만, 비단 비논리성과 산발적인 사유가 비판을 받게 된 핵심적 이유는 아니었다. 김소남이 분석한 바대로 『밥』(1984)은 원주보고서에 반영되었던 "운동권적 논리와 생경한 용어"가 드러나고 사회의 모순을 사회주의적 틀로 분석하면서 그 대안으로 생명운동을 제시하는 "부정합한 논리의 서술"이 반영된 텍스트이기도 했다.[15] 그럼에도 가해자로서 독재정권과 피해자로서 민중의 구도를 엄격히 하며 이 민중의 위치에 집단적 변혁을 가능하게 할 집단으로서 노동자를 두었던 당대 변혁운동의 사유에서 생명의 차원에서 접근하면 노동자와 농민이 가해자가 될 수도 있다는 사실은 쉽게 수용될 수 없었다.

그런데 마당극 〈밥〉은 서울 신촌 신선소극장에서 1985년 5월 한달간 초연된 이후 6월에 연장공연을 하였고, 1985년 가을 학기와 1986년 봄학기에 대학 야외무대의 집회-공연 순회공연의 레퍼토리로 큰 인기를 끌었다. 〈밥〉은 일 년 사이 전국 30개 대학의 초청을 받아 광장·운동장·마당 등에서 "마당판을 벌였"으며 관중의 수는 400명에서 2·3000명에 이르렀다. 임진택은 〈밥〉의 대학 초청 축제 형식의 공연이 "재공연이 당국에 의해 차단"된 것을 계기로 이루어졌다고 밝혔다.[16] 실제 1985년 10월 4일로 예정된 대구가톨릭문화관에서의 공연은 대구시와 남구

---

15 김소남, 위의 글, 190면.

16 임진택, 「'밥' 연출 노트」, 《밥》(연희광대패, 4320년 10월 17일~26일, 예술극장 미리내 공연) 팜플렛, https://www.daarts.or.kr/viewer/document/626513

청 간의 공연신청서 접수 거부로 무산될 상황이었음에도 관객들이 방문하여 공연을 할 것을 항의하는 소동이 벌어지기도 했다.[17] 5월의 서울 장기공연이 당시 대본심의기관인 '한국공연윤리위원회'의 심사를 통과한 후 이루어진 것이라는 임진택의 항변이 이루어지기도 했으나 결국 공연은 무산되었다. 역설적이게도 대학 축제의 순회공연은 "극장공연에서 맛보지 못했던 열띤 분위기" 속에 이루어지며, 극장 밖의, 동질적 목표를 지향하는 관중집단을 대상으로 하는 이와 같은 공연이 "마당극의 본령"이라는 깨달음에 이르는 계기가 된다. 그런데 이는 정작 임진택 자신이 유신 말기 이화여자대학교에서 〈노비문서〉를, 서울여자대학교에서 〈돼지꿈〉을 연출·공연하며 이미 강렬하게 경험했던 바이다. 1980년 5월 광주 이후 1980년대 초까지 제한되었던 활동성이 1983년 말 학원 자율화 조치 이후 대학이라는 공간에서 다시 분출되었을 때, 유신 시기와는 또 다른 대학생-집단-관객성이 만들어졌고, 임진택 연출은 특별하게도 연행 장소의 개방성·관중집단의 강렬한 동질성을 재맥락화할 수 있는 경험을 하게 되었다.

이와 같이 극적으로 열렸던 1985년 대학 집회의 공간과 함께 내용과 주제적 차원에서 어떤 부분이 동시대 저항성의 지평과 연결되었을까. 마당극 〈밥〉은 자연농법의 중요성·사람이 곧 하늘이라는 향아설위 사상·경제적 평등 의식을 반영한 공생공존의 사상을 기초로 했다. 그 사상적 토대는 저본 『밥』의 토대인 '원주 보고서' 「생명의 세계관 확립과 협동적 생존의 확장」(1982)에 있다.[18] 김소남이 밝혔듯이, 실제 『밥』

---

17 「김지하씨 작품 〈밥〉 대구공연 불허…항의소동」, 『조선일보』, 1985.10.6.
18 「생명의 세계관 확립과 협동적 생존의 확장」으로 정초된 이 보고서는 1980년 12월 출

(1984)은 또한 원주보고서의 주요 논지에 기반하여 이를 풀어 작성된 것이었다.[19] 장일순을 중심으로 한 원주그룹의 사상적 탐색은 1970년대 후반부터 자본주의와 사회주의 모두가 생산력주의에서 자유로울 수 없음을 비판적으로 보고, 노동·농민운동에서 생명운동으로 전환을 준비하는 데 있었다. 이때 동학은 장일순의 종교적 배경이기도 하였지만, 이분법적 적대와 생산력주의를 극복하며 생명운동을 대중화할 수 있는 언어이기도 했다.

그런데 앞서 언급했던 1980년대 전반 대학 운동문화의 역학에서 '생명사상'이 갖는 위치를 고려할 때, 『밥』의 어떤 부분이 마당극 〈밥〉의 수행적 국면으로 연결되었는지 보다 면밀히 살펴볼 필요가 있다.

우리는 극장공연을 일단 쉬면서 작품을 대폭 수정하기로 한 바, 이는 일차적으로 '참선 마당굿'이라는 힘에 벅찬 목표를 유보하고 실현 가능한 방향으로 전환하는 일이었다. 그리하여 이 작품을 본원적인 의미에서의 마당극에 걸맞는 방식으로 재조립하기로 했는데 그것은 다시 말하면 '서사적 마당극'으로부터 '놀이적 마당극'으로 옮겨놓는 일이었다. 앞서의 극장공연은 네 마당으로 구성되었으되 각 마당 사이사이에 큰광대의 일생을 서술하는 해설 부분이 기둥으로 자리 잡고 있는 서사적 구조였다. 말하자면 **석가와 예**

옥 직후 원주교구 기획위원으로 장일순과 사회개발위원회에 참여하며 김지하가 1981년 9월 초안을 작성하고, 장일순 등이 함께 검토하며 1982년 초 완성된다 (김소남, 앞의 글, 179면)

19 또 『남녘땅 뱃노래』(1985.7)에 실린 「삶의 새로운 이해와 협동적 삶의 실천」은 '원주보고서'의 1장 개요와 3장 주해를 중심으로 수정 보완한 글로 『제3세계-제3세계의 새로운 세계관 모색』(1985.1)에 앞서 게재되었다.(위의 글, 181면.)

수와 수운·해월·증산을 함께 연상시키는 큰광대라는 가상의 인물을 설정하여 그 행적과 말씀을 제시하고, 그것의 진의를 하나의 짧은 극놀이를 통해 확인하고 해명하는 방법이었다. **그러나 이번에는 큰광대에 관한 서술 부분을 모두 들어내고 각 마당들을 독자적으로 병치시킴으로써 마당극 본래의 놀이적 성격을 강화하는 방식으로 바꾸기로 한 것이다.**(강조-인용자 주)[20]

〈밥〉은 1985년 5월 신선소극장에서 초연을 한 이후 다음 달이 6월 한 달간 연장공연을 할 만큼 "열띤 열기"를 보여주었다고 보도되었지만, 참여 주체들은 초연 이후 작품을 대대적으로 수정 보완이 필요하다 판단했다. 이 과정은 임진택의 연출 노트에 구체적으로 남아 있다. 〈밥〉은 구상 당시 5마당(광대는 똥이다, 똥이 밥이다, 밥이 하늘이다, 하늘이 나다, 나는 밥이다)으로 구성되었다. 초연 때 이를 '광대는 똥이다'를 제외한 네 마당으로 축소하였다. 이후 "대학초청 공연 때 다시 '밥이 하늘이다'를 생략한 세 마당으로 축약·정리"되었다.[21] 이 축약과 정리는 여러 층위의 고충이 개입되어 있는데, ①'참선마당굿'("'극장은 선방이 되어야' 하며, 광대는 진리를 꿰뚫는 선사의 위치로 가야한다")의 실효성에 대한 반성 ②내용적 차원의 교술성 극복 ③무대장치·조명·배우연기·공간 등 연출적 차원에 대한 정비의 차원으로 볼 수 있다. 실제 각색을 통해 작품의 기반이 되었던 저본 『밥』에 제시되었던 참선·한울·예수 등 김지하의 종교적

20 임진택, 「'밥' 연출 노트」, 《밥》(연희광대패, 4320년 10월 17일~26일, 예술극장 미리내 공연) 팜플렛, https://www.daarts.or.kr/viewer/document/626513

21 임진택, 「'밥' 연출 노트」, 《밥》(연희광대패, 4320년 10월 17일~26일, 예술극장 미리내 공연) 팜플렛, https://www.daarts.or.kr/viewer/document/626513.

사유와 문화적 기호와 교술적 장면이 생략되었다.

마당극 〈밥〉의 각색은 여러모로 중요하다. 첫 구상 당시 '참선마당
굿'의 지향은 연행을 하고 보는 각 주체의 해탈과 각성을 목적으로 한
다는 점에서 『밥』의 종교적 측면과 근거리에 있었다. 하지만 마당극
〈밥〉은 반독재 투쟁이라는 특수한 맥락 속에서 대리집회로 기능했던
대학초청 공연이라는 국면에서 극적인 도약을 하게 된다. 학살에 토대
를 둔 정권에 대한 반독재를 향한 저항의 정동과 만나면서 일원론적 민
예의 전통론에 대한 강조로, 특정한 종교의 지도자성에 의탁한 종교론
적 회귀론으로 귀결될 수 없었기 때문이다.

농부 야, 너 해, 넌 시방까지 쨍쨍 내
려쬐면 어떻허냐? 논바닥이 쩍
쩍 갈라지는디.

해 하, 저놈 보소. 쓰잘데없는 짓
은 지가 다 하고 내 탓만 하네.
(불림조) 잘되면은 니덕이고, 못
되면은 내탓이냐?(장단에 맞춰 서
로 한 빈 슬러댄다)

농부 그리고 너 말이여 비, 넌 왜 이
렇게 낯짝 보기가 힘드냐?

비 비, 저그 해가 없어져야 내가
나가제. 모든 일에는 순서가 있
는 법이여. (불림조) 찬물에도 순
서있고 똥물에도 파도있네.(장
단에 맞춰 서로 한번 슬러댄다)

구체적으로 마당극 〈밥〉은 '똥이 밥이다', '식사가 제사', '나는 밥이다'의 세 마당으로 구성되어 있다. 첫째 마당인 '똥이 밥이다'는 농약안 치고 쌀을 재배하는 한 농부를 중심으로 농약문제·유기농 재배 쌀의 도시인 소비 등 농촌의 현실을 제시하며 시작한다. 첫째 마당은 농부가 유기농 쌀을 직접 판매하겠다고 도시를 갔다가 겪게 되는 에피소드를 통해 생태계의 유기적 순환이 막힌 도시적 삶과 생활 방식을 희화화한다. 둘째 마당인 '사람이 한울이다(식사가 제사)'는 진귀한 유물이 발견된 현장을 방송 보도 프로그램 형식을 빌어 기자·학자·전문가·국회의원·종교인 등이 해당 유물에 대해서 각종 해석을 내놓는 모습을 풍자적으로 그린다. 셋째 마당 '나는 밥이다'는 감옥 안에서 죄수들이 재판놀이를 하는 양식을 빌어 공생공존의 세계관을 담았다.

각 마당의 제목에서 생명 사상의 영향을 확인할 수 있는데, 에피소드의 차원에서는 첫째 마당이 순환론적 세계관과 문명 비판의 관점에 제일 가깝다. 현재 생산·유통·소비의 사회경제적 차원에서부터 관계맺음의 방식에 이르기까지 다양한 분야에서 요청되는 생태적 전환에 대한 사유에서 "탈성장 전환 사회로의 이행"이 "농업중심사회로의 재편"을 놓치고 이야기될 수 없음을 상기할 필요가 있다.[22] 대표적인 생태 사상가인 김종철이 거듭 강조한 바이기도 하지만, '농(農) 가치'에 대한 숙고와 실현은[23] 단순한 회귀주의가 아닌 거주 가능성의 시험대에 오른 기후 위기 시기에 대처하는 가장 근본적인 전략이기도 하다. 반공해 마

---

22 신승철, 「탈성장전환에서 토지개혁과 토지공유제」, 공규동 외, 생태적지혜연구소협동조합 기획, 『탈성장을 상상하라-성장 신화의 종말과 이후 시대』, 모시는사람들, 2023, 53면.

23 신승철, 「탈성장사회 비전과 전략」, 위의 책, 134면.

당굿의 계보에서 농 생활의 문제를 다룬 작품은 〈나의 살던 고향은〉(1984)과 〈허연 개구리〉(1984)로 볼 수 있는데, 이 두 작품에서는 농업 유통 구조의 문제를 다루며 도시적 삶을 위한 농촌의 희생이라는 구조의 문제를 드러내는 한편 농약중독이라는 환경 질병의 문제가 가시화된 바 있다. 〈밥〉의 첫째 마당은 같은 문제의식을 공유하면서 비인간자연-농 노동-밥-똥의 생명론적 순환에 보다 전면화한다. 등급화된 화장실을 통해 희화화되는 도시적 삶을 경유하여 돌아온 농촌에서 농민이 경험하는 안도감은 관객에게 전이되었을 것이다. 위의 장면에서 확인할 수 있듯이 〈밥〉에서 대지 및 자연에 대한/의한 돌봄의 엮임은 관객·소도구·배우의 자연물화라는 방법을 통해 현현된다.

문화자본을 지닌 전문가 집단 및 종교인·승자독식의 경쟁적 세계관을 내면화한 도시인에 대한 비판을 근저로 하는 둘째 마당과 셋째 마당은 비인간 자연과의 관계성이 전면화된 에피소드로 볼 수 없다. 하지만 (순수)증여와 호혜적 관계를 강조하는 '제의적 결말'의 구조를 지녔다는 점에서 공통된다. 둘째 마당에서 마당에 놓여 있는 "어떤 물건"을 둘러싼 경찰국장·고고학계 원로·목사·만신의 각기 다른 해석과(장물·향로·십자가·신주단지) 그 뚜껑을 열고자 하는 소란이 물러간 후, 아낙·사내·훈장·할멈 등 동네사람들이 나가가사 쉽게 열린 그 뚜껑 달린 물건은 밥을 지어 먹는 '가마솥'이었다. 그리고 둘째 마당은 방아 타령과 단순화된 동작·대사의 연합 속에 함께 밥을 짓고 밥을 먹는 장면으로 이어 마무리된다.

호구거사 쿨룩쿨룩 기침을 하며 쓰러진다. 숙연한 분위기. 죄수들 신음소리 비슷하게 작게 입 속으로 노래하다가 이윽고 모두들 풍물을 잡아들고 자유와 평등과 새 세상을 꿈꾸는 개벽굿을 벌인다.

모두들 모든 밥상 머리 풀 때

모든 산이 검푸를 때

모든 길에 비단이 깔릴 때

아홉 짐승 말을 하고 밤여치 자취 없고

기러기 높이 날고 성은 무너져 웅덩이로 변할 때

걸군굿 초라니패 남사당 여사당

주전자 운전수 사대치

웃는 놈은 벼락 맞아

즉사하리라 즉사하리라

천지를 진동하는 풍물굿이 뒤풀이로 이어진다.

셋째 마당의 경우 감옥 죄수들이 재판놀이를 하며 "너나 나나 똑같은 밥이다"를 외친 '호구거사'가 "너는 내 밥이다"라 외치고 다녔다는 죄로 감옥에 갇혀 그 죄를 따지는 과정을 리듬감 있게 보여준다. 갇힌 자가 강도·김밥장수·방직여공로 설정된 것은 고통받는 '민중'의 규범화된 형상으로 환원된다. 그러나 강력한 평등주의의 언어를 반영하는, 작게 읊조리면서 시작된 노래는 풍물가락 속에 "자유와 평등과 새 세상을 꿈꾸는 개벽굿"과 천지를 진동하는 풍물굿"으로 점진적으로 커지는 음향 속에 마무리된다.

특히 흥미로운 것은 마당극 〈밥〉이 독재투쟁의 적대가 끝난 자리에서 운동은 무엇을 지향할 것인가를 고민했던 원주그룹의 사상이 해

민중과 통속

당 시기 반독재투쟁을 가장 집단적으로 외쳤던 대학가와 접합되었던 풍경을 적시했다는 점이다. 첫째 마당은 농 생활의 기반이 되는 비인간 자연과의 (순수)증여와 호혜적 관계를, 둘째 마당과 셋째 마당은 먹음으로써 생명을 유지한다는 점에서 '밥'이 갖는 평등주의적 지향을 통해 원주그룹의 생명사상을 계승했다. 이와 같은 생명 사상 자체가 대학 운동문화의 중심으로 부각될 수는 없었지만, 동시대 다른 대학 문화운동극에 비해 노동 문제나 현장으로의 이전 문제를 전면화하지 않은 〈밥〉의 재현 전략은 1980년대 중반 대중화의 국면에서 매우 유효한 방식으로 작동했다. 공연의 녹화본에는[24] 건물 벽에 "광주여 광주여"라 적힌 현수막과 야외 공간의 북적거림, 시위 소리가, 마당과 마당 사이 연행의 음향 도구인 북소리의 장단에 맞추어 함께 부르는 노래가 남아 있다. 이는 대본 텍스트에서 확인할 수 없는 기호들이다. 이 기호들의 중첩은 1987년 6월 항쟁 이전 신군부 정권의 도덕적 헤게모니에 저항하고자 하는 대학 문화의 정동이 짧은 순간 문명 비판과 생태론적 문제의식과 접합될 수 있었음을 보여준다. 이는 도저한 생명·동학 사상의 언어들에 대한 구별짓기보다 다양한 소통적 전략을 활용한 '연행의 놀이성'과[25] 함께 부르는 시위 노래들 속에 구성된 공동체성이 당대의 좌파 포퓰리즘을 구체적으로 보여주는 한 장면일 것이다.

---

24 〈밥〉 공연 녹화본, 아르코예술기록원 소장본.

25 이때 활용된 미학적 전략은 잡색놀이·방송프로그램 형식·재판놀이·배우의 역할놀이·시공간의 축약 및 배우의 일인다역·관객을 극중인물로 관객석을 극중공간으로 전유하는 놀이성 등이었다.

반공해운동의 목적론, 변혁기의 형식, 반핵운동
— 〈공해추방을 위한 시민 한마당〉(1987), 〈먹이사슬〉(1990)

이후 한국 사회는 1987년 6월 항쟁과 1980년대 후반에서 1990년대 초반에 이른 변혁적 대중운동의 시기를 경유했다. 주지하듯, 1980년대 중반, 그리고 변혁적 대중운동이 활성화된 1987년 이후 1990년대 초에 이르기까지 반공해 운동의 문제 제기 자체가 노동운동에 비해 중심으로 부각되었다 보기는 힘들다. 하지만 1987년 6월 항쟁과 그 직후에 반공해운동은 당대 '반핵운동', '최루탄 저지 운동', '88올림픽과 공해 문제' 등을 의제화하고, 진폐증투쟁·식수문제·낙동강 페놀사건 등 생활과 연동된 문제에 대응하며 대중화의 중요한 한 부문으로 부상하기도 했다.

앞선 마당극 〈밥〉이 생명운동과 한살림운동의 맥락에서 구성된 것이라면, 본 장에서 살펴볼 〈공해추방을 위한 시민 한마당〉(1987, 1988), 〈먹이사슬〉(1990), 〈뒷기미 병신굿〉(1991), 〈공해공화국〉(1992)는 반공해운동의 자장에서 기획된다. 반공해운동은 1980년대 한국공해문제연구소(1982)를 주축으로 가시화되었으며 여기서 분화되어 활동한 공해추방청년협의회(1984년 결성된 반공해운동협의회)와 공해반대시민운동협의회(1986)가 1988년 '공해추방운동연합'을 결성하여 '반핵운동'과 '반공해운동'을 2대 운동 목표로 설정해 활동한다. '공해추방운동연합'은 1990년 초반까지 환경문제의 여론화와 지역 공해추방운동 단체의 결성을 이끌었으며 1993년 환경운동연합 결성으로 이어진다.[26]

---

26 공해추방운동연합은 반핵운동과 반공해운동을 2대 운동 목표로 설정해 활동했으며 광주 울산 부산 등지에 환경운동시민연합을 파생시켰다. 공해추방운동연합은 1993년 4

구도완이 언급했듯 반독재민주화운동 속에 성장한 한국의 1980년대 생태운동에서 생명·한살림운동과 반공해운동 주체는 서로의 활동 영역을 겹쳐 연대하였다는 특수한 관계를 보였다.[27] 그러면서도 각 집단의 활동 방식과 인식의 지평와 체제에는 확연한 차이가 있었다. 한살림운동이 보다 근본적이고 생태주의적인 접근을 시도했다면 당대 환경운동의 주류인 반공해운동은 개발사업 저지와 정책 개선을 위한 직접행동을 위주로 활동했다.[28] 즉 1980년대 중반 한국의 환경운동은 반독재 민주화운동이라는 대항공적영역을 공유하며 연대하였지만, 사회모순의 근본적인 원인과 대안적 사회에 대한 상상의 지평과 실천의 방법에 있어서 미분 되었다. 그렇다면 반공해운동의 맥락에서 연행된 텍스트에서 나타나는 상이한 질은 무엇을 의미하며, 생태적인 관점에서 어떻게 독해될 수 있을까.

〈표〉 한국공해문제연구소《공해연구》발행호 및 특집 내용

1호: 반공해 운동을 확산하자(84.1)	10호: 우리들은 죽더라도 애들만은 살려주세요.(온산) (85.7)
2호: 직업병을 추방하자(84.2)	11호: 공장 틈바구니에서 신음하고 있는 여천(85.10)
3호: 종교인은 반공해 운동에 앞장 서자(84.3)	12호: 지리산 파괴현장을 가다. 한강 종합개발의 허구성(86년 봄호)
4호: 원자력 발전소 건설을 중단하라(84.4)	

월 전국 8개 환경단체와 통합해 환경운동연합을 만들었다.
'공해추방운동', 『한국민족문화대백과사전』, https://encykorea.aks.ac.kr/Article/E0075880 (검색일자: 2023.7.17.)

27 구도완, 「한국형 생태주의 운동의 태동과 진화」, 『모심과 살림』 제 3호, 2014년 여름호, 94면.

28 신동호, 『자연의 친구들 2』, 도요새, 2007.

5호: 한국의 공해현실에 대한 우리의 주장(84.5)
6호: 개연성 이론에 입각한 신속한 판결을(84.6)
7호: 자가용 승용차를 억제하라(84.7)
8호: 일본의 공해산업 수출을 규탄한다.(84.8)
9호: 북한산 개발계획을 전면 백지화하라(84.9)

13호: '86 반공해선언, 핵과 한반도(86 여름호)
14호: 공해와의 싸움 30년. 물, 물, 물(86년 겨울호)
15호: '87 반공해선언, 최루탄을 해부한다.(87 여름호)
16호: 핵과 한반도(87 가을호)
17호: 올림픽과 서울의 공해(88 여름호)

〈우리의 입장〉

1) 안전성이 의심스러울 뿐만아니라 외세의 이익만 만족시켜주는 핵발전소 건설은 중단되어야 하며, 민족의 생존권을 위협하는 한반도 주변의 모든 핵무기는 철수되어야 한다.

2) 노동자의 삶을 파괴하는 산업재해와 직업병은 공해문제와 같은 뿌리이다. 노동자의 단결과 민주세력의 참여로서 이땅에서 산업재해, 직업병을 몰아내자.

3) 농민을 병들게 하고 농약사용을 강제하는 것은 외세의 다국적 농약기업과 이를 지원해준 독재정권이다. 이제 농민과 도시 소비자간의 굳건한 연대를 통해 이땅에서 농약공해를 추방하자.

4) 최루탄은 민중탄압의 도구로 사용될 뿐만 아니라 민주시민의 건강을 위협하고 있다. 국민의 생명을 위협하는 최루탄 사용을 즉각 중단하라.

5) 현 정권은 '88 올림픽'을 운운하면서 공해 관련 자료를 숨기고 있다. 공해 실상을 은폐 왜곡 통제하지 말고 국민 앞에 사실대로 공개하라.

민중과 통속

6) 한반도는 선진국의 공해쓰레기장이 되고 있다. 국민의 건강과 생명보다 다국적기업의 이익을 보장해주는 군사독재정권을 몰아내고 공해의 원흉 다국적기업을 추방하자.

7) 형식상으로만 명시된 환경권은 오히려 공해문제를 더욱 심화시킬 뿐이다. 환경권을 무시하는 독재헌법을 철폐하고 민주헌법을 쟁취하자.

    1987.6.5.

    한국공해문제연구소(강조-인용자 주)[29]

위의 표는 한국공해문제연구소가 1984년부터 발간한《공해연구》의 호수와 특집 내용을 정리한 것이다. 한국공해문제연구소를 주축으로 이루어진 반공해운동은 공업단지의 공해 문제·원자력 발전소 건설·국토 개발계획과 같은 산업화 과정의 폐해를 문제시하고, 공해 반대 운동과 관련한 주민운동을 지원하였으며, 공기 중 유해물질·에너지·식수·식품첨가물과 같은 산업화 된 생활 방식에서 노출될 수 있는 오염 물질들에 대한 각성과 도시 설비의 미비에 따른 위험 등의 환경 문제를 의제화했다. 1987년 6월 5일 환경의 날에 명동성당 문화관에서 열린 '공해추방을 위한 시민 큰 마당'에서 발표된 아래의 선언문은 1987년 당시 반공해운동권이 정초한 의제를 집약적으로 보여준다. 반공해운동은 인간의 생활과 삶을 변형시킬 수 있는 환경적 변화와 질병의 문제에 주목했다는 점에서 경제적 불평등과 소외의 문제를 강조했던 운농의 숭심 남논과 변별되는 미분된 상상력을 보여주었다. 농민은 농약

---

29 한국공해문제연구소, 『공해연구』 15, 1987.7.7, 5면.

공해로 인해, 노동자와 일반 시민은 산업재해와 직업병 그리고 보다 근본적으로는 보이지 않는 유독화학물질에 의한 환경질병(최루탄 공해 포함)으로 인해 고통을 받는다.

그럼에도 선언문에서 선명하게 드러나듯, '반공해운동'이 인접한 생명·한살림운동과 대비할 때 지닌 차이점도 분명했다. '공해'라는 단어의 선택에서도 그러한데, 환경오염을 가리키는 '공해(公害)'는 '사해(私害)'와 구별되어 "일반 대중과 지역사회가 공통적으로 겪는 생활 피해"를 지칭한다. 당대 선택된 '공해'라는 단어에는 환경 문제를 발생시킨 가해자 집단에 대한 적대의 정동을 강조하는 의도가 담겨 있다. 반공해운동은 가해자로 무분별한 산업화의 주체를 독재정권과 자본의 편에 서 있는 기업 그리고 세계자본주의 체계하에서 제 3세계에 공해 물질을 보내는 제국주의적 국가들('미국'으로 대표되는)로 상정했다. 즉 핍박받고 억압받는 집단적 형상으로서 '민중'의 구성적 주체인 농민·노동자·일반 시민과 '외세', '정권', '군사주의', '다국적 기업' 사이의 적대를 강조했다. 이 지점에서 장일순과 김종철은 제국과 자본의 구조적 문제를 경시하지는 않았지만 '공해' 자체에 대한 비판과 적대의 정동이 근본적인 것은 아님을 지적하며 산업문명에 대한 비판과 농경제·농생활·토착민의 생활적 지혜에 대한 강조와 산업화 된 생활·문화방식의 근본적인 변화를 강조하는 방향을 택했다.

1987년부터 1989년까지 대중운동의 일환으로 〈공해추방을 위한 시민 한마당〉이 개최된다.[30] 6월 5일 지구의 날에 열린 〈공해추방을 위한

---

30 시민 한마당은 공해반대시민운동협의회·공해추방운동·청년협의회·공해연구회 등 4개 단체 공동 주최로 열렸다.

시민 한마당〉에서 1987년에는 노래극 〈애들만은 살려 주이소〉와 마당극 〈서울 공해 어디까지 왔나!〉가,[31] 1988년에는 마당극 〈공해꽃〉이,[32] 1989년에는 대구 떼풀이 반핵연극 〈먹이사슬〉이 공연되었다.[33]

> 기업주 각하 눈가리식 아옹법과 팔다리 잡아당기고 머리쓰다듬기
> 식을 병용하는 것이 어떻겠습니까? 어떻게 해서든 2000년
> 대 선진조국 창조의 길로 가는 길에 추호의 거침도 없게 해
> 야합니다.
> 환경청관리 옳습니다. 선진국으로 도약하려는 역사적인 이 마당에
> 서 **주민들의 팔다리가 곪고, 뼈마디에 구멍이 좀 뚫렸기로서**
> **니** 뭐 대수로울 것이 있겠습니까. 조국의 대사 88을 앞두고
> **요트경기장 정화, 한강의 미화작업**이 더욱 시급합니다.

(대사가 끝나자 마자 셋이서 함께 간단한 율동과 함께 '우상의 언덕' 개사곡을 부른다.

(17) 노래: 우상의 언덕(개사곡)

(노래가 끝날 때 쯤 관객 속에서 양키가 제스츄어를 쓰면서 무대 위로 올라와 대머리와 포옹, 사진찍는 포즈 등을 취한다.)

(18) 대사

---

31 〈애들만은 살려 주이소〉는 온산 지역의 공해 실태와 주민운동을 알리는 책의 제목인 『우리 애들만은 살려주이소』(한국기독교사회문제연구원, 1987, 민중사 간행)이기도 했다.

32 마당극 〈공해꽃〉의 대본은 현재 전해지지 않는다. 김포공항 주변의 소음공해를 다룬 '고강동의 아이들', 서울 상봉동 주민들의 진폐증문제를 다룬 '검은 민들레', 등촌동 대경주택 주민들의 성공사례를 담은 '만세, 등촌동 아줌마'의 내용을 다룬 것으로 전해진다. (「공해문제 더불어 해결할 일」, 『한겨레』1988.06.07.)

33 김재석·최재우 편, 〈먹이사슬〉, 『이 땅은 니캉내캉—대구지역 민족극 선집』, 태학사, 1996.

양키 미스터 전, 보이지 않습니까.(관객쪽을 가리키며) 한국의 찬란한
　　미래, 파쇼노피아의 세계, 부의 영광, 아 선진 한국 위대한 선
　　진 코리아!

(노래가 대사에 곧 바로 이어 시작)

(19) 노래: 아 대한민국 (개사)

(양키가 노래를 신나게 불러제끼는 동안 대머리, 기업주, 환경청관리는 뒤편에서 박
자에 맞추어 율동을 한다.)

(노래가 끝날 즈음 무대 뒤편 막이 힘차게 열려지고 군중이 열을 지어 서 있다. 모두
머리띠를 두르고 있으며 양키를 손가락으로 가리키고 있다. 이 모습을 본 **기업주, 환
경청관리, 대머리들은 차례로 혼비백산한 채 무대 아래 관람석으로 쫓겨난다.** 군중
들이 한 사람의 선도 아래 '저 놈들부터 몰아내야 한다'고 두 번 외치면 그것을 본 **양
키 또한 혼비백산 무대 아래로 황급히 퇴장**)

(20) 노래: '전진가 2'를 억압자들을 몰아냈던 군중들이 합창한다.

(21) 노래: '산자여 따르라'를 곧 바로 이어 합창

(22) 선언문 낭독: 군중 대표가 준비된 반공해 선언문을 읽는다. 읽고
　　　　난 후 반공해운동가 합창을 권유, 공연자와 관람자의
　　　　'반공해운동가' 합창으로 막이 내린다.(강조-인용자 주)[34]

34　반공해노래패 공동구성, 노래극 대본 〈애들만은 살려 주이소〉, 한국공해문제연구소,
　　『공해연구』 15, 1987.7.7. 34~38면.

노래극 〈우리 애들을 살려주이소〉는 노래·멘트·촌극·슬라이드를 결합한 방식으로 구성되었으며 1980년대 초반 이래 산업 단지에서 발생한 환경문제로 주민들의 건강권과 경제권을 위협당했던 대표적인 사례인 온산 투쟁을 가시화한다. 1막은 베트남전 고엽작전으로 인한 피해와 온산 지역의 공해 문제를 연속하여 배치하여 에코사이드를 매개로 제국과 제3세계 자본주의 비판을 연결한다. 2막에서는 슬라이드와 멘트를 통해 신공업단지 건설과 양식미역 전멸·가스 누출·공장소음·황산누출과 농작물 피해·집단괴질과 피부병·1985년 한국일보 보도 이후 온산문제 여론화·1986년 이주보상투쟁 등 시기별 주요 사건들을 고발한다. 극은 크게 "기형아 슬라이드"·"온산 어린이의 호소 어린 모습"과 같이 감정적 호소력을 만드는 재현의 전략으로 시작하여 온산 주민의 고통을 이촌향도 이후 도시 빈민으로 살아가는 삶(노래 '떠다니나')과 5월 광주(노래 '오월천')와 연결하며 "미제 기계와 파쇼제 학자들"을 풍자하고, "분노로 살기등등한" 대지에 대한 비통함을 기반으로 비장한 정서를 만들어 낸다. 그리고 투쟁의 당위를 강조하며 마무리된다.

'양키'와 '대머리 미스터 전'에 대한 공격적인 풍자가 1987년 6월 항쟁 직전에 이루어졌음은 항쟁 전후 형성된 역동적 정동을 짐작케 한다. 기업주·환경청관리·대머리·양키의 의도를 우스꽝스럽게 만드는 장면은 마당극의 양식의 출발로 알려진 〈진오귀굿〉(1974)에서부터 이어진, 지배자들에 대한 풍자의 정형인 '나리 마당'을 환경문제로 변용한 것이다. 〈우리 애들을 살려 주이소〉는 '억압자'로서 기업·정권·제국을 적대적으로 형상화하고 "모두 머리띠를 두르고" 있는 군중의 열, "저놈들부터 몰아내야 한다"는 외침과 〈전진가 2〉, 〈산 자여 따르라〉의 합창을 통해 피억압자의 집단적 힘에 대한 확신을 강렬하게 전달한다.

신파의 형식은 강렬한 정서적 동일시를 만들어낼 수 있지만 특정한 감정의 과도한 노출과 반성적 사유의 차단이라는 양면성을 가진다. 적대의 형상 또한 마찬가지이다. 변혁기의 문화적 형식으로서 힘차게 열린 무대 뒤로 등장하는 군중의 힘찬 함성과 합창은 정확하게 1987년 6월 항쟁을 예비했다. 하지만 "온산주민들의 호소가 강하게 부각"되는 것이 시혜적인 차원으로 환원될 수 있음은 당시 공해추방운동 청년협의회 간사인 이성실이 경계한 바이기도 하다.[35] 이는 비단 '신파'의 문제만이 아니라 '연행'이라는 집단적이면서도 순간의 형식이 가진 가능성과 한계를 적시하는 것이도 하다. 타자의 고통에 대한 '우리'의 감정이 "공적 인정과 보상"으로 연결되지 못할 때, "그 고통을 야기한 역사에 대한 반성"은 사라질 위험에 처하기 때문이다.[36]

앞서 살펴보았듯이 반공해운동은 합성 세제·식수 오염·식품첨가물 등 산업화된 환경 속에 '공해'의 문제가 어떻게 생활 곳곳의 문제와 연결되는지를 상시 대중운동의 의제로 제시함과 동시에 각 시기별 정치적 의제를 부각하는 형태를 보여주었다. 1980년대 후반에는 반공해운동과 반핵운동이 교차된 연행이 등장하게 된다. 반핵의 의제는 대구극단 '떼풀이'의 작업을 대표적인 것으로 볼 수 있으며, 극단 현장의 〈공해 공

---

35 「공해추방을 위한 시민 큰마당을 보고」, 한국공해문제연구소, 『공해연구』 15, 1987.7. 7. 49면.

36 박미선, 「신자유주의적 현재에 대한 독보적 연구」, 『감정의 문화정치』, 오월의봄, 2023, 5면.
  타자의 고통을 재현함에 있어서 감정적 효과와 재현의 윤리에 대한 성찰은 뉴스 및 SNS 미디어 등 시청각적이거나 다큐멘터리적 요소를 갖고 있는 미디어에 있어서 주요한 성찰의 대상이 되어 왔다. 이에 대해서는 수잔 손택의 『타인의 고통』(이후, 2007)과 최근 발간된 김인정의 『고통 구경하는 사회 - 우리는 왜 불행과 재난에서 눈을 떼지 못하는가』(웨일북, 2023) 참조.

화국〉및 1990년대 환경담론과 연동되어 등장했다.

반핵운동에 대한 입장이 환경운동 내에서의 가장 핵심적인 논쟁의 지점이 되었던 것은 반핵과 탈원자력의 의제가 핵개발·군사주의·제국과 신식민주의의 정치·경제적 조건과 긴밀히 연결된 정치적 사항이었기 때문이다. 환경운동 담론은 자연의 보존과 초월론적 존재성에 초점을 맞춘 본질적 생태주의와 국가 및 제국의 통치성과 국제관계에 있어서 권력의 역학에 따라 그 구조적 원인 규명 및 해결에 집중하는 정치적 생태주의로 나눌 수 있다. 개발독재의 시대 독재의 통치성과 산업적 근대화에 대한 성찰을 기반으로 한 민중운동의 기반 위에 생성되었던 한국의 환경운동은 정치적 생태주의의 입장에서 개진되었으며, 1980년대 후반 반핵의 의제에 도달하게 된다.

한국의 반핵운동은 1980년대 후반에 촉발되었고, 1990년대 초 크게 확산되었다. 환경운동 내 반핵운동은 1980년대 중후반 대학과 민중운동권의 통일운동·학생운동의 NL노선의 대중화·'방폐장 반대운동'과 맞물려 이루어졌다. 1980년대 중반 미국의 핵무기배치에 반대하는 학생운동 진영의 문제제기가 있었던 한편, 1987년 전남 영광 주민들의 어업 피해 보상투쟁이 시작되었고,[37] 1988년 월성과 고리 원전 주변 시민들이 연대한 '동시다발 시위'가 일어났으며 전문 반핵운동조직인 평화연구소가 탄생했다. 또 1989년 전국핵발전소추방운동본부가 결성되었다.[38] 주민운동은 1986년 체르노빌 원전사고로 인한 핵위협에 대한 인

---

37 오창은, 「'원자력의 광기'를 넘는 '깊은 민주주의'의 희망으로」, 『문화과학』, 문화과학사, 2021.

38 구도완, 「생태 민주주의의 관점에서 본 한국의 반핵운동」, 『통일과평화』 4(2), 2012.

식 확대와 1987년 6월항쟁 이후 시민사회운동의 확산에 힘을 받은 것이기도 했다. 이처럼 한국의 반핵운동은 실제 핵발전소로 인해 인근에서 피해를 받게 되었던 주민운동·1980년대 반체제 운동의 맥락 속에 생성되고 분기되었던 환경운동·종교계와 연계된 생명운동과의 중첩된 활동 속에서 이루어졌다.

1990년 공연된 〈먹이사슬〉는 이와 같은 1980년대 중후반 한국 반핵운동의 담론적이고 운동적 맥락이 반영된 텍스트이다.[39] 대구의 민족극 계열 극단 떼풀이는 1986, 1987년에 핵문제를 다룬 번역극을 공연한 후,[40] 1990년 '핵폐기물 투기 사건'을 소재로 한 〈먹이사슬〉을 공동창작한다. 이 공연은 영덕 핵폐기물 처리장 후보지의 초청 공연(1990년 4월)을 시작으로 "핵 문제와 관련된 지역의 초청이 줄을 이을 정도로 호응"이 있었다.[41]

〈먹이사슬〉은 "핵폭탄을 입에 문 미국산 독수리"와 분단된 한반도를 그린 그림과 긴박감을 전달하는 규칙적인 음향으로 극을 시작한다. 극은 경상남도 고리 원자력 발전소에서 장갑과 드럼통 등의 핵폐기물이 투기되었던 상황에서 조사를 나온 연구원과 지역 젊은이가 대화를 나누는 첫째 마당, 젊은이와 아버지의 대화 중에 그의 할아버지가 일본

---

39 〈먹이사슬〉은 1990년 3월 4~5일 대구가톨릭문화관에서 초연되었고, 뒤이어 영주영풍민교협사무실, 대구백화점 소극장에서 공연하고 4월 10일 영덕(핵폐기물처리예정지) 영덕성당에서, 6월 6일 환경의 날 기념 서울 기독교 백주년 기념회관에서 공연되었다.(『이 땅은 니캉 내캉』, 70면 참조.)

40 공연 대상작은 각각 페르난도 아르발의 〈또스토예프스키라는 이름의 거북이〉(정문태 연출, 1986.12)와 홍가이의 〈히바쿠샤〉(정문태 연출, 1987.11)였다. 김재석(1996), 앞의 작품집, 382면 참조.

41 김재석, 위의 글, 390면.

히로시마 원폭의 피해자임이 밝혀지고 난 후 피해 당사자의 증언이 다큐멘터리적으로 삽입된 둘째 마당("대를 이은 핵가족")으로 이어진다.

젊은이   아부지 실은 원자력 발전소에서 내다버린 드럼통하고 옷들이 동네 사람들한테 발견되가꼬 온 동네가 지금 시끄럽심더. 그래서 저도 시방 거 갔다 오는 길입니다.

아버지   이럴수가. 이럴수가. (히로시마의 피폭현장을 연상하는 듯 괴로운 표정을 지으며 스피커를 통해 '이럴수가'가 반복된다.)

-싸이렌 경보가 울리며 1945년 8월 5일 히로시마의 역사적 현장으로 달려간다. 슬라이드 프로젝트가 동시다발 투사되며 상황을 보여준다. **실제의 인물이 보여지고, 얼굴없는 가면을 쓴 사람이 등장하여 긴장된 가운데 체험담을 얘기한다.** 음향은 아수라장을 연상할 수 있도록 계속해서 난사된다.-

인　물   (아버지의 분화이므로, 아버지의 육성이거나 제 3자의 녹음이어도 무방하다) 제 나이 32이었어요. (중략) 전쟁이 끝난 후, 함께 잡혀갔던 한국인 중 약 4만명을 나가사끼, 히로시마에 흔적도 없이 묻고, 만신창이가 된 약 4만명의 동료와 함께 귀국했습니다. 하지만 우리는, 귀국해서 나름대로 열심히 살아 보려고 무진 노력을 했었지만 남보다 더 많은 어려움을 겪어야만 했습니다. 놀이켜 보면 그날의 끔찍하고 처참했던 기억보다도 오히려 같은 형제, 한 민족인 우리의 이웃과 국민들로부터 받은 편견과 질시, 냉대와 박해가 더 무서운 원자폭탄이라

는 걸 느끼면서 살아가고 있는 것입니다.(강조-인용자 주)[42]

〈먹이사슬〉은 1988년 고리 원자력 발전소 핵폐기물 투기 사건을 식민지 시기에 강제징용 당한 할아버지와 아버지의 히로시마 원폭의 트라우마와 연결 짓는다. 극단 떼풀이는 〈먹이사슬〉에 앞서 피폭자(被爆者)의 일본식 발음인 '히바쿠샤'를 원제로 하는 연극을 공연하여 히로시마 재일 조선인 '원폭 피해자'의 문제를 다룬 바 있다. 실제 대구 경남권은 히로시마·나가사키 원폭 피해자 재일 조선인이 가장 많이 이주하고, 문제를 쟁점화한 곳이기도 했다. 히로시마와 나가사키 원폭 당시 재일 조선인 피해자는 10만 명이었고, 그 중 5만 명이 사망하고 4만 3천여 명이 남한으로 이주했다. 오은정이 밝혔듯이, '전재민'을 '피폭자'로 자격화하는 것은 일본이 원폭 피해자를 행정적 절차와 영토적 경계 안으로 구성하는 과정에서 이루어진 것이며, 생물학적 차원으로 그 의미를 한정하여 과거 제국 일본의 전쟁 책임을 소거해나가는 과정이기도 했다.[43] 그만큼 원폭 피해자는 전쟁에 대한 국가의 태도와, 행정체제, 인종 등에 따라 중층적인 비체화를 경험한 주체였다. 〈먹이사슬〉은 핵발전 폐기물이라는 현재를 통해 일제 말 강제 징용 당사자·원폭 당사자의 트라우마를 가시화하고 핵무기와 핵발전의 문제에 위치한 책임의 문제를 추궁해 나간다.

극은 이어 극중극을 준비하는 셋째 마당 다음에 '원자숭배당'과

---

42 〈먹이사슬〉, 81~82면.

43 오은정, 「전재민에서 피폭자로: 일본 원폭피폭자원호의 제도화와 새로운 자격의 범주로서 '피폭자'의 의미 구성」, 『일본비평』 19호, 서울대학교일본연구소, 2018, 310면.

'원자절충당'과 증언에 나선 주민 간의 대립이 담긴 1988년 고리 핵 발전소 청문회 현장을 전문가 및 정치인 집단과 증인으로 나선 지역 당사자 주민으로 유형화하여 보여주는 극중극 1과(넷째 마당-"구렁이 담장을 넘어가다"), 히로히또와 레이건을 심판하는 지옥 재판정을 가면극 형식으로 형상화한 극중극 2(다섯째 마당-"경로당의 사람들")로 이어진다. 〈반전반핵가〉 노래 속에 반핵 시위대의 '민중'들이 "군화발"에 짓밟히는 모습이 그림자극으로 처리되고, 젊은이는 통일지도 현수막을 걸며 "힘쎈 놈이 약한 놈 잡아먹고 사는 이런 사슬"을 끊겠다고 다짐하며 극이 마무리된다.

> 증인 (인사) 그러면 시방부터 시작할께유. 저는 실은 핵의 위험은 누구보다 잘 알고 있었지만, 핵에 대한 숭배자였어유. 그런데 제가 방사능 오염으로 죽게 되었고, 이승을 떠나오며 곰곰이 생각해보니 엄청난 실수였다는 걸 깨달았지유. 한국핵은 구조 자체가 너무나 위험한 반문명적, 반민족적, 반역사적 산물이었어요. 그래서 혹 이승에 계시는 여러분들에게 쪼금이나마 도움이 될까 몇 가지 자료를 통해 설명 올리고자 합니다. (중략) 끝으로 이런 이면에는 세계 인류를 제물로 핵위기를 심화시킴으로써 이익을 보는 제국주의 군산복합체 세력이 있다는 사실입니다. 저는 핵으로 인한 희생자입니다. 진실로 기원합니다. 부디 저의 진실을 헤아려 주시고, 남 북한 전민중의 하나된 힘으로 우리 땅의 평화실현을 위한 주체 역량을 굳게 다져가야 할 때입니다. 남과 북이 상호불가침 선언·평화협정을 체결하는 등 구체적인 현실이 나타날 때, 비로소 핵 문제는 해결될

것이고 이 땅의 참된 평화는 실현될 것입니다. (조명이 사라지며, 무대 전환) 방사능 오염으로 인한 저의 죽음이 우리 한국의 핵문제를 다시금 생각게 하는 조그마한 계기가 될 수 있기를 기원합니다.[44]

〈먹이사슬〉의 극중 현재는 1980년대 중반 당시 발생했던 핵발전소 및 폐기물의 문제를 다루지만, 극은 이를 주민의 결정권 문제로 한정시키지 않는다. 물론 이 극에 대한 영덕 일대 지역의 호응은 해당 지역의 핵발전소 문제와 깊이 연동되었다. 구도완은 핵발전과 핵무기가 단순한 발전 기술을 의미하는 것이 아니라 국가주의·민족주의·산업주의 그리고 과학기술주의를 바탕으로 만들어지고 재생산되는 거대 지배체제라고 설명한 바 있다.[45] 〈먹이사슬〉의 4마당과 5마당은 극중극 구조·다큐멘터리극·재판극의 형식을 차용하여 극의 시간과 공간을 1945년 히로시마 또는 사후세계의 재판정이라는 환상의 영역으로 확장한다. 일본 제국주의 천황 '히로히또'와 미국의 핵무기 정책과 군사산업주의를 대표하는 인물로서 '레이건'·공연 당시 한국의 대통령을 상징하는 '노가리'가 한 자리에서 스스로의 결함을 드러내는 방식으로 희화화됨으로써 강제징용이라는 식민의 역사와 미국의 핵산업과 군사산업주의에 대한 비판, 군사독재정권의 방조에 대한 비판적 성찰을 유도한다. 또 주한 미군 핵무장 부대 배치도와 한국의 핵 발전소 배치도를 슬라이드

---

44 〈먹이사슬〉, 101면.

45 구도완, 「생태민주주의 관점에서 본 한국의 반핵운동」, 『통일과평화』 제 4집 2호, 2012, 59~60면.

를 제시하며 핵무기와 핵발전의 연결성을 제시하고 위험한 신식민성을 구체화한다.

　물론 1990년 창작된 〈먹이사슬〉은 증인으로 나선 핵폐기물 피해자의 증언의 교술성과 통치 지도자를 통해 가해자와 피해자의 구도를 이원화하는 전형성의 위험을 갖고 있는 텍스트이기도 하다. "우리 민족의 공멸", "남, 북한 전민중의 하나된 힘"이라는 대사에 담긴 당대 민족주의에 내재한 분할의 딜레마와 배타성 및 남한 정권 만큼이나 문제적이었던 북한 정권의 통치성에 대한 불충분한 이해는 비판적으로 성찰될 필요가 있기 때문이다. 또 이 단계에서 극이 원폭 피해자의 다층적 삶을 재현하거나 1980년대 당시의 일본과 남한의 국경을 넘을 때 개별 행위자의 문제, 남한 사회에서의 불평등과 인정의 문제를 가시화할 수는 없었다. 즉 〈먹이사슬〉에 담긴 피해 당사자성에는 오은정이 말한 바 각 피해 당사자가 겪은 피폭 방식의 다양성·그들이 살아온 삶의 과정의 중첩된 관계와 상호작용·신체와 심리적 건강 및 사회적 관계·세대적 전이 등 다양한 수준에서의 피해 양상 등에 대한 고려가[46] 반영되었다고 볼 수는 없다.[47]

　그럼에도 불구하고 〈먹이사슬〉이 핵무기 및 핵발전 문제를 통해 일본·미국 제국과 군사주의에 대한 기억과 책임을 묻고, 질문 없이 마주해야 했던 핵이라는 거대 지배 체제로 인한 위험과 폭력을 감당한 원폭 피해자 및 핵발전 폐기물 피해자 개인 행위자의 구체적인 목소리를

46　오은정(2018)에 대한 프레시안의 기사 참조(이오, 「한국에 있는 원폭 피해자들을 기억하십니까」, 『프레시안』, 2018.11.9. https://www.pressian.com/pages/articles/216825 (확인 일시: 2023.10.31.))

47　국가폭력 피해자의 인권 및 트라우마에 관한 최근의 접근으로 『5.18 다시 쓰기』(김명희 외, 경상대학교 사회과학연구원 기획, 오월의봄, 2022.) 참조.

담아낼 수 있었음은 중요한 지점이다. 대구의 한 문화운동 연행 집단 떼풀이에 의해 창작되고 순회공연 된 〈먹이사슬〉은 1980년 5월 광주에 대한 분노에서 발원한 반체제 민중운동의 반미사상으로의 정향과 1987년 6월 항쟁 이후 사회적 분위기의 전환 속에 전개된 통일운동 그리고 지역 단위의 반핵개발 주민운동의 정동이 교차하며 만들어졌다. 1993년 조직된 환경운동연합의 모체인 '공해추방운동연합'(1988년 9월 결성)의 의제는 "공해 추방 반핵 평화"였고, 이 시기 반공해운동은 대중조직과 공해 피해지역 주민과의 연대를 주 활동 영역으로 삼았다.[48]

핵무기와 핵발전에 대한 문제제기는 NL이라는 노선과 정쟁의 영역에 환원되는 것이 아닌 핵이라는 하나의 발전주의적 형상과 그 피해에 대한 정의와 이해, 누가 피해자의 위치에 섰는지(혹은 미래에 서게 되는지), 그리고 누가 얼만큼의 책임을 질 것인지에 대한 질문이 첨예하게 이루어지는 정치의 영역이 되어야 했다. 〈먹이사슬〉은 1980년대 후반 운동문화의 교술적 언어를 투영하고 있었지만 지역의 핵발전 폐기물 서사와 원폭 피해자의 목소리를 만나게 하고 환경 피해의 불균등성과 장기적인 지속성의 문제를 드러냈다. 따라서 〈먹이사슬〉에 담긴 질문은 '공해'의 첨예한 한 영역으로서 '핵 문제'를 둘러싼 정치의 영역을 가시화했다고 평가할 수 있을 것이다.

1990년대 초입과 민중서사의 향방 ─ 〈개똥이〉

1990년대는 각종 환경 사건과 사고가 발생한 시기였다. 1991년 발

---

48 신동호, 『자연의 친구들 2』, 도요새, 2007, 102면.

생한 낙동강 페놀 유출 사건은 식수와 물 문제 및 환경보존의 공론화를 이끌었다.[49] 공교롭게도 다음 해인 1992년 조선일보와 KBS 공동 주최로 열린 환경콘서트 〈내일은 늦으리〉는 환경보전 담론의 대중화가 대중문화와 연동되었던 양상을 보여준다. 1992년 당시 콘서트에는 서태지와아이들을 비롯한 당대 인기 가수들이 대거 참여하여 환경보호 음반 〈내일은 늦으리〉에 수록된 노래와 당대 히트곡을 섞어 공연했다. 한 일반인 참여자는 "개성이 강한 대스타들이 한 자리에 모"였다는 사실을 환경보호의 당위를 강조해준 것으로 독해하였고, 한 청소년은 "신문지수거 등 폐품활용운동"의 필요성을 느낀 행사였음을 고백했다.[50] 이 콘서트는 이후 1990년대 매해 개최되었는데, 당대 주요 음반사인 신나라레코드와 공동 주최로 기획되기도 하였고, 여름철 전국 피서지 순회 공연으로 기획되기도 하였다. 이 '환경보전'의 문화적 기획물은 "내일은 늦"는다는 미래 세대에 대한 인식을 담아내고 있으며, 인기 가수를 통한 대중화의 전략을 활용했다. 하지만 쓰레기를 버리는 행위나 폐품활용과 같은 영역에 문제를 한정지음으로써 참여한 시민의 개별적 반성과 실천에 강조점을 둔다. '정치의 소거', 즉 위기에 관한 경각심은 충분히 불러일으킬 수 있지만 주제별 공해 문제의 다층성과 대책의 다면

---

49 구미국가산업단지의 두산전자에서 발생한 유출 사건이었지만 물이 대구직할시의 상수원으로 유입되었고, 정수처리 과정에서 염수와의 화학작용으로 인해 더욱 사태가 악화되었던 사건이었다. 또 낙동강을 타고 흘러간 오염된 물이 밀양·함안·부산·마산 지역으로 확산되면서 영남권에 페놀 파동이 일어나게 된다. 국회의 진상조사위원회가 구성되고, 시민단체의 오염대책활동과 제품 불매운동 등이 개진 되었다.

50 「첫 환경무대 "쓰레기를 줄입시다" "더 늦기 전에…"감동의 대합창」, 『조선일보』, 1992.10.26. https://newslibrary.naver.com/viewer/index.naver?articleId=1992102600239123001&editNo=1&printCount=1&publishDate=1992-10-26&officeId=00023&pageNo=23&printNo=22150&publishType=00010(확인 일시: 2023.11.1.)

성·피해자와 가해자를 특정하는 문제 등 경합의 과정은 생략했다. 특히 자연환경 보전 담론은 즉각적인 대중의 반응을 불러일으킬 수 있지만 인간중심주의, 경제중심주의와 연결되기 쉬웠다.[51] 이때 '공해'의 문제, 즉 반공해운동이 겨냥했던 생태론적 차원의 근원적 폭력성과 그 원인으로서 자본화된 산업구조와 기업중심주의 및 제국과 식민의 구도는 고려되지 않을 수밖에 없다. 또 앞서 생명운동에서 전개했던 도시화된 소비 위주의 생활 방식과 서로 연결된 존재성에 대한 생태론적 자각이라는 영성의 문제 또한 담길 수 없었다.

하지만 1980년대 문화운동의 맥락에서 파생된 집단들은 반공해운동의 문제의식을 공유하면서 임박한 문제들의 정치적 조건들을 반영하는 극을 창작했다. 일례로 여성주의 문화운동 집단인 '또 하나의 문화'의 경우 1992년 1월 있었던 창작 캠프에서 만난 어린이들이 중심이 되어 날로 파괴되는 환경오염의 심각성을 일깨우기 위해 만든 뮤지컬을 창작해 연희동 사무실 집들이 때 처음 공연하고, 같은 해 신촌 지역 '지구의 날' 행사에서도 공연하였다.[52] 별주부전을 패러디한 이 극에서는 5000살이 된 용왕조차 바다 오염으로 인해 몸이 아프다. '페놀 뱀장어', '세제 조기', '핵도미'와 도시 개발로 거주지에서 쫓겨난 '토끼'와 '들쥐', 산성비로 병이 든 '침엽수'와 벌목을 위해 독주사를 맞은 '느티나무'가 등장한다. 이 어린이극은 우화적 유형화를 통해 "쓰레기에 거품 세제 방사능에 페놀까지 우리 터전을 돌려줘요"라는 비인간 동식물

51　구도완(2000), 앞의 글, 377면.

52　송제숙·윤여민 외 공동창작, 〈또 하나의 문화 창작 캠프-별주부전〉, 또하나의문화 편집부, 『내가 살고 싶은 세상—또 하나의 문화 10』, 또하나의문화, 1994, 322~338면.

의 목소리를 담아낸다. 이 확장된 시선은 환경문제를 쓰레기 줍기와 보존으로 국한하지 않고 느리고 비가시적인 방식으로 침습하는 구조적 폭력을 문제화한다.

유독가스 대기오염 말 많으면 최루가스 계속 쏘아 후각신경 마비시키고

피씨비 골프장농약 말 많으면 산사태로 묻어버리고

카드뮴 노동자 직업병 말 많으면 가짜진단서로 얼버무리고

일동 그래도 말이 많으면 (일제히 핵대왕을 쳐다보면 핵대왕 권좌를 확인한다) 핵폐기물이라도 남겨주소서.

핵대왕 허허, 그럼 나 핵대왕의 이름으로 우리 공해공화국의 헌장을 반포하노라. (엄숙하게) 우리는 생명말살의 세계사적 사명을 띠고 이땅에 태어났다.

일동 태어났다.

핵대왕 원자폭탄의 빛나는 얼을 오늘에 되살려 안으로 복합오염의 자세를 확립하고 밖으로 인류자멸에 이바지할 때다.

일동 이바지할 때다.

핵대왕 타고난 저마다의 독성을 계발하여 생태계 파괴의 힘을 기르고 끔찍하고 처절한 반생명의 의욕을 북돋운다.

일동 북돋운다.

핵대왕 길이 후손에 물려 줄 오염된 세계의 앞날을 내다보며 독성과 악성을 지닌 무자비한 공해귀신으로서 갖은 유해성분을 모아 줄기찬 노력으로 새 역사를 창조하자.

| 일동 | 창조하자. |

(일동 모두 기괴한 소리를 지르며 지랄발광 춤을 추면서 퇴장한다.)[53]

    같은 해 4월 공연된 극단 현장의 〈공해 공화국〉은 공해추진운동연합의 후원으로 제작된 극으로 1980년대의 반공해운동의 의제들을 전반적으로 반영하고, 1980년대 마당극의 삽화식 구성 방식을 따르면서 낙동강 페놀 사건에 대한 다른 대응 방식을 보인 텍스트다. 극의 1, 3마당인 공해귀신탈·유람 마당의 경우 1984년 극단 연우무대가 공연한 공연정지 처분을 받아야 했던 반공해 마당극 〈나의 살던 고향은〉(1985)을 변용한 것으로 볼 수 있고 2마당 '먹을거리 마당'은 공연을 후원하기도 한 '공해추방운동연합'의 주된 운동 의제를 간략한 극놀이로 형상화했다. 4마당인 폐수 마당과 5마당인 피해자호소마당은 낙동강 페놀 사건을 직접적으로 반영한 부분이나, 노동조합이 폐수 현장을 공개하고 이로 인해 노조가 위기에 처하는 상황을 추가한 부분은 노동연극 집단으로 1988년 창단되어 활동한 극단 현장의 성격을 반영한 것이다. 페놀피해임산부모임의 감정적 호소와 슬라이드의 제시는 작품이 공연된 시기와 낙동강 페놀 사건의 시차를 고려하였을 때 '고발'의 역할을 분명히 한다. 마지막 6마당인 핵마당에서는 핵폐기물 처리장 설정 예정지 소식을 듣고 주민들 간에 상업적 이익·지역의 경제적 개발·조상이 물려준 땅에 대한 보존의 논리·막연한 두려움·실질적인 환경 재난의 위험 등의 거주지 주민 당사자의 목소리 간의 경합 과정을 제시한다.

---

53 〈공해공화국〉(1992), 3면.(극단 현장 홈페이지 "일하는 사람들의 환한 웃음이 있는 곳 극단현장", https://m.blog.naver.com/realmadang?categoryNo=40(확인일시: 2023.11.04.))

〈공해 공화국〉에 한 해 앞서, 부산 극단 자갈치는 삼랑진 지역의 폐기물 처리장의 문제와 주민운동을 다룬 공해풀이 마당굿 〈뒷기미 병신굿〉(1991)을 공연한 바 있다. 이 두 작품은 각각 낙동강 페놀사건과 삼랑진 지역 폐기물 처리장 문제를 극화하여 당대의 '공해' 문제를 고발하고자 창작되었다. 〈뒷기미 병신굿〉은 공해물질이나 기업·정치지배자에 대한 탈을 통한 유형화를 공유하지는 않았지만, 특정한 '민중주의'를 반영한다는 점에서 〈공해공화국〉과 공통된다. 이 민중주의는 1980년대 중후반 이후 대학의 연극·탈춤패 등의 문화패 출신들이 지역 단위로 연행집단을 구성하는 한편 1987년 6월 항쟁 이후 민족극협의회와 민족예술인총연합의 성원으로 조직화 되어 갔던 시기의 시간성을 반영한 미학적 틀과 관련된다. 기업 및 정권과 이에 맞서 싸우는 민중 간의 대립 구도의 '선명함'과 억압받는 자로서 민중 집단 피해자성에 대한 강조, 대개는 결말 부분에 함께 어우러져 추는 신명의 춤으로 형식화되는 민중 집단의 승리에 대한 긍정이 그것이다. 이는 춤의 인물 형상화 방식을 활용한 지배자와 민중의 유형화와 단순화된 이원화와 연결된 것이기도 하고, 민중 안의 경합하는 존재들과 개별적 행위자성들을 성찰하기보다 집단의 변혁적 힘을 강조했던 인식적이고 정서적인 틀을 반영한 것이기도 하다. 〈공해공화국〉과 〈뒷기미 병신굿〉에서 잔존해 있던 '반공해 마당극'의 인식과 감각의 틀이 신세대 문화론이 부상하던 1992년 전후의 문화적 틀과 갈라지는 부분을 현시한다.

전반적으로 내용이 너무 무겁지 않느냐는 지적들이 많았는데, 이는 문명의 대전환기라 할 수 있는 현시점의 **여러 절망적인 상황들**을 전제로 하다보니 그렇게 되지 않았나 싶다. 지금은 새로운 패러다임이 필요한 시점이라고 흔히들 말하고 있다. '환경문제'의 **'환경'이라는 낱말조차 인간중심적**인 한에서는 인간의 자가당착인 산업문명 자체에 대한 반성의 시각은 구해질 수 없을 것이다. 그래서 **거꾸로 자연으로부터 인간, 산업, 문명을 바라보는 시각**을 〈개똥이〉에서는 차용해 보았으며 일부 동양적인 상상력들에서 **희망의 가설**을 찾아보고자 했다. —김민기, 「연출: 〈개똥이〉를 위한 변명-〈개똥이〉를 무대에 올리며…」, 〈개똥이〉 공연 팜플렛, (문예회관 대극장 공연, 1997.3.29.~4.9.) (강조-인용자 주)

윤기현의 동화 〈사랑의 빛〉(1976)을 기반으로 김민기가 창작한 노래극 〈개똥이〉는 1984년 노래극으로 제작하려 했지만 정치적 제재로 무대화되지 못하고 몇 노래로 전승되었고 극단 학전에 의해 1995년 록오페라 그리고 1997년 록뮤지컬 〈개똥이〉로 완성되어 공연된다.[54] 원작동

---

54 김민기 작곡 작사 연출, 1995.10.17.~11.5. 예술의전당 토월극장

화 〈사랑의 빛〉은 냄새가 난다고 친구들에게 외면을 당하던 개똥이가 귀뚜라미의 아픈 어머니를 위한 헌신적 여정을 떠나는 과정을 담아낸다. "사랑의 빛이 비치는 곳엔 아픔도 없다"(46면)는 "거룩한 음성"이 울리는 이 동화는 기독교적 사랑의 개념을 바탕으로 고통을 견디는 헌신을 그렸다. 개똥이의 표상은 볼품없는 외형과 냄새로 이웃의 외면을 받지만 사실은 아름다운 빛을 가진 존재로서, 어두운 시대 변화를 위한 자기 헌신이라는 당대의 중요한 정동을 담아낸다.

김민기는 유신 말기 김제로 내려가 농사를 지으며 농민운동과 지역 문화운동과 연계된 활동을 하였는데, 전남 지역 농민운동을 통해 윤기현과 연결되었다. 김민기가 서울에 올라와 1984년도 노래극으로 기획한 〈개똥이〉는 이와 같은 체험이 반영된 것이다. 연극평론가 구히서는 "그의 이름이 정치적인 사항으로 떠들어지고 있는 시간들" 속에 "하나의 작은 반딧불이 성장해가며 자신을 찾아가는 이야기, 그 빛을 지키기 위해 애쓰는 숲속 나라의 착한 벌레 이야기"를 그린 것에 느낀 여운을 기억한다.[55] 이 입장이 원주그룹과의 인적 네트워크와 1980년대 후반 그가 참여했던 한살림모임이 공유했던 인식의 지평과도 연결됨은 물론이다. 김민기는 1997년 공연 인터뷰 당시 〈개똥이〉가 절망과 비관을 말하는 것이냐는 질문에 "동양적 세계관"으로서 "똥과 삶의 순환. 그 끝없는 죽음과 탄생의 윤회 고리"에 근간한 희망을 말하고 싶었다 전한다. 즉 록뮤지컬 〈개똥이〉는 반독재 민주운동과 생명운동이 중첩되었던 시기의 소산이었다. 생명운동은 근본적 생태주의로 귀결될 위

---

55 록오페라 〈개똥이〉 팜플렛(1995)

험성을 가진 것이지만,[56] 〈개똥이〉의 모색은 단순히 향수나 정감을 불러 일으키는 것으로서 자연에 대한 사유에 그치는 것이 아니었다.

> **말벌/꿀벌들** 조금만 더 주세요 흰가루떡. 감질만 내지 말고 와장창.
>
> 꿀같은 건 거저 준다해도 비린내 나서 못 먹겠네.
>
> 칼도 뺏긴 벨빠진 벌신세. 세상만사 신경 다 꺼버리고
>
> 흰가루떡, 흰가루떡. 흰가루떡에나 흠뻑 취해보세.

벌들과 개똥이가 비틀거리며 나가면 귀뚜리가 그 뒤를 쫓아간다.

> **벌레들** 벌들이 모두 미쳤네.
>
> 바퀴놈들 짓이 분명해. 벌들을 미치게 만든 게.
>
> 칼은 또 왜 뺏겼을까? 우릴 해치려는 건 아닐까?
>
> 흰가루떡은 또 뭐지? 흰가루떡은 또 뭐지?
>
> 흰가루떡은 또 뭐지? 흰가루떡은 또 뭐지?
>
> 2. 바퀴소굴을 파 헤쳐 바퀴들을 몰아 내야 돼
>
> 냇물도 다시 흐르고 꽃도 다시 피어나게[57]

'인간의 입장'이 아닌 비인간 자연의 입장에서 환경문제를 보고 싶었다는 연출 김민기의 기획 속에 동화의 내용은 크게 각색되었다. 극의 주인공은 쓰레기더미, 농약, 폐수로 인해 환경질환을 겪고 아픈 곤충과

---

56 신승철, 앞의 책, 46면.

57 뮤지컬 〈개똥이〉(1997), 한국예술자료원 소장본, 35~36면.

생물, 시냇물과 같은 다양한 생물 존재들이다. 자연과 생명을 인류 문명의 외부로 간주하고 여기에 개발의 대가를 떠넘기며 이윤을 남기는 것을 '외부 효과'라고 부른다.[58] 앞서 '또하나의문화'의 어린이극과 마찬가지로 〈개똥이〉는 비인간 생물과 자연물을 주인공으로 하여 개발의 이윤을 창출하는 과정에서 떠넘겨진 것들을 표면화했다. 물론 바퀴벌레를 착한 곤충들의 적대에 위치에 놓고, 쓰레기를 "일용한 양식"으로 삼고 독극물과 독가스를 뿜어대는 대상으로 삼는 형상화의 방식은 의인화가 빠질 수 있는 인간중심주의의 위험에서 벗어나기는 어렵다. 그럼에도 〈개똥이〉는 성장과 개발 그리고 돈에 대한 열망 속에 훼손되고 있는 자연과 비인간 생물의 고통을 극화함으로써 1990년대 중반의 시점을 "절망"으로 포착한다.

환경문제를 다룬 〈오션월드〉가 1995년 환경음악제에서 정명훈이 지휘하는 노래극으로 공연될만큼[59] 환경문제는 표면적으로는 대중의 관심 영역에 있었다. 이 시기 〈개똥이〉 공연은 평단의 고평을 받았음에도 대중에게는 외면을 받았다. 즉 1980년대라는 특수한 역사적 환경에서 생명운동과 반공해운동이 접합할 수 있었던 국면이 1990년대에 들

---

58 신승철, 『벚살나무 혁명을 꿈꾸다』, 한살림, 2022, 25면.
59 노래극 〈오션월드〉, 김민기 연출, 서울필과 정명훈의 환경음악제, 1995.5.26.
    이 작품은 세계자연보호기금 영국본부가 청소년에게 자연보전 알리기 위해 1990년 제작, 영국런던로열페스티발 홀에서 초연된 것이다. 바다 속에서 여러 생명체들이 등장하여 다양한 선율로 노래하고, 아기 고래가 북쪽바다로 긴 여행을 떠나나 천연자원 개발로 바다 생물 평화 위협하는 인간 군상들 속에 어미 고래와 합창단, 아기고래의 비극적 죽음 암시하는 것으로 끝이 난다. 김민기가 이 작품의 연출로 활동하기도 하였고, 록 장르를 작품에서 적대의 구상에 활용한 것, 동물의 입장에서 환경문제를 바라본 것이 〈개똥이〉와 상관관계를 지닌다. 이 부분은 추후 텍스트 비교와 구술을 통해 보완되어야 할 지점이다.

어 달라졌다는 것을 짐작할 수 있다. 물론 공연 성패의 요인은 1990년대 극장주의의 영역에서 극단 학전의 위치와 연극 관객 대중의 요구를 고려하여 보다 복합적인 메커니즘 속에 조명해야 한다. 그럼에도 IMF 외환위기 직전인 1990년대 초중반이 '독재에서 민주화'로의 이행기이자 "대중들이 성장의 성과를 피부로 체감하던 유일한 시기"였음을 상기할 필요가 있다.[60] 체감된 성장의 달콤함은 〈개똥이〉에서 "흰가루떡"으로 상징화되었다. 1990년대 초중반은 1987년 6월 항쟁을 (반독재투쟁) 정치의 성공이자 종결로, 이어진 사회주의권 국가의 몰락을 반자본적 상상력에 대한 연대의 철회로 의미화한 시기였다. 〈개똥이〉에서 꿀을 거부하고 흰가루떡에 취한 벌들은 앞선 시기 강조되었던 선함과 악함의 이분법적 적대보다 불분명하지만 개개인의 행위자에게 작용하던 IMF 직전 한국 사회의 물적 풍요 그리고 이를 향한 팽창적 열망을 인정하는 세태를 가시화 했다.

1980년대 민중운동과 대안 근대성의 스펙트럼

이번 장에서 살펴 보았듯이 1980년대 중후반에서 1990년대 중후반에 이르는 시기까지 반공해 마당극/연행의 자장에 위치한 극들은 반체제 민주운동·반공해운동·생명운동이라는 해당 시기 반독재 투쟁이라는 특수한 외적 조건 속에 형성된 대항 공적영역 속에 위치했다. 〈밥〉, 〈개똥이〉로 이어지는 반공해 마당극은 김지하의 담시, 윤기현의 동화

---

60 편집위원회(심광현 대표집필), 「세대의 정치학과 한국현대사의 재해석」, 『문화과학』 제 62집, 문화과학사, 2010, 25면.

를 저본으로 하여 제작되었고 대안근대성에 대한 성찰과 모색을 공유했다 평가할 수 있다. 또 경쟁과 효율성, 개발과 전쟁 중심의 지배체제 특히 자본주의 근대화 비판을 수행하면서도 생명을 가진 존재가 살아갈 수 있는 기본적인 조건들에 대해 질문을 던졌다는 점, 생물학적 종을 횡단하는 상상력과 폭력의 불균등성을 가시화했다는 점, 미래세대에 대한 문제제기를 했다는 점에서 중심의 운동과 변별되는 질문을 내재하고 있었다.

1980년대 중후반부터 일련의 마당극과 연행에서 생태론적 문제인식을 가시화 한 극은 반체제 민민운동·반공해운동·생명운동과 중첩되면서 서로 간의 운동적 긴장 관계 속에서도 압축 근대에 대한 성찰과 비판의 차원에서 접합되었다. 보통 대학과 주민운동 집회의 맥락에서 연행되었던 이 극들은 압축 근대를 경과하며 당연시된 성장·개발·토건·성공주의를 풍자하고, 그 뒤틀린 근대의 경제성의 실현을 위해 대지·인간·동식물이 어떠한 질병과 고통을 겪었는지를 고발했다. 그 사상적 기반은 장일순과 원주그룹에서 천주교·동학에 근간하여 재해석한 생명사상·종속이론과 ML사상에 근간한 학생운동권의 변혁사상으로 나눌 수 있고, 수행적 조건 또한 대하 내 반체제 집회·반핵발전·페놀문제 관련 주민운동 또는 반공해 환경운동·극장주의 공연으로 구분되었다. 이에 따라 공해 문제의 원인을 찾고 전망을 제시함에 있어서 차별점을 갖기도 했다. 그럼에도 이 문화적 형식들은 1980년대라는 특수한 정치적 조건 속에 형성되었던 민민운동의 강력한 정동을 기반으로 접합되었다.

그렇다면 이 시기의 분투와 미분된 형상을 현재의 생태적 전회 속에 재사유하는 어떤 의미가 있을까. 모순적이게도 한국 사회에서 본격화된 환경적 문제의식과 운동이 가시화된 1990년대는 산업화 이후 가장 급격하게 화석연료 소비가 일어난 시기였다.[61] 그리고 시간이 흘러 2020년대 전후로 "아주 가까운 미래에 다가올 막대한 기후 재난 상황"에 대한 경고와 기후행동이 가시화되고 있다.[62] "하지만 힘을 내 개똥아"(〈시냇물의 노래〉)라는 〈개똥이〉 주제곡의 가사는 1980년대의 특수한 연대적 상상력을 집약적으로 보여주는 것이지만 이 "연대의 추억"을[63] 추억으로만 소환할 수 없는 이유다.

기후 위기에 주목하고 생태적 전환을 모색하는 근래의 사상들은 기후 재난이 허황된 일이라거나 부차적인 것이라는 믿음·기술주의적 해결에 대한 의존·경제적 이익에 대한 절대적 우선권이라는 지정학적이고 현실 정치의 의제화된 이해를 비판한다. 그리고 또 기후 위기 해결의 불가능성에서 기인한 냉소와 자조·혐오를 기반으로 한 생태 파시즘 모두 경계해야 함을 주장한다. 도나 해러웨이는 인류세와 자본세가 불러일으키는 공포와 관련해 기술적 해법에 대한 단순한 낙관도, 그 어떤 실천도 의미가 없다는 절망과 체념도 경계해야 한다고 강조한다.[64] 신승철 또한 "인간에게 미래가 없다"라는 손쉬운 답이 미래세대의 실존을 위협하는 상황에 대한 해결을 가로막는 말이 될 수 있다고 경계한다.[65] 1980년대 민중운동의 차원에서 생성되었던 분투를 비인간 존재·

---

61 고봉준, 「기후 위기와 생태사회주의:사이토 고헤이와 안드레아스 말름의 논의를 중심으로」, 『후마니타스 포럼』 제8집, 경희대학교 후마니타스 교양교육연구소, 2022, 11면.

62 신승철, 앞의 책, 172면.

63 구도완, 「한국형 생태주의 운동의 태동과 진화」, 『모심과 살림』 3호, 2014년 여름, 96면.

64 도나 해러웨이, 최유미 역, 『트러블과 함께하기』, 마농지, 2021, 12면.

65 신승철, 앞의 책, 44면.

미래세대·사회적 약자에 초점화한 생태 민주주의와 물질대사 균열과 탈성장을 고찰하는 생태 사회주의의 스펙트럼 사이에서 재조명해야 할 시기이다.

참고문헌

프롤로그

강용훈, 「20세기 초반 한국의 '통속' 개념과 '속' 관련 문화의 변동」, 『상허학보』 제 58집, 상허학회, 2020.

송도영, 「1980년대 한국 문화운동과 민족·민중적 문화양식의 탐색」, 『비교문화연구』제 4호, 서울대학교 비교문화연구소, 1998.

이하나, 「'통속성' 개념의 분화/분단과 문화평등주의」, 『대동문화연구』 제 113집, 대동문화연구소, 2021.

강인철, 『민중-시대와 역사 속에서』, 성균관대학교출판부, 2023.

린다 허천(2006), 손동흠·유춘동·김대범·이진형 역, 『각색 이론의 모든 것』, 앨피, 2017.

이남희, 『민중 만들기─한국의 민주화운동과 재현의 정치학』, 후마니타스, 2015.

역사문제연구소 민중사반, 『민중사를 다시 말한다』, 역사비평사, 2013.

1부

1장

1. 1차 자료

〈그래 그래 오늘은 안녕〉 오리지널 시나리오, 한국영상자료원, 1975.

〈그래 그래 오늘은 안녕〉 심의대본 시나리오, 한국영상자료원, 1976.

〈그래 그래 오늘은 안녕〉 VHS 영상(1989 제작본), 한국영상자료원.

〈작가 영화화 승낙서〉, 1975.9.23. 한국영상자료원 소재.

〈바람불어 좋은 날〉 오리지널 시나리오, 한국영상자료원, 1980.

〈바람불어 좋은 날〉 심의대본 시나리오, 한국영상자료원, 1980.

〈바람불어 좋은 날〉 DVD(2007 제작본), 한국영상자료원.

최일남, 《춘자의 사계》, 문학과 지성사, 1979

이장호·김홍준, 『이장호 감독의 마스터클래스』, 작가, 2013.

최일남·오창은, 「나무가 고목이 되면 새도 오지 않는다고 했는데…-한국문학과 함께한 60여 년, 소설가 최일남을 만나다 -최일남 오창은」, 『실천문학』 2012년 여름호, 실천문학사, 2012.

2. 2차 자료

강소희, 「'비-동일성'의 민중을 기입하는 글쓰기」, 『현대문학이론연구』 제 79집, 현대문학이론학회, 2019, 5~29쪽. (DOI : 10.22273/SMLT.79.1)

강용훈, 「20세기 초반 한국의 '통속' 개념과 '속' 관련 문화의 변동」, 『상허학보』 제 58집, 상허학회, 2020, 341~396쪽. (DOI : 10.22936/sh.58..202002.008)

권은선, 「유신정권기의 생체정치와 젠더화된 주체 만들기-호스티스멜로드라마와 하이틴영화를 중심으로」, 『여성문학연구』 제 29호, 한국여성문학회, 2013, 417~444쪽. (UCI : G704-001380.2013..29.001)

김시무, 〈[영화(2)] 『바람 불어 좋은 날』, 『바보선언』, 『나그네는 길에서도 쉬지 않는다』를 중심으로-이장호 감독의 작품세계〉, 《공연과리뷰》 74호, 현대미학사, 2011.

김병익, 「풍속의 갈등과 풍자」, 『한국문학전집 18』, 삼성출판사, 1987.

김지미, 「고백체 소설의 영화 각색 방식 연구」, 『여성문학연구』 제 30호, 한국여성문학회, 2013, 509~542쪽. (UCI : G704-001380.2013..30.00)

문관규, 「이장호 감독의 네트워크를 통해 살펴본 1980년대 한국영화의 잔여문화와 부상문화의 혼종풍경: 〈바람불어 좋은 날〉(1980)에 재현된 청년문화와 민중문화를 중심으로」, 『영화연구』 제 95호, 한국영화학회, 2023, 105~138쪽.

박유희, 「한국영화사에서 '1980년대'가 지니는 의미」, 『영화연구』 제 77집, 한국영화학회, 2018, 243~280쪽. (DOI : 10.17947/FS.2018.09.77.243)

송아름, 「1980년 가난의 묘사가 허용된 찰나: 영화 〈바람불어 좋은 날〉(1980)과 〈난장이

가 쏘아 올린 작은 공〉(1981), 〈꼬방동네 사람들〉(1982) 사이」, 한국영상자료원 한
국영화데이터베이스(https://www.kmdb.or.kr/history/contents/2607), 2019.

이윤종, 「한국 에로영화와 일본 성인영화의 관계성」, 『대중서사연구』 제 21권 2호, 대
중서사학회, 2015, 81~117쪽. (DOI : 10.18856/jpn.2015.21.2.003; UCI : G704-001717.
2015.21.2.013)

이하나, 「'통속성' 개념의 분화/분단과 문화평등주의」, 『대동문화연구』 제 113집, 대동문
화연구소, 2021, 671~707쪽. (DOI : 10.18219/ddmh..113.202103.671)

장영권, 「한국영화사에서 사회적 리얼리즘의 전통 1945-2001」, 『씨네포럼』 제 5집, 동국
대학교 영상미디어센터, 2002.

장우진, 「1980년대 이장호 감독의 영화에 재현된 터전의 상실과 혼성적 공간」, 『현대영
화연구』 제 24집, 현대영화연구소, 2016, 7~42쪽. (DOI : 10.15751/cofis.2016.12.2.7;
UCI : G704-SER000014877.2016.12.2.001)

정종화, 「신인감독 이장호의 역동적인 장르 탐색」, 『씨네21』, 2021.7.26. http://www.
cine21.com/news/view/?mag_id=98243.

조승희, 「최일남 소설의 갈등 구조와 소외 의식」, 단국대학교 석사학위논문, 2002.

조지훈, 「1970~80년대 민중문화운동과 한국영화-이장호의 영화를 중심으로」, 『영화연
구』 제 61호, 한국영화학회, 2014, 341~396쪽. (DOI : 10.17947/kfa..61.201409.014; UCI :
G704-001552.2014..61.005)

하정현·정수완, 「이장호 민중영화의 여성 재현-〈바람불어 좋은 날〉, 〈바보선언〉을 중심
으로」, 『인문콘텐츠』 제 44집, 인문콘텐츠학회, 2017, 81~103쪽. (DOI : 10.18658/
humancon.2017.3.44.81; UCI : G704-001814.2017..44.009)

구혜원·문관규 외, 『다시 한국영화를 말하다: 코리안 뉴웨이브와 이장호』, 미다스북스,
2023.

김미현 책임 편집, 『한국영화사: 開化期에서 開花期까지』, 커뮤니케이션북스, 2006.

한국작가회의 40주년 기념사업단 편찬위원회, 『증언: 1970년대 문학운동』, 한국작가회
의, 2014.

랄프 슈넬(강호진·이상훈·주경식·육현승 역), 『미디어 미학—시청각 지각형식들의 역사와 이
론에 대하여』, 이론과실천, 2005.

린다 허천(손동흠·유춘동·김대범·이진형 역), 『각색 이론의 모든 것』, 앨피, 2017.

2장

1. 1차 자료

김명곤, 『사로잡힌 꿈-김명곤 희곡·시나리오 전작집』, 허클베리북스, 2022.

황석영, 『황석영의 문학과 삶: 객지에서 고향으로』, 형성사, 1985.

황석영, 『수인』, 문학동네, 2017.

박상은, 「한국 연행예술운동의 현장성 연구」, 서울대학교 국어국어국문학과 박사학위
논문, 2020.

황석영, 〈만각스님〉, 『창작과비평』 2016년 봄, 창작과비평사.

신승수 각본, 〈장사의 꿈〉(1985, 동아수출공사) 심의대본 시나리오, 한국영상자료원 소장
본.

홍파 각색, 〈장사의 꿈〉(197?, 연방영화사) 오리지널 시나리오, 한국영상자료원 소장본.

〈연우무대 12-장사의 꿈 II〉 팜플렛, 《서낭당》

『경향신문』, 『프레시안』, 『한라일보』

한국문화정보원 문화포털, kmdb(한국영화데이터베이스)

2. 2차 자료

김수남, 「난장이가 쏘아올린 작은 공을 찾아서-이원세의 영화작가 세계」, 『영화교육연
구』 4권, 한국영화교육학회, 2002.;

나병철, 「1970년대의 유민화 된 민중과 디세미네이션의 미학」, 『청람어문교육』 56권, 청
람어문교육학회, 2015.

노지승, 「1980년대 초 한국영화와 기독교 - 아버지-신(神), 자본주의적 가부장제, 영화 내
러티브」, 『어문론총』 62호, 한국문학언어학회, 2014.

박상은, 「연극성의 풍요와 민중적 상상의 기여-「돼지꿈」(황석영 작, 공동각색, 임진택 연출,
1977)의 공연 개작 양상 연구」, 『한국현대문학연구』 59, 2019.

박유희, 「꼬방동네 사람들 : 8월의 영화 II 배창호」, kmdb 영화글, 한국영상자료원, 2019. 8. 15. https://www.kmdb.or.kr/story/10/5248

장우진, 「1980년대 이장호 감독의 영화에 재현된 터전의 상실과 혼성적 공간」, 『현대영화연구』 12집, 한양대학교 현대영화연구소, 2016.

정민아, 「1980-1987 한국영화의 관람공간-관객, 장르, 극장을 중심으로」, 『현대영화연구』 24호, 한양대학교 현대영화연구소, 2016.

최강민, 「『난장이가 쏘아올린 작은 공』의 서사 변용 양상-소설, 영화, 드라마 서사 비교」, 『한국문학이론과 비평』, 한국문학이론과 비평학회, 2007.

한영현, 「폭력의 시대에 맞서는 사람들-영화 〈꼬방동네 사람들〉(1982)과 〈그 해 겨울은 따뜻했네〉(1984)에서 가족의 재현 양상을 중심으로」, 『한민족문화학』, 한민족문화학회, 2020.

강인철, 『민중, 시대와 역사 속에서』, 성균관대학교출판부, 2023.

김윤수·백낙청·염무웅 편, 『한국문학의 현단계』, 창작과비평사, 1982.

유지나 외, 『한국 영화사 공부: 1980~1997』, 이채, 2005

이남인, 『예술본능의 현상학』, 서광사, 2018.

이영미, 『마당극 양식의 원리와 특성』, 시공사, 2001.

임철규, 『우리시대의 리얼리즘』, 한길사, 1983.

조동일, 『한국가면극의 미학』, 1975.

박선영 편, 『민중의 시대』, 빨간소금, 2023.

린다 허천, 『각색이론의 모든 것』, 앨피, 2017.

오스카 G. 브로케트, 김윤철 역, 『연극개론』, 한신문화사, 2003.

3장

1. 1차 자료

서울영화집단, 『새로운 영화를 위하여』(1984), 학민사, 2000.

이상우·오종우, 『칠수와 만수』, 지만지드라마, 2019.

황춘명, 이호철·전형준 역, 『사요나라, 짜이젠』, 창작과비평사, 1983.

영화 〈칠수와 만수〉 오리지널 시나리오(각색 최인석/윤색 지상학), 한국영상자료원 소장본.
영화 〈칠수와 만수〉 심의대본 시나리오(각색 최인석/윤색 지상학, 이상우), 한국영상자료원
　　소장본.

〈연우무대 7-연극 어둠의 자식들〉 공연 팜플렛(문예회관 소극장, 1981.4.4.~4.13 공연)
〈장사의 꿈〉공연 팜플렛(문예소극장, 1981.11.4.~14 5시, 7시 30분 공연)
〈칠수와 만수〉 공연팜플렛(예술의 전당 소극장, 1997.6.4.~6.15 공연)
〈칠수와 만수〉 공연 팜플렛(혜화동 연우소극장 1997.7.11.~8.17.)

『동아일보』, 『매일경제』, 『조선일보』, 『춤』, 『한겨레』
한국예술디지털아카이브, kmdb(한국영화데이터베이스)

2. 2차 자료
김소연, 「1980년대 영화운동 담론에 나타난 세계영화사와의 전이적 관계 연구」, 『현대영
　　화연구』15호, 현대영화연구소, 2013.
박명진, 「희곡의 영화화에 나타난 의미 구조 변화 - 희곡 〈칠수와 만수〉, 〈돌아서서 떠
　　나라〉와 영화 〈칠수와 만수〉, 〈약속〉을 중심으로」, 『한국극예술연구』 제13집, 한
　　국극예술학회, 2001.
송효정, 「1980년대 대중 멜로의 사회사」, 대중서사장르연구회 편, 『대중서사장르의 모든
　　것1-멜로드라마』, 이론과실천, 2007.
왕캉닝, 「타이완의 「두 페인트공」과 한국의 〈칠수와 만수〉의 상호성 연구」, 『현대문학의
　　연구』60집, 한국문학연구학회, 2016.
이영미, 「류해정의 촌극론·대동놀이론과 그 작품적 실천」, 『한국극예술연구』 46집, 한국
　　극예술학회, 2014.

박성봉, 『대중예술의 미학』, 동연, 1995
서울영상집단 엮음, 『변방에서 중심으로: 한국 독립영화의 역사』, 시각과언어, 1996.
이효인, 『한국 뉴웨이브 영화: 1975~1995』, 박이정, 2020.

전형준, 『언어 너머의 문학』, 문학과지성사, 2013.

더들리 앤드루, 김시무 외 역, 『영화 이론의 개념들』, 시각과언어, 1998.
조르주 디디-위베르만, 김홍기 역, 『반딧불의 잔존-이미지의 정치학』, 도서출판 길, 2020.

2부

1장

1. 1차 자료

김재석 최재우 엮음, 『대구지역 민족극 선집-이 땅은 니캉내캉』, 태학사, 1996.
민족극연구회 엮음, 『민족극대본선4: 제 1·2회 민족극한마당편』, 풀빛, 1991.
배봉기, 『배봉기희곡집-잔인한 계절』, 평민사, 1995.
엄인희, 『엄인희작품 모음 1-아동과 청소년을 위한 희곡』, 북스토리, 2002.
정지창·김사열 엮음, 『영남의 민족극: 1980-1989』, 우리, 1989.

〈닫힌 교문을 열며〉 심의대본 시나리오, 1992, 한국영상자료원 소장본.
〈행복은 성적순이 아니잖아요〉, 〈선새앰요〉 VHS
한국민주화운동기념사업회오픈아카이브
한국영상자료원 한국예술디지털아카이브 아르코예술기록원
『경향신문』, 『조선일보』, 『한겨레』

2. 2차 자료

김민채·김영환, 「Ivan Illich의 핵심사상에 기반한 중등 진로교육의 대안적 패러다임 탐색 연구」, 『학습자중심교과교육연구』 제7집, 학습자중심교과교육학회, 2023.
김태희, 「윤대성의 청소년극에 나타나는 젠더문제 연구」, 『인문사회과학연구』 제19집, 부경대 인문사회과학연구소, 2018.
손준종, 「전교조 해직교사의 해직경험에 관한 기억 연구」, 『교육사회학연구』, 한국교육 사회학회, 제28권 1호, 2018.

양돌규, 「민주주의 이행기 고등학생운동의 전개과정과 성격에 관한 연구」, 성공회대학
　　교 일반대학원 석사학위 청구논문, 2006.

유창연·함충범, 「이미례 감독론: 1980년대 충무로 영화감독의 장르성과 대중성」, 『현대
　　영화연구』 42, 2021.

이소영, 「1990년대 문학과 망각된 정동: 1991년 5월 유서대필 조작사건과 김영현의 소
　　설을 중심으로」, 『민족문학사연구』 제70집, 민족문학사학회, 2020.

이영미, 「참교육의 그날 까지―연우무대, 〈최선생〉 공연평」, 한국민족예술인총연합 엮
　　음, 『민족예술』 제4호.

이철호, 「불온과 통치, 그 오염된 기술: 임유경, 『불온의 시대―1960년대 한국의 문학과
　　정치』(소명출판, 2017)」, 『상허학보』 제51집, 상허학회, 2017.

전누리, 「고등학생운동 참여자의 사회진출에 관한 연구-고등학생운동의 집합적 정체
　　성 형성과 그 영향」, 『기억과전망』, 한국민주화운동기념사업회 민주주의연구소,
　　2019.

정민아, 「이유 있는 반항: 1980년대 후반 "학교문제"를 다룬 하이틴영화」, 『영화연구』 49,
　　한국영화학회, 2011.

정영권, 「민주화 이행기의 한국 청소년영화 1989~1992」, 『문학과영상 13권 2호, 문학과
　　영상학회, 2012.

정재철, 「교육운동과 연극운동-89년 하반기 교육문제극들을 중심으로」, 『창작과 비평』
　　제67호, 창작과비평사, 1990 봄.

황병주, 「개별연대와 능력주의」, 『역사비평』 140, 역사문제연구소, 2022 가을.

김원·신병현·심성보·이황현아·이희랑, 『사라진 정치의 장소들』, 천권의책, 2008.

이희경, 『이반 일리치 강의』, 북튜브, 2021.

전국교직원노동조합 엮음, 『한국교육운동백서 1978-1990』, 풀빛, 1990.

전국교직원노동조합 기획, 『다시 닫힌 교문을 열며』, 양철북, 2016.

한국예술종합학교 한국예술연구소, 『한국현대예술사대계 6』, 사공사, 2006.

사라 아베스, 성성혜·이경란 옮김, 『행복의 약속』, 후마니타스, 2021.

에바 일루즈·에드바르 카바나스, 이세진 옮김, 『해피 크라시』, 청미, 2021.

에티엔 발리바르·이매뉴얼 월러스틴, 김상운 옮김, 『인종, 국민, 계급-모호한 정체성들』,
　　두번째테제, 2022.

이반 일리치, 노승영 옮김, 『그림자 노동』, 사월의책, 2015.

이반 일리치, 안희곤 옮김, 『학교 없는 사회』, 사월의책, 2023.

최종순교사탄압대책위, 『교사 최종순은 이렇게 가르쳤다』, 사계절, 1989.

2장

1. 1차 자료

민족극연구회 편, 『민족극 대본선 1; 전문연행집단 편』, 풀빛, 1988.

민족극연구회 편, 『민족극 대본선 2-대학연극편』, 풀빛, 1988.

이영미 편저, 『구술로 만나는 마당극①』, 고려대학교민족문화연구원, 2011.

채희완·임진택 편, 『한국의 민중극』, 창작과비평사, 1985.

이성복 외, 『우리 세대의 문학 2-우리가 있어야 할 자리를 찾아』, 문학과지성사, 1983.

〈민달팽이〉(극단 연우무대, 1982, 이영미 소장본)

다큐멘터리 〈상계동 올림픽〉(김동원 감독, 1988, 한국영상자료원 영상도서관)

다큐멘터리 〈내 친구 정일우〉(제작 푸른영상, 김동원 감독, 2017)

「초대합니다-민족극패 '울력' 창단공연」(1989. 06. 02.)

민족극패 '울력' 창단공연 대본집 〈달동네 사람들-사당 2동 도시빈민 투쟁기〉, (1989. 06. 02.)

『동아일보』, 『월간 대화』, 『프레시안』

민주화운동기념사업회 오픈아카이브, 『한국민족문화대백과』

2. 2차 자료

김예림, 「빈민의 생계윤리 혹은 탁월성에 관하여」, 『한국학연구』 제36집, 2015.

박상은, 「한국 연행예술운동의 현장성 연구」, 서울대학교 국어국어국문학과 박사학위
　　　논문, 2020.

안화영, 「[추천석사논문] 1980년대 도시하층민소설 연구-'내부의 난민'형상과 '난민-시민'
　　　을 향한 상상을 중심으로」, 『상허학보』 제66집, 2022.

임헌영, 「막을 올리자! 사실을 알리기 위하여…70·80년대 공연금지 희곡선집 발간에 부쳐」, 『70·80년대 공연금지 희곡선집』, 황토, 1990.

정주아, 「개발독재 시대의 윤리와 부: 광주대단지사건의 텍스트들과 '이웃사랑'의 문제」, 『민족문학사연구』 제61집, 2016.

정주아, 「조세희의 '은강'연작과 1970년대 한국의 산업선교-『난장이가 쏘아올린 작은 공』, 「천사의 달」을 중심으로」, 『한국현대소설연구』 제92집, 한국현대소설학회, 2023.

한재섭, 「광주문화운동 초기 형성과정 연구: 〈님을 위한 행진곡〉을 중심으로」, 『민주주의와 인권』제24권, 5.18연구소, 2024

김수현, 『가난이 사는 집: 판자촌의 삶과 죽음』, 오월의봄, 2022.

김윤영, 『가난한 도시생활자의 서울 산책』(김윤영, 후마니타스, 2022.

동서대학교 임권택영화연구소, 『한국 다큐멘터리 영화의 오늘-장르, 역사, 매체』, 본북스, 2016.

성하훈, 『한국영화운동사 1-영화, 변혁운동이 되다』, 푸른사상, 2023.

조문영, 『빈곤과정』, 글항아리, 2022.

진보적 미디어운동 연구센터 프리즘 편, 『영화운동의 역사』, 서울출판미디어, 2002.

안토니오 네그리·마이클 하트, 『공통체-자본과 국가 너머의 세상』, 사월의책, 2014.

주디스 버틀러, 김응산·양효실 역, 『연대하는 신체들과 거리의 정치』, 창비, 2020.

3장

1. 1차 자료

〈밥〉 VHS 녹화본, 이영미 소장본.

반공해노래패 공동구성, 노래극 대본 〈애들만은 살려 주이소〉(한국공해문제연구소, 『공해연구』 제 15호, 1987.7.7.)

대구 놀이패 떼풀이 공동창작, 〈먹이사슬〉(김재석·최재우 편, 『이 땅은 니캉내캉—대구지역 민족극 선집』, 태학사, 1996.)

〈공해공화국〉(1992) 대본, 극단현장 홈페이지.

<공해공화국> VHS 녹화본, 이영미 소장본.
<개똥이>(1997) 대본, 한국예술자료원 소장본.

김재석·최재우 편, 『이 땅은 니캉내캉―대구지역 민족극 선집』, 태학사, 1996.
김지하, 『남녘땅 뱃노래』, 두레, 1985.
임헌영 외, 『김지하-그의 문학과 사상』, 세계, 1984.

『공해연구』, 『또 하나의 문화』, 『창작과비평』
『조선일보』, 『프레시안』, 『한겨레』, 『한국민족문화대백과사전』

한국예술디지털아카이브, 환경아카이브 풀숲

2. 2차 자료
고봉준, 「기후 위기와 생태사회주의: 사이토 고헤이와 안드레아스 말름의 논의를 중
　　심으로」, 『후마니타스 포럼』 제 8집, 경희대학교 후마니타스 교양교육연구소,
　　2022,
구도완, 「1990년대 전문 환경운동조직의 특성」, 『사회과학논집』, 울산대학교 사회과학연
　　구소, 2000.
＿＿＿, 「생태 민주주의의 관점에서 본 한국의 반핵운동」, 『통일과평화』 4집 2호, 2012.
＿＿＿, 「한국형 생태주의 운동의 태동과 진화」, 『모심과 살림』 제 3호, 2014년 여름호.
김보경, 「1990년대 『녹색평론』의 생태 담론의 형성과 이론적 기반」, 『여성문학연구』 제
　　58집, 한국여성문학학회, 2022.
김소남, 「1970~80년대 원주그룹의 생명운동 연구」, 『동방학지』, 동방학회, 2017.
김예리, 「『녹색평론』의 인간중심주의 생태담론과 정치적 상상」, 『상허학보』 53, 상허학
　　회, 2018.
박상은, 「생태와 불온―1980년대 초중반 마당극과 생태주의」, 『상허학보』 제 69집, 상허
　　학회, 2023.
오은정, 「전재민에서 피폭자로: 일본 원폭피폭자원호의 제도화와 새로운 자격의 범주로
　　서 '피폭자'의 의미 구성」, 『일본비평』 19호, 서울대학교일본연구소, 2018.
이상록, 「탈성장(degrowth) 사상의 한국적 전개와 그 의미」, 『지역과 역사』 제 51호, 지역과

역사, 2022.

이철호, 「1980년대 김지하의 민중론과 생명사상—장일순, 원주캠프, 동학」, 『상허학보』 제 60집, 상허학회, 2020.

편집위원회(심광현 대표집필), 「세대의 정치학과 한국현대사의 재해석」, 『문화과학』 제 62집, 문화과학사, 2010,

홍래성, 「1990년대 김종철의 생태(주의)적 사유를 살피려는 하나의 시론」, 『민족문학사연구』 75, 민족문학사학회·민족문학사연구소, 2021.

공규동 외, 생태적지혜연구소협동조합 기획, 『탈성장을 상상하라-성장 신화의 종말과 이후 시대』, 모시는사람들, 2023

신동호, 『자연의 친구들 2』, 도요새, 2007.

신승철, 『떡갈나무 혁명을 꿈꾸다』, 한살림, 2022.

도나 J. 해러웨이, 최유미 역, 『트러블과 함께하기』, 마농지, 2021.

레이먼드 윌리엄스, 짐 맥기건 편, 임영호 역, 『문화와 사회를 읽는 키워드』, 컬처룩, 2023,

브뤼노 라투르, 박범순 역, 『지구와 충돌하지 않고 착륙하는 방법(2017)』, 이음, 2021.

샹탈 무페, 이승원 역, 『녹색 민주주의 혁명을 향하여-좌파 포퓰리즘과 정동의 힘』, 문학세계사, 2022.

*출전

- 「민중과 통속: 영화 〈바람불어 좋은 날〉(1980)과 소설 〈우리들의 넝쿨〉(1978)·영화 〈그래 그래 오늘은 안녕〉(1976) 사이의 거리」, 『한국문학연구』 73집, 동국대학교 한국문학연구소, 2023.
- 「민주교육, 참교육 그리고 행복―1980년대 초-1990년대 초 교육민주화운동과 교육운동극」, 『한국극예술연구』 80집, 한국극예술학회, 2023.
- 「접합하는 생태 - 1980년대 중후반~1990년대 초중반 반공해·환경 마당극과 민족민주운동·생명담론·환경운동의 지형」, 『한국현대문학연구』 71집, 한국현대문학회, 2023.

박상은

한국외국어대학교 한국어교육과를 졸업한 후, 서울대학교 국어국문학과에서 석사·박사 학위를 받았다. 현재 서울대학교 인문학연구원 선임연구원 및 카이스트 디지털인문사회과학부 겸직교수로 재직 중이다. 한국 현대희곡을 전공했다. 한국 현대 연극사 및 영화사를 각색, 매체, 문화연구의 관점에서 연구하고 있다. 주요 논문으로 「누구를 위한 연극: 동시대 '시민' 연극의 질문과 연극예술의 경계―<아파도 미안하지 않습니다>(2020)를 중심으로」, 「공해와 불온―1980년대 초중반 마당극과 생태주의」 등이 있고, 저서로『한국 현대 연극과 현장성의 미학』(2024)이 있다. 함께 지은 책으로『연극의 고전 다시 읽다』(2023), 『드라마 일상성의 미학』(2024)이 있다.

민중과 통속
-1980년대 한국 연극·영화와 매체 전환의 역동

초판 1쇄 인쇄   2024년 5월 1일
초판 1쇄 발행   2024년 5월 10일

지 은 이   박상은
펴 낸 이   이대현

편   집   이태곤 권분옥 임애정 강윤경
디 자 인   안혜진 최선주 이경진
기획/마케팅 박태훈 한주영

펴 낸 곳   도서출판 역락
주   소   서울시 서초구 동광로46길 6-6 문창빌딩 2층(우06589)
전   화   02-3409-2055(대표), 2058(영업), 2060(편집) FAX 02-3409-2059
이 메 일   youkrack@hanmail.net
홈페이지   www.youkrackbooks.com
등   록   1999년 4월 19일 제303-2002-000014호

ISBN 979-11-6742-756-4 93810